伯爵様は不埒なキスがお好き
伯爵シリーズ 1
高月まつり
Matsuri Kouzuki presents
蔵王大志
Ill.Taishi Zaou

Contents

-人物紹介-

クレイヴン伯・エドワード・ヒュー・キアラン

通称・エディ。

イギリスの伯爵で、その正体は吸血鬼。

コウモリ姿でいたところを明に拾われ、桜荘に住み着くように。明を自分の嫁にしようと画策している。

比之坂明

桜荘のオーナー兼管理人。

「極上の血」の持ち主として吸血鬼・エディに気に入られ、度々エッチな悪戯を仕掛けられるようになり…。

チャールズ・カッシング

通称・チャーリー。カッシングホテルグループの御曹司。魔物ハンターとして日本にやって来た。明に一目惚れをする。

遠山聖涼

道恵寺の跡取り息子であり退魔師。

明とは兄弟同然のような関係。宝仏殿に様々なコレクションを持つ。

ジョセフ・ギルデア

イギリスの伯爵で、性格に難ありの吸血鬼。明にプロポーズをしてきて…!?

宮沢雄一

チャーリーの幼なじみ。

カッシングホテルグループの社員としてチャーリーを更正させようとする。

-Main characters-

-周辺人物-

安倍早紀子

桜荘の住人。腐女子のOLかとおもいきや、その正体は狐の妖怪。

マリーローズ・グラフィド

エディの元婚約者。海難事故で行方不明。

遠山高涼

聖涼の父親で道恵寺の住職。頑固一徹だが素晴らしい退魔師。

河山洋司

桜荘の住人。七色の作風を持つベストセラー小説家で猫又。

曽我部・ダレル・大輝

桜荘の住人で狼男。伊勢崎と幼なじみ。

伊勢崎・ユージン・壮太

桜荘の住人で狼男。幼なじみの曽我部とともに可愛いお嫁さん募集中。

大野和志

桜荘の住人で犬の妖怪。食品会社の企画開発部に所属。

橋本友之

桜荘の住人で蛇の妖怪。服飾メーカーの商品管理部に所属。

弁天菊丸

犬だが、聖涼の助手。

-Sub characters-

Illustration

蔵王大志

伯爵様は不埒なキスがお好き♥

そのアパートは「桜荘」といった。

齢数百年を数える桜の大木を、見上げるように建てられている二階建てのアパート。

その地域一帯を檀家として抱える道恵寺の敷地内にあり、年季の入った外見から、近所の子供達からは「お化け荘」と呼ばれていた。


小さくて黒い物体が、ほのかな月明かりを浴びて低空飛行している。

まるで何かを探しているかのように、あっちフラフラ。こっちヨロヨロ。

どうにか「お目当てのもの」を探し当てたのか、それは一目散に桜荘の一階管理人室を目指した。


桜荘のオーナー兼管理人の比之坂明(ひのさかあきら)は「ごちそうさま」と呟いて、ちゃぶ台に箸を置いて、質素な夕食を終えた。

その時。

何かがいきなり窓ガラスにぶち当たった。

今夜は涼しいからと、エアコンをつけずに窓を開けていたから、光に誘われて虫でもぶつかったのだろうと、明は立ち上がって窓の外を確認する。

窓の外には桜の大木があり、そこをねぐらにしている小鳥達もいるはずだ。

もし怪我をしていたら保護してやりたい。そう思って、明は窓の下を懐中電灯で照らした。

「何か……動いてるな」

そう。黒い何かは、モゾモゾと哀れっぽく動いていた。

「鳥か？　いや、鳥にしては形が変だ……」

彼は黒い何かをじっくりと観察した。

ピンと立った小さな耳に、短い毛の生えた胴体。大きさはハムスターぐらいだろうか。

だが、背中にはビラビラとした羽が生えている。

明は右手を伸ばして羽を摘(つま)んで持ち上げると、左右に広げた。

「コウモリじゃないか。うわぁ、こんな近くで見るのは初めてだな」

明は感激の声を上げるが、コウモリは嫌そうに僅(わず)かな足をワキワキと動かす。

「なんか、可愛い」

コウモリが必死に足を動かせば動かすほど踊っているように見え、明は「ぷっ」と噴き出した。

「コウモリは洞窟の中で群れになってるもんじゃない

のか？　どうした？　迷子にでもなったのか？」

返事がないのを分かっていても、あまりに可愛らしい仕草を見せられてはつい問いかけてしまう。

「待ってろ。今、猫に食われないように隠してやるからな」

明は一旦コウモリを地面に下ろし、玄関へ回って外に出た。

桜の木に猫達は登らない。ここならば安全だろうと、明は、葉が茂っている枝にそっと乗せてやる。

「もう間違えて突っ込んでくるなよ？」

そう言ったのに。

なのにコウモリは再び飛び立ち、明の部屋の窓に激突する。せめて部屋の中に転がり込んでくれれば、窓が割れる心配もいらないのに。

「なんだってんだ？　お前はー」

明は苦笑しながら、落ちたコウモリをそっと拾い上げた。そして桜の枝に置いてやる。

なのにコウモリは三度、明の部屋の窓に激突した。

それを一体何度繰り返しただろう。

「コウモリってのは、こんなにバカな生き物なのか？」

明はコウモリを手のひらに載せて呆れた声を出した。

「…それとも、どこか怪我をしてるのか？　腹が減って巣に帰る力がないのか？」

そう言って、明は人差し指でコウモリの頭をそっと撫(な)でてやる。

コウモリはそれが気持ちいいのか、目を瞑(つぶ)って大人しくなった。

「仕方ない。俺の部屋に入れてやる。一晩だけだからな？　ちゃんと回復させて自分の巣に戻れよ？」

明がそう言った途端、コウモリは目を開いて何度も頷(うなず)いた。いや、動物に人間の言葉が分かるはずないから、多分、目の錯覚だ。

コウモリを持って部屋に戻り、慎重にちゃぶ台の上に載せる。

「ところで……何を食うんだろう」

キャベツか？　レタスか？　…いや、こいつは鳥じゃないからなぁ…。

明は首を捻(ひね)る。が、何かを思い出したのか、ポンと手を打った。

「そういえばテレビの旅行番組で、果物しか食べないっていうコウモリのスープを飲んでたレポーターがいたな…」

それはそれで特殊なコウモリなのだが、何を食べるのか今ひとつ思い浮かばない明は、冷蔵庫からスイカを一切れ持ってくると、コウモリの前に置く。

だがコウモリは、食べようとしない。こころなしか、そっぽを向いたように見える。

　人が見ていたり、明るい場所では食べないのかもしれない。

　そう思った明は、部屋の隅に転がっていたティッシュケースを掴み、中身を半分ほど抜いて、その中にコウモリとスイカを入れた。

　その上から、ハンカチを被せてやる。

「これでよし、と」

　明は、コウモリ入りのティッシュケースをちゃぶ台の下に置き、満足げに微笑んだ。


　翌朝。

　目覚ましと共に起きた明は、布団を畳んで押し入れにしまった後、ちゃぶ台の下のティッシュケースを引っ張り出した。

「生きてるか？　おい、コウモリ」

　話しかけながら、そっとハンカチを取る。

　コウモリはティッシュの布団の上で、スイカまみれになっていた。

「お前、凄い姿になってるぞ？」

　笑いながら人差し指で触ってやると、コウモリはモゾモゾと動き出す。

「このままだと臭くなるから、拭いてやる」

　明はそう言って、コウモリをティッシュケースから引っ張り出した。


　濡れタオルで体を拭いてもらったコウモリは、大人しくちゃぶ台の上に乗っている。

「はー、さっぱりした」

　朝風呂と身支度を済ませた明は、コウモリの顔を覗き込んで呟いた。

「お前、今夜こそ自分の巣に帰れよ？　ここは人間の住む場所なんだからな」

　コウモリは、「ここにいたいんだけど」と言うようにモゾモゾと動き、彼に尻を見せる。

　可愛い。凄く可愛い。

　図体が大きなわりに小さなものが好きな明は、手のひらサイズのコウモリを見つめ、楽しそうにニコニコと微笑んだ。


　真夏の太陽は、ここが稼ぎ時と言わんばかりに燦々と大地を照りつける。

　桜の巨木が作る日陰の下、明はタンクトップにジーンズという恰好で、庭いじりに精を出していた。スコップを使った豪快な作業は、ガーデニングというより造園だ。

祖父が生前遺した花壇に水をやり、雑草や小石を取り除く。

地味な作業だが、土に触れることが好きな彼にとって、「庭いじり」は既に趣味となっている。

花壇の横には、ヘチマと朝顔が同じ棚に蔓を絡ませ、仲良く同居していた。

南国ではヘチマを食べる習慣があるそうだが、どう料理していいか分からない明はヘチマ水を取ろうと思っていた。食べる代わりに肌に塗るのだが、肌がスベスベになるより腹一杯になる方が、男として嬉しい。だから、「来年はナスとトマトとキュウリを植えよう」と心に決めた。

幸い土は、祖父の手入れのお陰で肥えている。

さぞかし立派な野菜ができるだろう。

明はゆっくり立ち上がると、額に浮いた汗を手の甲で拭った。

桜に止まった蝉が、境内から聞こえてくる蝉時雨に応えるように、盛大に鳴き始める。

「新盆、なんだよな…」

寂しそうに呟いた彼の足元に、何か肌色の生き物が動いていた。

「土が肥えていると、ミミズも肥えてるなぁ」

彼は自分で言った台詞に、「あ！」と閃き、土で汚れた手をポンと叩く。

一人暮らしの部屋に迷い込んできた、小さな同居人。

明は、彼のためにミミズを何匹も掴まえた。

午前中に手のひらいっぱいのミミズを掴まえて、一旦休憩。

町内会役員が持ってきた回覧用紙を、階段横の掲示板の目立つところに留めたところで簡単な昼食。

コウモリは、ちゃぶ台の下にぺたりと転がったまま寝ているようだ。小さな体が呼吸で上下していた。

「やっぱり可愛い。……飼って大丈夫か？　懐けばいいんだけど」

明は指を伸ばしてコウモリの背中に触れ、潰さないよう慎重に撫でる。

時折ピクピク動くが、夢でも見ているのだろうか。

だが明は、「そんなわけあるか」と、自分の考えに笑った。

「さて。さっさと廊下の掃除だ」

彼は首にタオルを巻くと、コウモリを起こさないよう静かに部屋を出た。

「ただいま〜、比之坂さん」

「何やってんですか？」

二〇三号室曽我部と二〇四号室伊勢崎が、ヘチマ棚の前でしゃがみ込んでいる明の背中に声をかける。

彼らは桜荘で知り合って意気投合したらしく、いくつものバイトを掛け持ちして金を稼いでは、海外へ貧乏旅行に行っているのだ。

年は明より三つ若い二十一歳。茶髪にピアス、ルーズな服装だが、礼儀は大変よい。

「おかえりなさいっ！　ミミズを捕ってたんだ」

明は立ち上がり、ボウルに山ほど入っているミミズを二人に見せる。

「うっ！」

「げっ！」

夕暮れとはいえ、気温はまだ高い。そんな折り、快適な土の中から掘り起こされたミミズは、「勘弁してよね！」と抗議するように動いていた。

二人は気持ち悪さに一歩退くと、揃って「釣りにでも行くんですか？」と訊ねる。

「いや、これはコウモリの餌。夕べ、窓にぶつかって大変だったから、保護したんだ」

コウモリはミミズを食べるのだろうか？

曽我部と伊勢崎はそう思ったが、明が楽しそうに「餌」を連呼するので、突っ込みは心の中で留めておいた。

「でもそれ、二〇一の安倍さんに見せたらびっくりして倒れるかも」

「うん。俺もそう思います。女の子は、こういうのに弱いから」

男でも、ボウルいっぱいのミミズには驚きます、管理人さん。

彼らは心の中でこっそり呟き、苦笑する。

「それは俺にも分かる。余ったら土に帰してやるよ」

明はニッコリ笑ってそう言うと、鼻歌交じりに部屋に戻った。

「コウモリって、どんな種類のコウモリだと思う？　曽我部」

「……夕べ、だって？　夕べって言ったらさぁ」

曽我部は神妙な顔で伊勢崎を見つめる。

「何か、物凄いことが起きそう」

「俺もそんな気がする」

「旅行行くの、もう少し先に延ばそ？　な？」

「俺も今、そう言おうかと思ってた」

二人は顔を見合わせて深く頷き、一階端にある管理人室に視線を移した。


「おい、コウモリ。メシだぞ、メシ」

窓は半分ほど開けていたが、南向きのせいで部屋の中は大変蒸し暑かった。

「あつっ」

明は玄関先にミミズ入りボウルを置いて灯りをつけると、すぐさま窓を閉めてエアコンをつける。

そして、ちゃぶ台の下に隠れていたコウモリを片手で掴んだ。

「おい。コウモリ」

だがコウモリは暑さのせいでぐったりしている。餌兼水分補給のスイカのかけらは、結構な大きさにもかかわらず、萎(しな)びていた。ヤバイ。これはヤバイ。

飼った生き物を死なせたくない明は、急いで冷蔵庫の中から新しいスイカを取り出し、その上にコウモリを載せる。

「死ぬなよ、頼むから死ぬな？　俺は花壇に『コウモリの墓』なんて建てたくないぞ？」

明は頬を引きつらせながら、コウモリの頭をちょんちょんとつついた。

五分ほど経っただろうか。

コウモリは、ピクリと羽を動かしたかと思うと、物凄い勢いでスイカに顔を埋める。

「よかった。……生きてた」

明は旨(うま)そうにスイカの汁を吸っているコウモリを見つめ、安堵のため息をついた。

「待ってろ。今タンパク質を持ってきてやる」

一心不乱にスイカにしがみついているコウモリをその場に置き、明は玄関先からミミズの入ったボウルを持ってくる。

「たくさん捕ってやったから、好きなだけ食え」

さすがに、ミミズ入りのボウルはちゃぶ台の上に置けない。

明は新聞紙を敷いた畳の上に、それを置いた。

物凄い勢いで水分補給をしたコウモリは、「もう腹一杯」とばかりに、小さく羽を動かしてスイカから離れる。

「自分で食えないなら、食わせてやろうか？」

明はコウモリの首根っこを優しく掴んだ。コウモリは滅茶苦茶にもがきながら、明から逃げようとする。

「お。随分元気がよくなったな。よーし。腹一杯食えよ？」

彼は嬉しそうに微笑んで、コウモリをボウルの中に……。

「てめぇっ！　やっていいことと悪いことの区別もつかねえのか――――――――っ？」

入れようとして、物凄い剣幕で怒られた。

「え…？」

今、怒鳴ったのは一体誰だろう。声は男。だがこの部屋には、自分以外は誰もいない。

明はキョロキョロと周りを見回す。

「馬鹿野郎。今、怒鳴ったのは俺だ。俺様だっ！」

ガラの悪い声は、コウモリを掴んだ明の右手から聞こえた。

「ま、まさか……コウモリが人間の言葉を話すはずは……」

「だから、さっきから俺だと言ってんだろが！　お前、鈍いなっ！」

明は恐る恐る視線をコウモリに移す。

コウモリは、明を見上げながら悪態をついた。

その瞬間、明は顔を強ばらせて、物凄い勢いでコウモリを部屋の隅に投げ飛ばす。

哀れコウモリは、年季の入った砂壁に激突。

「コウモリが……しゃべった……」

インコやオウム、九官鳥は人の言葉を覚えて喋（しゃべ）るが、コウモリが人語を話すなど聞いたことはない。第一、コウモリは鳥ではない。

「……ってぇっ！」

コウモリは、モゾモゾとこっちに向かって這（は）いながら文句を言った。

幼い頃から、今は亡き祖父に体と精神を鍛えられた明だが、こんな得体の知れない物の前では冷静でいられない。

とにかく逃げなければ。この化け物から逃げなければ。そう思えば思うほど足がもつれる。

「くそっ！」

ちゃぶ台に片手を付いて立ち上がろうとした彼は、気ばかり焦ったせいで盛大に転んでしまった。

「あたっ！」

ちゃぶ台の端に額を強く打ち付けたらしく、皮膚が切れて血が滲（にじ）む。

血の臭いは、エアコンの冷風に乗って部屋に充満した。

「勿体ねぇことすんな！」

コウモリは大声を上げると、明の目の前で正体を現す。

明は瞬きをする間もなかった。

小さな黒い物体がいた場所に立っている、黒い正装姿の長身の男。

絹のようなさらりとした黒髪に、深い海のような青色の瞳。日本人にしては彫りの深い顔立ちだが、バタ臭さは感じない。

そして明には、分かったことが一つだけあった。

綺麗(きれい)な顔。

ボキャブラリーの少ない彼はこういう風にしか思えないが、大学在学中に小説家になった友人なら、紙面が光って見えないくらい煌(きら)びやかな表現で、コウモリ男を賛美したことだろう。

それくらい、明の目の前に立った男は美形だった。

明は血の滲む額を片手で押さえ、逃げ出すことも忘れてポカンと口を開けた。

「いつまでそんな間抜け面してんだ？　いい男が台無しだぞ？　おい」

外見だけなら「どこぞの若様」だが、口調が悪い。

「勿体ねぇって言ってんだろ？」

彼は、明の前に片膝をついて額を押さえていた手を掴んで離すと、血の滲んだ傷口を舐(な)めだした。

「な、何をして……」

自分でも、間抜けなことを言ってると思う。

だが、頭が真っ白になった明は、こんなことしか言えなかった。

「食事」

「は？」

彼は名残惜しそうに額の傷から唇を離すと、明の顔を見つめて微笑む。

女性が十人いたら、その全員が「もうどうにでもして」と、うっとりと頬を染めてしまうに違いない魅力的な微笑み。

明は女性ではないのだが、それでも、思わず頬を染めてしまう。

どんなに綺麗でも相手はコウモリ。

今、俺に微笑みかけているのはコウモリ。コウモリだぞ？　比之坂明っ！

人の体をベタベタと触りながら「これくらい立派だと、食べ甲斐がある」と呟いている彼に、明の頭の中で危険信号が鳴り響いた。

彼がどうやって明を食おうとしているのかは定かではないが、若い身空であの世になど行きたくない。

そうなったら、誰が祖父と両親の菩提を弔うのだ。

また、「化け物に食われました」となったら、怪しげな事件として後々までワイドショーにネタを提供してしまうだろう。

そんなこと、まっぴらだ！

明は心の中でシャウトすると、驚きで強ばっている体を「さっさと動け」と叱咤(しった)する。

「こんな旨い餌には、今までお目にかかったことねぇ。それに、この顔」

彼は明の顔をじっと見つめ、「俺って相変わらず趣味がいいよな」と自画自賛した。

「は？　俺の顔がなんだって…？」

「少し目元が鋭いが、こういうのを凛々しい顔って言うんだよなぁ。形のいいきりりとした眉に、大きすぎない目。高すぎず低すぎない鼻に、少し薄目の唇。いいパーツが揃ってる。お前をここまで男前に作ってくれた両親に感謝しろよ？　俺は感謝してやる。ありがとう」

容姿で損をしたことはないが、ここまで誉められたこともない。

明は頬を引きつらせて、この男が何をどうしたいのか必死に考えた。

「俺が何かにここまで感謝するなんて滅多にねぇ。ありがたく、大人しく食われろ」

彼は低い声で囁くと、おもむろに明の首筋に顔を埋めようとしたところで、横っ面を殴られて畳に転がった。

「てめぇっ！　いてぇじゃねぇかっ！」

彼はすぐさま起き上がると、赤くなった左頬を片手で押さえたまま怒鳴る。

「さすがは化け物と言ってやる。俺に殴られて、すぐ起き上がった人間はいない」

腕を動かしたお陰で他の部分もどうにか動くようになったらしい。明はゆっくり立ち上がって構えると、間を取った。

「もしかしてお前、俺の眼力が通じねぇのか？」

「眼力だかなんだが知らないが、俺がこのまま黙って化け物に食われるかっ！」

「俺が化け物だと？」

「それ以外に何があるっ！」

一歩前に出た彼に、明は一歩下がって攻撃の隙を窺う。

最初は「逃げるが勝ち」と思っていたが、相手の「大人しく食われろ」という台詞に、明の闘争心に火がついた。

誰が大人しく食われてなどやるものかっ！

腕に覚えのある明は、コウモリ男をボコボコにして動けなくなったところで道恵寺から聖涼を呼び、念仏を唱えて石ころにでも封じ込めてもらおうと思っていた。

道恵寺は悪霊退散系で有名な寺なのだ。

「そこいらの下等な魔物と一緒にされちゃ困るんだな」

彼は偉そうに腕を組み、不敵な笑みを浮かべる。

「化け物は化け物だろうがっ！」

「はっ！　これだから無知な人間は」

「化け物が人間に説教するなっ！」

「クレイヴン伯」

「は？」

　こいつは何を言ってるんだ？

　明は眉を顰めて彼を見た。

「俺はクレイヴン伯エドワード。普通、餌にはわざわざ名乗ったりしないが、お前は旨い餌だから特別に教えてやる。そして、エディ、と、愛称で呼ぶことを許そう」

「俺には比之坂明って名前がある！　餌呼ばわりするなっ！」

「怒鳴っていられるのも今のうちだ。お前の血をたっぷりと吸ってやる」

「お前、もしかして……吸血鬼？」

「『お前』じゃなく『エディ』だっての。今頃気づくな、バカ」

「初めて見た。映画の中だけの化け物じゃなかったのか？」

　明はエディを上から下までじっくり見ると、「吸血鬼なんて、この世にいたんだな」と感心した。

「そんなに珍しいのか？」

「珍しいというか、普通は存在しないもんだろが」

「吸血鬼は特別な存在だからな。普通とは違う」

「いや、だから、そういう問題じゃなく」

「存在するんだから仕方ねえだろ」

「まあ、そうかもしれないが……」

　最初の緊張感はどこへやら。

　エディと明は友人同士のような会話になった。

「とにかく俺は今、猛烈に腹が減ってる」

「だったらコウモリになってミミズを食え、ミミズを。活きがいいぞ」

　明は、ミミズの入ったボウルを指さす。

「このバカ。何で俺が、ミミズなんて薄気味悪いもんを食わなくちゃならねぇんだっ！　まだスイカの方がましだぞっ！」

　エディは頬を引きつらせた。

「ならスイカを食えっ！　冷蔵庫に入ってるから、特別にタダで食わせてやるっ！」

「水分だけ取って、腹がふくれるかってんだっ！」

　エディは明に掴みかかろうとしたが咄嗟に逃げられ、逆に蹴りを食らう。

「ぐっ！」

「女を相手にするのとは訳が違うってこと、教えてやる！」

映画の中の吸血鬼は、いつでもどこでも「華奢な美女」か「儚げな美女」を毒牙にかけていた。だが明は、立派な体格をした男だ。しかも腕っ節が強い。

「ちっ。だったら俺も本気を出してやる」

エディの瞳が、青色から深紅に変わった。

やばっ！

明は素早く両手で頭をガードすると、左に避ける。

「人間にしては、反射神経がいい」

エディは砂壁に右腕をめり込ませ、そのままやけに発達した犬歯を見せてニヤリと笑った。

「このバカ力っ！　ここは俺のアパートだぞっ！　壊すなっ！」

「大人しく俺に食われねぇお前が悪い」

「腹が減ってるなら、別の人間を食えっ！　吸血鬼には美女の生き血だろっ！　男の血を吸って嬉しいかっ！」

明はエディの足を払い、彼が倒れる瞬間、再び脇腹に蹴りを入れる。

「旨い血だったら、男も女も関係ねぇっ！　それに俺は、そういうことにこだわるたちじゃねぇんだっての！」

エディの拳を間一髪で避けながら、明は心の中で舌打ちした。

この化け物、信じられないくらいタフだ！　脇腹に俺の蹴りを食らって、平気で攻撃してくるっ！

タフなのは人間ではないからだ。

だがエディも、きっちり応戦する明に心の中で、「いい加減に観念しやがれ！」とシャウトしていた。

彼らは一歩も引かず、六畳一間の和室で戦った。

その間、エディが開けた穴が壁に五つ、明が襖に空けた穴が三つ。

明の息が上がってきた。

彼は、額から頬、顎を伝っていく汗を乱暴に拭うと、エディをキッと睨み付ける。

「そろそろ諦めた方がいいんじゃね？　明ちゃん」

エディは偉そうに言ったが、腹の虫が盛大に鳴り響いてしまいバツの悪い顔をした。

「はっ！　そっちもガス欠か？」

「餌は大人しく食われてろっ！」

「そっちこそ、さっさと自分の国へ帰れっ！」

お互いにこれが最後の攻撃かというところで、相手の顔に自分の拳をめり込ませようとした瞬間。

「管理人さんっ！」

「比之坂さん！　何かあったんですかっ！」

ドアの向こうから、ノックの音に重なって住人達の声が響いた。

明は腰を落としてエディの拳を避けると、そのまま玄関に向かって走る。

相手は明から多大なるダメージを受けた、腹の減った吸血鬼。数人がかかりなら、喧嘩とは縁のない男でもどうにかなる。

全員で押さえつけて、道恵寺へ連れて行けばいいっ！

そう思った明は、物凄い勢いでドアを開けた。

「凄い音が聞こえてきて、俺驚いたよー」

「最近物騒じゃないですか。だから、泥棒と格闘でもしてるのかと……」

「ホント、ホント」

「おでこ、大丈夫……ですか？」

二〇二の作家・河山、一〇二の会社員・大野、一〇三の会社員・橋本、そして二〇一のOL・安倍。

夜のバイトで留守にしている曽我部と伊勢崎を抜かした桜荘の住人が、全員集合して心配そうな表情を浮かべていた。

桜荘紅一点の安倍がいたが、今は躊躇している暇はない。

「あ、ああ！　みんなに頼みが」

「明ー！　どうした？　誰か来たのか？」

「ある」と言い終わる前に、部屋の奥から聞こえてきたフレンドリーな声。

何なんだ？　この、妙に馴れ馴れしい声はっ！

明が頬を引きつらせて眉を顰めたところに、声の主が現れた。

「こんばんは、桜荘のみなさん」

さっきまでダラダラと汗を流し、スラックスからシャツをはみ出させて拳を繰り出していたのはどこの誰やら。エディはすっかり身支度を整えた恰好で、住人を前に優雅に微笑んだ。

この美貌がある限り、食事をする時以外、「力」を使う必要はない。

「綺麗」

安倍は呟いてから、顔を真っ赤にして慌てて手で口を押さえる。

男達もほんのりと頬を染めてしまい、互いに顔を見合わせて苦笑した。

「お、お、お前っ！」

エディは、言葉を続けようとした明を後ろに押しやると、なおも住人に話しかける。

「私の名はエドワード。クレイヴン伯エドワード・ヒュー・キアラン。エディと呼んでください」

「日本語、お上手なんですね…」

「ええ。明の友人であり続けるために、随分と勉強しましたから。ええと、ミス……」

「早紀子。安倍早紀子です。日本へようこそ、エディさん」

「こちらこそよろしくお願いします、ミス早紀子」

エディは安倍の右手をそっと握り、馴れた仕草で手の甲にキスをした。

「エディさんは、どこの国から来たんですか？」

何でも話のネタにしようと、作家の河山が質問する。

「ユナイテッドキングダム、あ、日本の方にはイギリスと言った方が分かりやすいですね」

物腰優雅で言葉も丁寧。

河山はエディを、上流階級のお坊っちゃんだろうと踏んだ。

「でも、部屋で一体何をしてたんですか？　物凄い音と大声が聞こえてきましたけど…」

「喧嘩してるみたいな声だったし…」

大野と橋本の疑問はもっともだ。

その音を聞きつけて、他の住人も管理人室に駆けつけたのだから。

「サッカーのビデオを、音声を最大にして見ていたんです。このアパートは古いようだから、音が振動で伝わったんでしょう。それを見ながら、私達は大声で贔屓チームを応援していました。怒声に聞こえたのは、チームを応援する声でしょう」

「そんなことあるのか？」と突っ込みが入りそうな答えだったが、桜荘が古いのは周知の事実なので、住人達は逆に「そうかもな」と納得してしまった。

住人達は、「ビックリしたけど、比之坂さんが無事ならそれでいいか」、「あんまり大きな音で聞いてると、すぐ耳が遠くなっちゃいますよ？」と、笑う。

「お騒がせしました」

頭を下げる仕草まで優雅なエディ。

住人達は、もうすっかり「エディさんは比之坂さんの親友」と思い込んでしまった。

「エディさんはいつまで日本にいらっしゃるんですか？」

「期限は特に定めていません。心ゆくまで日本文化を楽しもうと思っているので」

「そうですか」

安倍はニッコリ微笑んで、何かを納得したように頷く。

「それじゃ、俺達も自分の部屋に引き上げようか？」

「そうだな。比之坂さん、またねー！」

「それじゃエディさん。また明日」

「今度、本場サッカーの話、聞かせてくださいね」

彼らはそう言って、明の部屋を後にする。

ちょっと待ってくれっ！

叫ぼうとした明の前で、ドアは無情にも閉じられた。

「……この化け物。どういうつもりだっ！」

「別に」

「攻め方を変えようと思っただけだ」なんて口が裂けても言えないエディは、犬歯を見せて笑うと、ご丁寧に鍵までかける。

「お前が何をどうしようが、俺は餌になんかならないぞっ！」

「大声を出すな。近所迷惑だ」

「どの口がそんなことを言うんだっ！」

明はエディの胸ぐらを掴むと、目を三角にして怒鳴った。

「お前は、腹を空かせた哀れなコウモリに、餌の一つも与えようと思わねぇのか？」

「何だと？」

「『可愛い』と言って、お前は俺の頭を何度も撫でてくれたっけ……」

「う……っ」

確かに明は、コウモリの頭を「よしよし」と撫でた。何度も撫でた。

「遙か海の向こうからこの地に渡った俺の苦労話を、聞いてみたいと思わねぇのか？」

言われてみれば、確かに気になる。

「いきなり襲って血を吸ったりしねぇ。だから、俺の話を聞いてみる気はねぇか？」

「本当に、いきなり襲いかからないか？」

明の瞳が、好奇心に揺らぐ。

エディは「かかった！」と心の中で拳を振り上げた。

「本当だ」

明は警戒しながら、エディから手を離す。

「さて、どこから話してやろうか？」

「その前に」

明は、居間に戻ろうとしたエディの襟首を掴んで言った。

「靴を脱げ。お前は土足のまま、人の部屋で俺と大立ち回りをしたんだ。まずは畳を綺麗に拭け」


三十分後。

壁や襖は穴が空いたままだが、畳はどうにか綺麗になった。

明はエディにスイカ、自分に麦茶を用意して、あぐらをかく。

正座をすることもあぐらをかくこともできないエデ

ィは、ごろりと横になった。

「化け物のクセに図々しい」

「それなら明日、椅子を買ってこい、椅子を。そしたら、手を膝の上に置いて行儀よく座ってやる」

「明日までいる気かよ」

「心ゆくまでいると言ったのを聞いてなかったのか？」

「お前が勝手に言っただけだ」

「……俺の目の前にいるのは、コウモリの俺を看病してくれた明と同一人物か？　こういうのを、日本では血も涙もないと言うんだよな」

「俺に血がないなら、ここにいる必要もないな？　話をしたらさっさと夜空に飛んでいけ」

ああ言えばこう言う。

エディはムッとした表情でスイカに手を伸ばし、一口齧った。

「で？　どんな苦労話があるんだ？　クレイヴン伯エドワード」

「んー、そうだなぁ。どっから話をすりゃいいかな。やっぱ、日本に渡ることになったいきさつからか？お前はどっから聞きてぇ？」

「お前、伯爵のくせに言葉遣いが悪いな」

麦茶を飲みながらの明の突っ込みに、エディはさらりと言い返す。

「若い人間達の口調を参考にしたからじゃねえの？結構気に入ってんだけど、この口調」

「あ、そう」

明はおざなりに返事をすると、「早く話せ」とエディを急かした。

「同族の舞踏会を城でした時のことだ。最初は、『どの地域の人間が一番旨いか』で盛り上がって。けどそのうち、仲間の一人が『遥か東の外れに小さな島国があり、丸々肥えた人間がウジャウジャいるらしい』って話を始めてだな…」

「それが日本のことか」

「ああ。俺も昔、極東にジパングと呼ばれる黄金郷があるって話を、何かの本で読んだことがあったけど、その時はあまり気にしなかった」

「つまり、黄金郷には興味は湧かないが、丸々肥えた人間には興味が湧いたと」

「当然だっての。俺様は吸血鬼、人間達は餌だ」

エディは再びスイカを齧り、話を進める。

とにかく、「極東の島国」に興味が湧いたエディは、数日のうちに支度を整えて仲間と共に出航した。

エディ達は、「乗組員は人間だし、途中でお腹が空いたら食べちゃうかもしれない。そしたら誰が船を動かす？」ということで、現地に到着するまで棺桶の中で眠っていることにした。

今思えば、これがよくなかったのだろう。

海はいつでも凪いでいるわけではない。

船は運悪く大嵐に見舞われ大破。

エディの入った棺桶は、波間を漂流。仲間の棺桶ともはぐれてしまった。

棺桶は漂流の末、東南アジアの貨物船に引き上げられた。

船員達は蓋を開けて中を確かめようとしたが、どんな道具を使っても棺桶に傷一つつけることができず、古物商に売り払った。

その古物商は古物商で、日本から買い付けにやってきた古物商に、「これはさる貴族が作った物で」と、勿体ぶった理由をつけて売った。

そして日本の古物商は、新しくオープンさせるアンティークショップのウインドゥディスプレイにしようと、倉庫で厳重に保管した。

「それが、今から十年前のことだ。ちっと寝過ぎたらしい。けど、すっげー腹が減って、さすがの俺も目が覚めた」

「何百年も棺桶の中で寝てたのか？」

「ああ」

「年、取らないのか？」

「バカかお前。人間と一緒にするな。俺達の一族は老いない。成人したら、その時の姿のまま生きる。ただ、あんまり血を吸わない時期が長いと、皺が目立ってくるけどな」

「じゃあ、十年前に起きた時は…」

「おう。結構皺くちゃ。ソッコーで五人ほど食った。腹が減ってたから、そこそこ旨かった」

「こ、殺したのか？」

「まさか！　餌の血を吸って片っ端から殺しまくったら、増えねぇだろ？　たくさんの餌から、『ちょっと貧血かな？』って程度の血を吸って回る。そうすりゃ、餌は死なずに適当に増えていく」

バカにしたような顔のエディに、明はムッとしながらも「牛から牛乳を絞るようなものか。……って、人間は家畜じゃない」と尋ねた。

「どこが違うんだ？　どっちも動物だ」

人をバカにした薄気味悪い言葉に眉を顰めつつ、明は素朴な疑問を口にする。

「けど、眠ってる間のことをよく覚えているな」

「そーいうのは、棺桶が記憶すんの」

「ず、随分便利な……」

「貴族の棺桶は、全て特別製だ。後で見せてやる」

「いや、別に見せてもらわなくてもいい」

「人がせっかく見せてやろうってのに、見ねえのかよ！」

「お前は人じゃないだろうが！」

「あ、そっか」

エディは「あはは」と笑って、頭を掻いた。

「で、十年前から日本に生息してたのか？」

「生息って言うなー」

「それ以外なんて言うんだよ。俺が知るか」

「まあ、その、だな」

「ん？」

エディはチマチマと明に近づき、彼の顔をじっと見る。

「日本に住んで十年。お前ほど親身になって俺の世話をしてくれた人間はいなかった」

「俺が世話をしたのはコウモリで、吸血鬼じゃねえっての」

「しかし、そのコウモリは俺が変化したもんだから、一緒だろ？」

「ま、まあ、そう言われれば……」

明は、じわじわと近寄ってくるエディに警戒しながら、ぎこちなく頷いた。

「故郷を離れて数百年、これほど嬉しいと思ったことはなかった。お前は、優しい人間なんだな。顔も俺好みだし……」

「お前は、その優しくて自分好みの人間を餌にしようとしたんだぞ？」

明の口調が、さっきより優しく感じるのは気のせいだろうか。

「それは謝る。ここ何日か、ちゃんとメシ食ってなかったんだ。それにお前は、物凄く旨そうな匂いさせてたし、実際味見したら、すっげー旨かったし」

エディは苦笑して、明の額の傷を指先でちょんと触った。

明は逃げない。

よっしゃ！　情に訴えての泣き落としまで、あと一歩だっ！

エディは心の中で「イエス、イエス！」と何度も繰り返し、言葉を続ける。

「俺が眠っている間に、世界はとんでもなく変わってた。……インターネットで調べたら、俺の住んでいた城は観光用のホテルに改装されてたし、渡り鳥のネットワークでも、同族の行方は分からねぇそうだ。つまり俺は、人間の中にぽつんと一人ぼっち」

「……もしや、パソコンが使えるのか？」

「あんなん簡単だ。すぐ覚えた」

「鳥と話ができるのか？」

「おう。鳥だけじゃねぇ。動物は全部だ。みんな俺の召使いみたいなもんだから。ただし、犬はダメ、犬は。俺と相性が合わねぇらしくて」

「凄いな」

動物と話ができるなんて、ドリトル先生みたいじゃないか！

動物と話ができたらどんなに楽しいだろうと、誰でも子供の時に一度は思うものだ。

そんな凄いことを、エディは簡単にやってのける。

明は、相手が吸血鬼だということを忘れ、無性に羨ましくなった。

「正体を明かして名前を教えるなんて、明が初めてだ。一人ぼっちになったから寂しかったのかもな」

「エ、エディ？」

「もしお前が許してくれるなら、俺はお前とずっと一緒にいたいと思ってる」

エディは明の頬を片手でそっと撫で、寂しそうに微笑む。

「……俺の血を吸わないって約束するなら、その、考えてやっても」

綺麗な顔に迫られると、性別に関係なくドキドキしてしまう。明は、頬を赤く染めて、やっとそれだけ言った。

「ああ。明が『吸っていい』と言わない限り、俺はお前の首筋に噛み付いたりしねぇ」

やったっ！　同居オッケーッ！　絶対に「吸っていい」って言わせてやるっ！　こんな旨い餌を放っておけるかってんだっ！　今に見てろ！

持久戦に持ち込んでも、明の血を吸いたいらしい。

エディは心の中で、歓喜の歌を歌いながら両手の拳を振り上げる。

「んじゃ、お近づきの印に」

「は？」

明は、自分が何をされるのか分からないまま押し倒された。

エディは明の上に覆い被さると、彼の唇に自分の唇を押しつける。

「ん、んーっ！」

最初は、包み込むような優しいキス。

それから角度を変えて、徐々に激しく口づける。

明はエディを押しのけようと両手を突っ張るが、彼の体はびくともしない。

近づきすぎてピントが合わないが、エディの瞳が青から深紅に変わっているのはぼんやりと見えた。

このっ！　バカ力のホモ吸血鬼っ！

言葉にできない憤りを拳に変えて、明はエディの胸を叩く。

だがエディは、離れるどころか一層激しく唇を貪(むさぼ)った。それだけでなく、片手を明の下肢に忍ばせ、ジーンズのファスナーを下ろす。

「んっ！」

エディのひんやりとした手が、下着越しに明の雄をそっと包んだ。

「家賃の代わりだ。うんと気持ちよくしてやる」

「や、やめろ……っ」

「そうやって睨んでいられるのも、今のうちだ」

布越しに扱(しご)かれ、もどかしい快感が背中を駆け上がっていく。明は腰を捩(よじ)り、エディの手から離れようとした。

「そんなんしてもダメ。お前のここは、もう感じてる。それに、こっちもだ」

タンクトップ越しでもはっきり分かるほど、明の胸の突起は硬く勃(た)ち上がっている。

エディはそこを口に含むと、優しく噛んだ。

「くっ」

明の体がしなったと同時に、雄は下着に染みを広げながらびくんと震えて勃起する。

切なげに眉を顰め、唇が真っ赤になるほど噛み締める明の顔を、エディは微笑みながら覗き込んだ。

「お前、すっげーやらしい顔してる。まだちょっとしか触ってねぇのに」

「あっ、や、いや、だっ」

エディは片手と足を器用に使って、明の足から下着ごとジーンズを脱がす。

押さえつけられるものがなくなった途端、明の雄は下腹につくほど硬く勃起した。

「俺には劣るけど、いいもん持ってんじゃねぇか。可愛がってほしくて、ほら、こんなに濡れてる」

エディは喉を鳴らして、明の両足を大きく広げる。

「んっ」

少し体を動かされただけでも感じるのか、明は切ない吐息を漏らした。

「可愛い声じゃん。もっと聞かせろよ。その方が、お互い盛り上がるってもんだ」

「そんなこと、でき……」

明は最後まで言えなかった。

エディの指に雄を握られ、乱暴に扱かれて腰を浮かす。

先端から溢れていた先走りは、どっと量を増やしてエディの指と明の体毛を濡らした。

「やだっ、俺は男を相手になんか、しないっ」

口ではそう言っているが、明の腰はエディの指の動きに合わせて揺れ出す。

「こんなに敏感なのに、女を押し倒すだけで満足できるのか？　俺が思うにお前の体は……」

エディは明のタンクトップを片手でまくり、興奮して勃起した突起を指の腹で撫でた。

「あ、あっ」

甘ったれた声を上げてしまった明は、慌てて両手で口を塞ぐ。だが、エディの動きから逃れようとしない。

瞳を快感に潤ませ、エディが雄を扱くタイミングに合わせて、激しく腰を振り出した。

「他人に愛撫されることに馴れてる体だな。誰かに仕込まれたのか？」

ローションを垂らしたように濡れそぼる雄を扱き、エディが意地悪く笑う。

「ここで焦らしたら、泣き顔も見られそうだ」

「やだ……っ、焦らされるのは、もう……っ」

明は首を左右に振って、目尻に涙を溜めてエディを見上げた。

「やべ。お前、無茶苦茶可愛い」

「男に、可愛いは……」

「そんなん分かってる。けどな？　可愛いもんは可愛いの」

エディは明の目尻にキスをして、赤く色づいている胸の突起を口に含む。

両方の突起を指と舌で愛撫され、雄は達しないようにゆるゆると扱かれる。同時に三ヶ所を責められた明は、たまらずエディにしがみついた。

「いやだっ、も、焦らさないでくれ……っ」

雄よりも突起を乱暴に扱われた方が感じるのか、明は、指で摘み上げられたり歯で噛まれたりするたびに、感極まった掠れ声を上げる。

「今まで大変だったんじゃねぇ？　こんなに感じやすい体だと」

突起を銜えたまま喋られ、その刺激に明はびくんと背を反らした。

「イきたいか？」

エディは、硬くなって一回りも大きくなった突起を舐めた後、明の耳元にそっと囁く。

「んっ」

ぎこちなく頷く彼に、エディは言葉を続けた。

「なら、『俺の、イく瞬間の恥ずかしい顔を見てください』って言ってみ？」

「な……っ」

明は、今にも泣き出しそうな情けない顔でエディを見上げる。

「初めて言うってわけでもねぇだろ？　お前の体は、

そういうのに馴れてる」

だが明は首を左右に振った。

「言えねぇなら、いつまでたってもこのまんま。それとも、一人でやるか？」

「どっちも……いや、だ」

明は口をぎゅっと噤み、きつい視線でエディを睨む。

「睨まれても、ちっとも恐くねぇんだけど」

どちらも一歩も引かない。

この状態で放っておかれるのは物凄く辛いはずなのだが、明はひたすら我慢した。

「ったく。このガンコもん」

数分後、エディは苦笑しながら明にキスをする。

舌を絡ませ、おずおず応えてくる彼の舌を優しく吸いながら、達するギリギリまで追いつめられていた雄に、最後の刺激を与えてやった。

「ん、んぅ、んんーっ！」

明はエディの体にすがりついたまま、激しく腰を振る。そして、下肢をドロドロに汚して果てた。

「溜まってたみてぇだな。結構濃い。っつーか、エロい体だなぁ」

エディは体を起こし、明の下肢をねっとりと濡らしている吐精を指で掬う。

「貴族のくせに」

エディの指に、くすぐるように雄を愛撫されながら、明は喘ぐように呟く。

「ん？　何？　銜えてほしいのか？　その前に、俺を満足させろ。お前のエロい声や仕草を見せられて、もう大変なことに」

「貴族のくせに……下品なことを言うなっ！」

明の右手拳が、エディの左頬に炸裂した。

不意をつかれたエディは、いい感じに吹っ飛ばされる。

「ちょっと優しくしてやっただけなのに、図に、乗りやがって……っ！」

明はまだ愛撫を望んでいる体を叱咤しながら、ティッシュケースを急いで手繰り寄せ、自分の体を必死に拭いた。

「何がお近づきの印にだ！　家賃の代わりにだ！　ホモ吸血鬼っ！」

「気持ちいいこと、してやったのに……」

エディは呻き声を上げて体を起こす。殴られた勢いで、彼の下半身はすっかり萎えている。

「このバカッ！　俺とお前はな、種族は違えど生物学上は『オス』だっ！　こういうことは、異性とするものだろっ！　異性とっ！」

「そりゃ、な。子孫を残す時は女とするさ。けど、お互い気持ちよくなろうっつー時は、あんま関係ねぇ。それに、女を相手にするより男を相手にする方が楽だ。どこをどうすりゃ気持ちよくなるか知ってるからな」

身も蓋もない言い方に、明は下着を穿いたところで脱力して畳に突っ伏した。

「お前、本当に貴族かよ」

「ホントだって！　これを見せてやる！」

エディは首から鎖を引っ張り出すと、ペンダントヘッド代わりになっている二つの指輪を見せる。

バラらしき花が鳥や蝶と共に彫られ、バラの中央に深紅の石が埋め込まれている指輪。

明には、プラチナか銀か分からなかったが、それはキラキラと銀色に輝いていた。

「綺麗じゃないか」

「だろ？　外側の模様は、クレイヴン家の紋章、内側には家訓が刻み込まれてる」

「家訓？　世界を滅ぼすようなもんか？」

「お前それ、ファンタジー映画の見過ぎ」

「存在自体がファンタジーなヤツに言われたくない」

「『生涯ただ一人を愛す。そのためのいかなる努力も惜しまない』。これが、うちの家訓」

「家庭が夫婦円満だと、何事も上手くいくって感じか？」

指輪を見つめて呟く明に、エディは「よく分かってんじゃねぇか」と嬉しそうに微笑む。

「同じ指輪が二つあるが」

「一つは自分がはめて、もう一つは、結婚相手がはめる。俺が生まれた時に、父上が対で作らせたんだそうだ」

「吸血鬼の嫁さんを探すのは大変そうだな……」

「どうにかなるだろ」

エディは大事そうに握りしめると、元の場所にしまった。

「それはそうと、クレイヴン伯」

「何だ？　比之坂明」

「ここに住みたいなら、さっきみたいな真似は二度とするな」

「めっちゃくちゃ感じてたくせに」

唇を尖らせるエディに、明は顔を真っ赤にして怒鳴る。

「さっきはさっき、今は今っ！　俺はホモじゃないんだから、あんなことされても嬉しくないいっ！」

「嬉しがって、俺の体にしがみついて腰を振ってたくせに。気持ちいいこと」

エディは「好きでたまらねぇんだろ？」と続けようとしたが、明が拳を振り上げたので慌てて口を噤んだ。

「それと」

「まだあるのかよ」

「この部屋には一人分の布団しかない。お前、寝る時はコウモリに変身しろ」

「は?」

「デカイ男二人で狭く感じる部屋も、お前がコンパクトになれば随分変わる」

「お前な」

「ちっちゃくて黒くて、凄く可愛いコウモリだったな。あの姿なら、いくらでも大事にしてやれそうだ」

その言葉を聞いた途端、エディはコウモリへと姿を変える。

「よし。鴨居にぶら下がってろ。コウモリならできて当然だろ?」

「そりゃできるけど」

自分を見上げる、いたいけな黒い生き物。

「やっぱり可愛いじゃないか」

明はエディコウモリをひょいと摘み、手のひらに載せてやる。

この生き物が、自分を押し倒していろいろなことをしまくった吸血鬼と同一だなんて、信じたくない。

「……人型でいる時と、えらく待遇が違うような気がすんだけど」

「当然だ。この姿なら、たとえ血を吸われたとしても大した量じゃない。だからと言って、噛み付くなよ?握り潰すぞ?」

手のひらでコウモリを転がしながら、明は低い声で忠告した。

「しねぇよ」

「俺が寝た後に噛みつくのもなしだ。分かったか?」

「分かった」

「少しでも俺を囓ってみろ。聖涼さんのまじないで、石ころに封印だ」

明は指先でコウモリの頭を優しく撫で、念を押す。

「まじない? 封印? 日本にもハンターがいるんか?」

「悪霊退治の霊能力者をハンターと言うなら、そうなんだろうな。テレビでよくやってる」

「俺は何も悪いことなんかしてねぇ」

「これからするかもしれないから、俺は口を酸っぱくして言ってるんだ」

「……ちぇっ。信用ねぇな」

コウモリはふてくされたように、明の手のひらでコロンと丸くなった。

「俺に信用されるよう、せいぜい頑張るんだな」

明はそう言うと、コウモリを鴨居にぶら下がらせて夕食の支度を始める。

「……旨い餌をたらふく食うためとは言え、何で俺がこんなところでぶら下がってなくちゃなんねぇんだ？」

そういや、こいつにゃ俺の「力」が通じなかったな。珍しい人間だ。俺と互角に戦うし、肝も据わってやがる。人間でなかったら、さっさと嫁にしてるところだ。

「嫁……」

コウモリは鴨居にぶら下がったまま、「クレイヴン家の親戚に、人間を同族に加えた貴族がいた」ということを思い出す。

吸血行為は、腹を満たすためだけの行為ではない。その気になれば、血を吸った相手を同族にすることも可能なのだ。

だがそれは、吸う方と吸われる方の「ラヴゲージ」が最高潮に達していなければならず、成功率の低い「とんでもない賭け」となる。

人間を同族に加えた貴族は、たまたま運がよかっただけだ。

「人間相手に恋愛だなんて、バカバカしい」

コウモリは小さな声で呟くと、静かに目を閉じた。


部屋の真ん中には一組の布団。ちゃぶ台は隅に押しやられている。

「寝るんか？　早くねぇ？」

コウモリは、鴨居にぶら下がったまま明に声をかけた。

時計の針は、午後十時を指している。

「どこかの誰かさんのおかげで、余計な運動をしたから疲れたんだ。明日は明日で、壁を修理しなくちゃならないし」

「俺だけのせいじゃねぇ」

「よく言うわ。……おっと、忘れてた」

明は玄関脇に積み上げていた新聞を持ってくると、コウモリの真下にそれを敷いた。

「何でそんなもんを」

「寝てる間にフンを落とされちゃ……」

「困るから」と、明は最後まで言えなかった。

コウモリが突然羽ばたき、明に向かって突進してきたのだ。

「失敬なっ！　失敬なっ！」

「うわっ！　何すんだ！」

「たとえコウモリの姿でも、俺はクレイヴン伯エドワードッ！　垂れ流すわけねえだろっ！」

コウモリは「フンって言うなっ！」と怒鳴りながら、何度も明に体当たりした。

「あ、もうっ！　悪かった！」

「誠意がねぇ！」

「本当に悪かったって！」

「あり得ねえ！　こんなに恥をかかされたのは、生まれて初めてだっ！」

　コウモリはまだ怒りが収まらないのか、明の周りを闇雲に飛び回る。

「あんまり動くと、腹が減るぞ」

「誰のせいで腹が減ると思ってんだ？　おい！」

「だから悪かったって…」

　明は素早くコウモリを掴まえると、そっと両手で握りしめて目の前に持ってきた。

「だったら、お詫びの印に一口噛ませろ」

　コウモリは顔だけ出して「一口、一口」とねだる。

　端から見ると、雛が親鳥に餌を求めているようで大変可愛らしいが、いかんせんコレは吸血鬼。

「……一番大事なことを聞き忘れていた」

「何だ？」

「吸血鬼に噛まれた人間は、吸血鬼になったり吸血鬼の下部になったりするのか？」

　明は真剣な表情で訊ねる。

「餌はあくまで餌だ。使い魔なら動物で事足りる」

「そうか。よかった」

　安堵のため息をつく明に、コウモリは「一口齧っていいか？」と腹を鳴らした。

「ダメだ」

「だったら、このアパートの住人を食うぞ」

「え……？」

「明が齧らせてくれるなら、そんなことはしないけど」

「だったら、お前の長ーい人生もこれまでだな、エディ」

　明の、コウモリを握りしめる手に力が入る。

「卑怯者っ！」

「どっちがだっ！」

「お、俺が何日飯を食ってねぇと思ってんだっ！　人でなし！」

「人でないのはお前だろっ！」

　ぎゅっと、明の両手はコウモリを締め上げた。

「………俺様可哀相（かわいそう）。死ぬ前に、一度でいいから腹いっぱい明の血を吸いたかったなぁ」

　コウモリは目にいっぱい涙を浮かべ、瞳をうるうるさせて明を見上げる。

　凄く可愛い。

　コウモリが涙を浮かべる生き物かどうかはさておいて、物凄く可愛い。愛くるしい。

「お、おい」

「この体なら、ほんのちょっとの血で腹一杯になるのになぁ。でも俺は、明が『囓っていい』って言うまで待ってるって約束しちゃったもんなぁ」

「おい、コウモリ」

「名前さえ、ちゃんと呼んでもらえないうちに殺されちゃうんだ。クレイヴン家は俺の代でお家断絶か。餌だと決めた人間に殺されちゃうなんて、それも握り潰されちゃうなんて、俺様って物凄く可哀相」

「エディ」

コウモリは目玉と同じくらい大きな涙を浮かべ、悲しそうに呟いた。

「さあ、ひと思いにやってくれ」

「お前、本当に握り潰されたいのか？」

「どっちにしろ、明が囓らせてくれないなら、俺は餓死する運命なんだ。それが少し早まったと思えば」

明には「自分と桜荘住人以外の人間を囓ればいいだろ」とは言えなかった。

祖父と両親の躾がよかったのだろう。自分さえよければそれでいいなんて、そんな無責任なことはできない。

むしろ、自分で対処できるなら、他人に迷惑をかけずに済ませたいと思う人間だ。

「握り潰されて死ぬのと、餓死するのとじゃ、どっちが辛いかなぁ」

哀れなコウモリの涙が、明の指を濡らしていく。

明は考えた。

そりゃもう、一生分考えた。

そして決めた。

「本当に……一口だけだぞ？」

コウモリが「信じられない」と言った表情で明を見上げる。

「俺の気が変わらないうちに、さっさと囓れ」

明は右手にコウモリを載せると、左手の人差し指を差し出した。

コウモリは何度も頷いて、カプリと明の指を噛む。

小さな針でチクリと刺されたような感じ。思ったほど痛くない。

懸命に血を吸っているコウモリを見下ろし、明は小さなため息をついた。

「何でこうなるんだ？　ったく、泣くほど旨いのか？　俺の血は」

ボロボロと涙を零しながら血を吸っていたコウモリは、一旦口を離して深く頷く。

「いちいち返事しなくていいから」

ちまちまと血を吸い続けて数分後、コウモリは明の手のひらから転げ落ちた。そして人型に戻る。

　エディは血のついた唇を丁寧に舐め、深紅の瞳で明を見つめた。

「この世の物とは思えねぇほど、旨かった。最高だ。これからもよろしく頼む」

「これからも？　おいちょっと待て。俺は毎日、血を吸われ続けるのか？」

「まさか。俺は燃費がいいから、吸うのは十日にいっぺんぐらいで平気」

　十日に一度でも、数ccの微々たる量でも、延々と吸われ続けるのは勘弁してほしい。

　明は血の滲んでいる人差し指を見つめ、「一度許してしまえば、一回も百回も変わりないってヤツだな……」と、呆然と呟く。

「お前の血を吸ったら、もう他の人間なんてまずくて吸えねぇ」

　エディは嬉しそうに言うと、明の左手首をそっと掴み、血の滲んだ指を口に銜えた。

　労るように舌で傷口をなぞり、飴を舐めるように動かす。

　第二関節まで含んでは、舌を絡めながら引き抜いた。それを何度も繰り返す。

　あることを想像させる動きに、明は顔を赤くして、慌ててエディの口から自分の指を抜いた。

「何だよ。もう少し余韻を味わいたかったのに」

「人型でそういうことはするな。見てるこっちが恥ずかしい」

「すっげー感じたろ？」

　エディは深紅の瞳でニヤリと笑う。

「……腹一杯になったら、さっさとコウモリになって鴨居にぶら下がってろ」

「はいはい」

　エディは、いつの間にか耳まで赤くなっている明の横顔を見つめたまま、ポンとコウモリに変化した。


　蝉は朝っぱらから、一生に一度の夏を謳歌していた。

「うるさい」

　明は目覚まし時計が鳴るより先に目を覚まし、窓の外に向かって悪態をつく。

「確か、今日の午後に新しい入居者が……」

　明は、冬眠から覚めたばかりのクマのようにゆっくり起き上がった。

　ぐっと大きく伸びをして、立ち上がる。

「今日もいい天気になりそうだ」

　カーテンと窓を勢いよく開けて朝日を浴び、朝の清々しい匂いを胸一杯に吸い込んだ、その時。

「あちっ！　あちちっ！　あち、あちっ！」

コウモリが、物凄い勢いで部屋の中を飛び始めた。

「朝っぱらから……うわっ！　何で煙が出てるんだっ？」

コウモリの体から、プスプスと白い煙が立ち上っている。

「あっち――――っ！」

パニック状態なのだろう。コウモリは天井や砂壁に激突しながら、逃げ道を探していた。

「エディッ！」

明は、慌てふためくコウモリをむんずと両手で握りしめ、急いでキッチンシンクの中に放り込む。そして勢いよく水道の蛇口を捻った。

立ち上っていた煙は瞬く間に消えたが、コウモリはぐっしょりと濡れて別の生き物のような形になる。

「一体何があったんだ？」

コウモリをキッチンペーパーで包みながら、明は怪訝な顔で首を傾げた。

「明がいきなりカーテンなんか開けたりすっから…」

「は？」

「吸血鬼は、太陽の日に当たったら灰になっちまうの！　知ってんだろ？」

明は眉を顰め、しばらくコウモリを見下ろしてから「あ！」と、思い出したように声を上げる。

「だ、大丈夫か？　火傷とか…」

「その前に、窓とカーテンを閉めろっ！」

「分かった」

その場にコウモリを下ろし、明はすぐさま窓とカーテンを閉めた。

振り向くと、ぐっしょり濡れたエディがうんざりした顔で立っている。

文字通り、水も滴るいい男なのだが、右手の甲が赤くただれて痛々しい。

「まいった。水にも弱いのに……」

「とにかく薬だ。火傷の薬を塗って、包帯を巻けば、どうにか……」

「人間の薬が効くかってんだ」

エディは、髪から滴を垂らしてため息をついた。

「それでも、何もしないでおくよりはましだ」

明は押し入れを開けると、救急箱を引っ張り出す。そしてだるそうによろめくエディを座らせて、傷の手当てを始めた。

消毒をしてから軟膏を塗り、油紙で患部を覆って包帯を巻く。テキパキとした動きは看護師のようで、エディは感心した。

「よし。それと、そのご大層な服を脱げ。見ていて暑苦しいし、場違いだ」

「着替えねぇもん。俺に裸でいろと？　それとも、俺の裸が見たいとか？」

「バカモノ」

エディの頭に、明の容赦ない手刀が炸裂する。

「コウモリになればいいだろう？　コウモリに。そして、日が沈むまで押し入れの中に入ってろ」

「そりゃ、そうだけど」

「クリーニングに出すんだから、さっさと脱げ」

救急箱の蓋を閉じながら自分を睨む明の前で、エディは渋々服を脱いだ。


左の羽に包帯を巻いたコウモリは、皿に入れたスイカと共に、押し入れの中。

ダメージを負ったせいか、随分と大人しい。

「じゃあ俺は、クリーニング屋に寄った後、ついでに買い物をしてくるからな？　一応エアコンをつけておく」

「分かったー」

コウモリは押し入れの隙間から顔を出し、小さく頷いた。


「包帯が外れるから、動き回るなよ？　それと」

「ガキじゃねぇんだから、あれこれ言うな」

「そうだった。押し入れに入ってるのは伯爵様で、何百年も生きてる吸血鬼だった」

明は苦笑を浮かべると、タキシードの入ったビニール袋を片手に部屋を出る。

「一度関わった相手は、最後まで面倒を見る口か。最近の人間にしては、よくできてるじゃねぇか。うん。遊んで餌にするだけってのは勿体ねぇ」

だからと言って、何をどうしようとも思っていないエディは、明の匂いの残る布団で居眠りを始めた。


『一〇一号室に入る人ね、外国人なのよ。あ、でも身元はちゃんとしてる人だから、比之坂さんは心配しなくても平気。ご両親がまたできた方で、国際電話だってのに何度も電話をくれてねぇ。うちの息子をよろしくお願いしますって。荷物は午後に届くと思うから、部屋の鍵は開けておいてね』

買い物帰りに寄った不動産屋は、明にそう言った。

そして今、明が立ち会う中、引っ越し業者が一〇一号室に荷物を運んでいる。

引っ越し慣れしているのか、それとも足りないものは現地調達する気か、荷物は小さい段ボールが四つ。若い社員が汗を垂らしながら、一人で全部運んだ。

「これで全部になります。管理人さん、サインをお願いできますか？」

「俺でいいのか？」

「はい。到着していないときは、管理人に荷物を預けるようにと、ご本人さんから言づてがあって」

「……まあ、そうだよな。はいお疲れさん」

明は、配達証明の伝票を受け取ってサインをする。社員は、管理人による代理サインの書かれた伝票を受け取って桜荘を後にした。

「ええと、チャールズ。チャールズ・カッシング？　この名前だと男だな。純和風のアパートに越してくるなんて日本マニアか？」

明は差出人名を指で辿（たど）った。

「比之坂さーん。それって、新しい人の荷物？」

買い物帰りか、河山がコンビニのビニール袋を片手に部屋を覗き込む。

「ええ。外国人のようですよ。どこの国かな？」

「どれどれ。あ、失礼します～」

目新しい物は何でもネタにしたくてたまらない彼は、サンダルを脱いで部屋に入ると、段ボールに貼られている伝票を見た。

「住所がロンドンになってるからイギリス人？　もしくは、仕事か学業でロンドンにいた人？　どっちにしろ、英語圏の外国人だ」

「日本語が通じなかったらどうしようかな。河山さん、通訳できます？」

「多分、どうにかかね。でもスラングまでは無理」

「エディみたいに日本語が上手いといいんだが」

渋い表情を浮かべる明の横で、河山が「どうにかなりますよ」と笑う。

「だといいけど」

明は肩を竦（すく）めて呟いた。


部屋に戻ると、コウモリから人型に戻ったエディが買い物袋の中を漁（あさ）っていた。

「お前、素っ裸で何やってんだ？」

「スイカを探してる」

どうやら彼は、スイカがお気に召したらしい。畳の上に店を広げながら、懸命に探している。

「あー、今日は買ってない」

「俺の大事な水分補給餌を買ってねぇだと？」

エディはのそりと立ち上がり、前も隠さず明に詰め寄った。

「その恰好で近づくなっ！　服を買ってきてやったんだから、さっさと着替えろ！」

「服？」

「そうだ！　わざわざお前のために買ってきてやったんだから着ろ！」

随分と立派な物をぶらさげやがって。

明は目を泳がせながら、もう一つの買い物袋の中からTシャツとバミューダパンツ、そして下着を引っ張り出す。

「俺のためにわざわざか。いい響きじゃねぇか。貢ぎ物はありがたく着させてもらう」

本当なら自分のお古で間に合わせるのだが、いかんせんエディは明より十数センチ背が高く、肩幅も違う。だから、仕方なしに買ったのだ。

「血液しか食い物にしてないわりには、いい体だよな」

鼻歌を歌いながら着替えるエディの、綺麗な筋肉の動きを見つめ、明は感心する。

日に当たったら灰になってしまうので肌は白いが、引き締まったいい体躯だ。

「高貴な吸血鬼は顔も体も綺麗なの。体がひょろひょろしてちゃ、見栄えが悪いだろうが」

「なるほど」

「おう。っつーか、スイカは？　スイカ！　ないなら買いに行けっ！」

「何で俺が！　もう日は暮れたから、自分で買いに行けばいいだろう？」

「俺は、どこに店があるか知らねぇ」

「だったら、地図を」

その時、タイミングよく電話が鳴った。

明はエディに「静かにしてろ」と言って、受話器を取る。

「はい桜荘。比之坂です」


エディと明は、道恵寺の境内をてくてくと歩いていた。

『檀家さんからスイカをいっぱいもらったの。うちだけじゃ食べきれないから、明君にお裾分けしてあげるから、取りに来て～』

電話の主は、聖涼の母だった。

それで二人は、お裾分けを頂くべく道恵寺の母屋に向かっている。

「お前以外にも親切な人間がいるんだな」

エディは深呼吸して、夕暮れの空気を胸一杯に吸い込んだ。

「ああ。道恵寺さんとは、曾祖父(ひいじい)さんの頃からのつき合いなんだ。だからいろいろと面倒を見てくれる。どれだけ感謝しても足りないくらいだ」

明はそう言って、目を細めて笑う。

「目新しいことがしたい」と言う明の曾祖父と、「敷地が広過ぎて管理ができない。誰か土地を借りてくれないかな」と言う道恵寺は、仲介してくれた不動産会社が縁で親しいつき合いをしていた。

曾祖父が亡くなってからは、祖父が管理人として桜荘に住んでいた。

明も赤ん坊の頃は桜荘に住んでいたが、父の仕事の都合で仕方なしに桜荘を後にする。

だが、夏休みや冬休みには家族揃って桜荘に戻り、祖父と一緒に寺の境内で昆虫採集に励んだ。

結婚の遅かった祖父は、自分が生きている間に孫の顔を見ることはないと諦めていただけに、明の誕生には父よりも喜び、そして男泣きした。

彼は明をただ可愛がるだけでなく、体を鍛えることや礼儀作法もしっかり教え込んだ。

幼い明から見れば、空手の有段者である祖父は、それだけでヒーローだ。

そのため、彼は父よりも祖父に懐く「お祖父ちゃん子」になった。


道恵寺の跡取り息子である遠山(とおやま)聖涼と出会ったのは、明が小学四年生の夏休みのことだ。

当時大学二年生であった聖涼は、それまで住んでいた学生寮が取り壊されることになり実家に戻っていた。

『君が比之坂さんがいつも言ってた明君かぁ。よろしくね』

真っ黒に日焼けした明を見下ろし、優しそうな笑顔を浮かべたのを、明は今でも覚えている。

聖涼も一人っ子、明も一人っ子。

弟が欲しいなと思っていた聖涼は、明を実の弟のように可愛がり、明もまた、この物腰穏やかな青年を実の兄のように慕った。

その後も祖父や聖涼、道恵寺との交流は続いた。

そして、明が就職して二年目のゴールデンウィーク。

彼は祖父と両親に温泉旅行を贈った。

「まだお給料は少ないのに、無理しちゃって」と言いながらも、両親は一人息子の思いがけないプレゼントに涙ぐみ、祖父は「お前もこういうことをする年になったか」と、鼻をすすった。

明は仕事の都合で一緒に行けなかったが、それでも祖父と両親の喜ぶ顔が見られて満足だった。

けれど数日後。

休日出勤していた明の元に届いたのは家族の訃報だ

った。

その後のことは、明は今でもよく思い出せない。

彼が覚えているのは、道恵寺の住職と聖涼が明の代わりに何もかも取り仕切り、葬儀を終えた後からのことだった。

「しっかし、この寺。でかいわりに手入れがされてねぇな。木も草も生え放題」

本堂へ続く道は石畳になっているが、エディの言う通り、陽光を遮るように大木が生い茂り地面は草原のように草が生い茂っている。

「代々住職の趣味らしい。それに、子供が自然と触れ合うことができる場所だってことで、小学校の移動教室にも使われてる」

明がそう説明した時、本堂の裏手から犬の鳴き声が聞こえた。

「げっ。犬？」

エディは顔を顰めて立ち止まる。

「あー……もしかして母さんに呼び出されたのか？　明君」

道恵寺の跡継ぎである聖涼が、半袖シャツに麻のスラックスという恰好で彼らの前に現れた。

「はい。聖涼さんは、弁天菊丸の散歩？」

聖涼の足元で、一匹の柴犬が子犬ながらも行儀よく「お座り」をしている。

弁天菊丸とは血統書名なのだが、名前のインパクトがあまりに素晴らしいので、そのまま普段の呼び名となった。生後半年のヤンチャ盛りのオスだ。

「ああ。最近こいつ、散歩する距離が伸びてね。こっちもいい運動になる。ん？　あれ？　こちらの外国人さんは……」

聖涼は、明の傍らに立っているエディをじっと見つめた。

エディも、じっと聖涼を見る。そして、心の中で
「明ほどじゃねぇけど、すっげー旨そうな匂いっ！」

とシャウトした。

「……エディ？」

明の刺々しい声を無視し、エディは物欲しそうな顔をして聖涼に近づく。

だが。

「うっ！」

突如、聖涼の背後から後光が差した。

眩しくて恐ろしくて、それ以上聖涼に近づけない。

「なんで、宗教が違うのに、だめなんだよ……っ」

「このバカッ！　聖涼さんに何をする気だったんだ！」

エディは明に怒鳴られながら腕を引っ張られる。

「君は」

聖涼は最後まで言えなかった。弁天菊丸が、エディを見上げて物凄い勢いで吠えだしたのだ。

「こら！　弁天菊丸っ！」

「うー、弱り目に祟り目～」

リードを自分の方に引っ張る聖涼と、急いで明の後ろに隠れるエディ。

だが弁天菊丸は、幼いながらも歯を剥き出してエディを威嚇する。

「ちょっと待ってくれ」

聖涼は、一向に威嚇をやめない弁天菊丸を抱き上げ、母屋に向かって全速力で走った。

「お前、聖涼さんの首に噛み付こうとしたろっ！」

「でも……できませんでした～」

「当然だっ！　あの人は有名な退魔師なんだぞっ！このバカッ！」

明はエディの頭に何発も手刀をお見舞いしながら怒鳴る。

「俺も、ちょっと学習を……」

「あぁ？」

「宗教が違っても、信心深い人間には近寄れねぇっつーか、本能を顕わにしたら近づけねぇことが分かった……」

エディは片手で額の冷や汗を拭い、「こんなん初めてだ」と動揺を隠さない。

「これに懲りて、二度と聖涼さんを食おうなんて思うなよ？」

「了解した。あー、恐かった」

エディは明の片手を掴んで自分の胸に押し当てると、「すっげードキドキしてるだろ？」と、同意を求める。

「……本当だ」

人外らしく体は冷たいのに、鼓動は人間のそれと変わらない。

これで体が温かかったら、「吸血趣味の人間」で通るのにな。

明はそんなことを思いながら、エディの胸からそっと手を離した。

「……しかしお前、本当に犬と相性が悪いんだな」

「だから言ったろ？　猫ならいいんだ。猫なら」

エディはそう言うと、四匹の子猫を従えて本堂に向かおうとしていた三毛猫に口笛を吹く。猫はエディを見上げて小さく鳴くと、彼の足元に何度も体を擦りつけて挨拶し、再びノシノシと本堂へ向かっていった。

「『何か用事がある時は、私を呼びなさい』だって」

「俺なんて、何度もあの猫とすれ違ってるのに、一度も甘えてもらったことがない」

「そりゃお前は人間だから」

エディは「羨ましいのか？」とニヤニヤ笑う。

そこへ、聖涼が物凄い勢いで走ってきた。

「弁天菊丸の散歩は、父さんに頼んできた……っ」

息を切らし、汗を拭いながら、聖涼は何度か深呼吸する。

「聖涼さん。……何か用があったんですか？」

「用があるなんてもんじゃない…」

聖涼はやっと息を整え、エディを見つめた。

「君」

「先ほどは失礼した。私はクレイヴン伯エドワード。明の昔からの……」

「吸血鬼が、どういういきさつで明君の友人になったのか、是非とも知りたいね」

聖涼はエディの言葉を遮り、いつものほほんとした坊ちゃん顔からは想像できない、不敵な笑みを浮かべる。

「せ、聖涼さん……？」

「他の人間の目はごまかせても、私の目はごまかせない。それに、こんな大物に会うのは初めてだから、詳しいことを聞きたいね」

エディは一歩下がり、忌々(いまいま)しげな表情で聖涼を睨んだ。

「俺様を封じ込める気か？　日本のハンターごときが」

まるで世界が「空気を読んだ」かのように、上空で突然カラスが鳴き、境内に生暖かい風が吹く。

「せ、聖涼さん！　たしかにこいつは吸血鬼ですけど、スイカが好きな、物凄く間抜けなヤツなんです！　悪いことしてないですっ！」

ぶっきらぼうな態度を取っていても、明はエディに情が移っていた。

コウモリ姿は凄く可愛いし、人型に戻った時の美形さは、エディが人間の女だったら是非とも嫁に欲しいと思うほど。

明は二人の間に割り込むと、「こいつは世にも珍しい生き物だから、俺が保護して世話をしてるんです！」と訴えた。

「いやいや、珍しい生き物だってのは私にも分かる。だから、手首でも足首でも、どれか一本くれないかなと思って」

よく見ると、聖涼の右手にはナタが握られていた。

「何言ってんですか！　聖涼さんっ！」

「そんな惨(むご)いっ！」

エディと明は、揃って声を上げる。

「やっぱり手がいいな。足だと何か間抜けだし。それを燻(いぶ)してミイラにして、曰(いわ)くを書き記した紙と一緒に本堂に飾ろうと思って。是非とも、コレクションの一つに加えたい。切っても、どうせまた生えてくるだろ？　なんてったって魔物なんだから」

「生えるかーっ！」

　あっけらかんとした聖涼に、エディは大声で怒鳴り返した。

「え？　生えてこないの？」

「当然だろうがっ！　斬ってもまた生えるのは、うんと下等な魔物だ！　人間のくせに、魔物よりひでぇこと考えやがってっ！　人でなしっ！」

「うーん。魔物に人でなしと言われたのは初めてだなぁ」

「あっはっは」と楽しそうに笑う聖涼へ、「俺も言われました」と明が力無く突っ込む。

「……で？　君は本当に、明君に養ってもらってるのか？」

「どういう意味で？」

「んー、いろんな意味で」

「まあな。すぐに人を殴るのが玉に瑕だが、かなり優しく世話してもらってるぞ。体格はいいから抱き締め甲斐があるし、顔も俺好みのサッパリした綺麗な顔だ。人間でなかったら嫁にしていたな」

「誰が嫁だっ！」

　明はエディの頬を指で摘むと、思い切り引っ張った。

「同性同士の異種族恋愛は、果てしなく不毛だけど、河山さんあたりなら喜んでネタにしそうじゃないか？」

「そうですねぇ……って、聖涼さん。勝手に話を大きくしないでください」

「だって面白いじゃないか」

「ありゃ？」

　エディが変な声を上げる。

「うるさい！　元はと言えば、お前がだな…っ！」

「おや」

　エディに続き、聖涼まで不思議そうな声を上げた。

「え？」

　明は、二人の視線を追って振り返る。

　そこには、「白馬に乗ったら王子様になっちゃうだろう美青年」が立っていた。

　境内の、石灯籠のふわりとした灯りでも光り輝く金髪。身長はエディと同じぐらいだろう。明の目線だと、彼の鼻あたりになる。

　エディよりもバタ臭い顔立ちだが、それでも顔のパーツは素晴らしく整っていた。

　彼は質のよさそうな麻のスーツに身を包み、丈夫で有名なブランド物のボストンバッグを手にして、人好きのする笑みを浮かべて立っている。

「あの」

咄嗟に英語の出てこない明に代わり、エディと聖涼が口を開こうとしたが、

「桜荘はどこでしょうか？」

流暢日本語で返されて目を丸くした。

「もしかして、一〇一号室に入居する、チャールズ・カッシングさん…？」

日本語が通じると分かった途端、明は堂々と彼の前に出る。

「はい。地下鉄で最寄り駅へ降りたまではよかったんですが、出口を間違えてしまったらしくて」

「ようこそ、日本へ。俺は比之坂明。桜荘の管理人です」

「こちらこそよろしく。私のことはチャーリーと呼んでください。それにしても」

チャーリーは、明の差し出した手をしっかりと握りしめるだけでなく、彼をぐいと自分に引き寄せた。

「明。君はなんてキュートなんだっ！」

ギュウ。

明はチャーリーに激しく抱き締められた。

エディと聖涼は唖然とし、二人の抱擁を阻むことも忘れる。

「しかも桜荘の管理人だなんてっ！　私は運命を感じるよっ！　ああ、神様に感謝しなくてはっ！」

「ちょ、ちょっと待てっ！」

「私はきっと、君に出会うために日本に来たんだ。マイダーリン、愛しているよ」

チャーリーは片手で明の顎を掴むと、キスの体勢に入った。

「てめぇっ！　俺様の大事な大事な餌に、何しやがるっ！」

だがすんでの所で、明はエディに救出される。

「人間同士の同性愛の方が、まだましかな」

聖涼は聖涼で、明の無事を確かめた途端、酷いことを微笑みながら呟いた。

「明も明だっ！　抵抗しろよっ！」

「いや、その、びっくりして……」

エディは「大事な餌っ！」を連呼しながら、明をキュウキュウに抱き締める。

「失敬だな、君っ！　私達の恋を邪魔するのか？」

邪魔をするもなにも、まだ恋なんてしてません。

明は心の中で、辛うじて突っ込んだ。

「失敬なのはどっちだっ！　こいつは俺様の大事な餌だっ！」

「ちょっとエディ君。君の発言は…」

聖涼が冷静に言うが、エディは聞く耳を持たない。

毛を逆立てた猫のように、チャーリーを睨み付ける。

「私のダーリンが餌？　……君は一体」

チャーリーは、観察するようにエディを見た。

五分ほどそうしていただろうか。

チャーリーは「ハッ」と顔色を変えると、ボストンバッグの中から木の杭と木槌を取り出した。

「見つけたぞっ！　極悪非道の吸血鬼っ！」

「……お前、遅いっつーの」

エディは呆れ声でため息をつく。

彼が吸血鬼だと一瞬で分かった聖涼も、苦笑するしかない。

「私が日本にやって来たのは、大物の魔物が日本に潜伏していると知ったからだっ！」

「チャールズ・カッシング、だっけ？　カッシング、カッシング……。そういや、カッシングっつー魔物退治屋がいたっけなぁ。お前、子孫か？」

エディは明を抱き締めたまま、遙か昔の記憶を手繰り寄せた。

「吸血鬼っ！　貴様も名乗れっ！」

「クレイヴン。クレイヴン伯エドワード」

仕方がないからつき合ってやるかと、エディは面倒臭そうに名乗る。

彼の名を聞いたチャーリーは、目を丸くして驚いた後、夕暮れの空に向かって笑い出した。

「クレイヴン！　その呪わしい名をここで聞くとはっ！　我が一族の仇っ！」

「あー……多分それ、親戚の誰かがクレイヴンを騙ったんだな。ウォルター伯かヴァーチュー伯だと思う。あの家の連中は、何かあるってーと、すぐクレイヴンの名前を出しやがった。よっぽど本家を継ぎたかったんだな。それとクレイヴン直系は、人間の血は吸っても殺したりしねぇ」

悪いか人違い、いや吸血鬼違いだと、エディは少々気の毒そうな顔でチャーリーを見る。

「はっ！　それがなんだ。クレイヴンの血筋には違いないだろう？　ならば直系のお前が一族を代表して罪を償えっ！」

「無茶苦茶言うなよ」

思い込んだら命がけを地で行くチャーリーに、エディは「つき合ってらんねぇ」とそっぽを向いて、腕の中から明を離した。

「江戸の仇を長崎で討つって感じかな？」

「多分、そうだと」

聖涼と明は顔を見合わせて肩を竦める。

「覚悟しろ！」

「覚悟しろって言われてもなぁ」

「一族の仇だけではない！　私の最愛の明を誘惑しようとした罪は重いぞ！」

そりゃ何だ？　一体俺がいつ、あんたの最愛の人になった？

明はあんぐりと口を開け、心の中で突っ込んだ。

「エディは吸血鬼だからいいとして、チャールズはキリスト教じゃないのかな？　キリスト教って同性愛者に寛大じゃないだろう？」

「二大勢力にカトリックとプロテスタントがありますよね。世界史で、ルターの宗教改革を習ったことを思い出しました。どっちかが寛大なんじゃないですか？」

「だろうねぇ」

「それと、ちょっと前にテレビのニュースで、オランダで同性愛者の結婚式を放送してました。あれはビックリした」

「じゃあ、国によって違うのかな？」

「俺もそうだと思います」

二人がそんな話をしている間に、チャーリーはエディの心臓へ木の杭を打ち込もうと無駄な努力をしていた。

「逃げるのか！　卑怯者！」

悔し紛(まぎ)れの大声が境内に響く。

「あれはちょっと、近所迷惑な大声だな。明君、あの喧嘩をやめさせてくれないか？」

「俺がですか？」

「君の他に誰がいるのかな？」

聖涼はナタを片手ににっこり微笑んで、明の肩をポンと叩いた。

「仕方ない」

明は小さなため息をつくと、おもむろにエディとチャーリーの間に入る。

「危ねぇぞ！」

「マイダーリン！　どいてくださいっ！」

「近所迷惑だ」

彼は怒りを含んだ低い声で言うと、チャーリーの手から木の杭を奪い、エディの耳を引っ張って桜荘に向かって歩きだした。

「おい！　スイカは？　明、スイカッ！」

エディは耳を引っ張られながらも、スイカは忘れていない。

「後だ、後！」

「ダーリン、その木の杭はカッシング家に伝わる大事なもので……っ！」

「だったら神棚にでも飾っとけ」

一人の外国人と一体の吸血鬼を従える明は、呆れと怒りで肩を怒らせている。

「桜荘は、これから賑やかになりそうだな」

聖涼はそう呟いてナタに視線を落とすと、「ちょっと勿体なかった」と肩を竦めた。


チャーリーは一〇一号室に突っ込まれた。

そしてエディは管理人室へ直行。

「いてーって！　耳、いてーって！」

「ったく」

明はエディの耳を離して正座すると、片手に持っていた木の杭を力任せに畳に突き刺す。

「何で俺が、会ってすぐのヤツのダーリンにならなきゃならないんだ？」

「一目惚れなんじゃね？」

「男が男にか？」

「世の中にはいろんな趣味嗜好の人間がいる。こういうこともあんだろ。けど、お前は俺の大事な餌だ。他のヤツにはくれてやんねぇ」

エディはそう宣言して、座布団を枕代わりに、ごろりと横になった。

「俺は進んで餌になった覚えはない。お前が涙を流して頼むから、仕方なく献血してやってんだ。そこをしっかり覚えろ」

「はいはい。って、その杭、どうすんだ？」

「物騒な物は捨てたいんだが、俺の物じゃないし。……それに年代物っぽい」

畳に突き立てられた杭は、半分ほど黒く染まっている。

「俺の仲間が、何人かそいつで殺されてんなぁ」

「えっ？」

まじまじと見つめていた明は、エディのひと言で後ずさった。

「どーせ、自分の力を過信した、どっかの地方貴族だろ。自衛は当然。できなきゃ自業自得だ」

「エディ。お前、仮にも自分の同族を」

「バカな同族は淘汰されても仕方ねえ」

「意外に冷たいんだな」

「冷たいわけじゃねえ。そういうものなんだよ」

明は「そうか」と小さな声で言うと、押し入れの中から救急箱を取り出す。

「じゃあ、まずは風呂に入ってこい。それが済んだら火傷の手当てだ」

「風呂ぉ？」

エディは頬を引きつらせ、「風呂なんて」と嫌そうに言った。

「さっさと入れ。俺は不潔な人間は、男も女も好かない」

だから俺は人間じゃないって……と、エディは心の中で突っ込む。

「下着を出しておくから、上がったらそれに着替えろよ？」

面倒臭そうに立ち上がったエディに、明が声をかけた。

「分かった」

世話好き、綺麗好き、ゴハンも旨い。

エディは、「やっぱこいつ、嫁向き」と苦笑した。


たった五分で風呂から上がったエディに、明は「ちゃんと洗ったのか？」と呆れ声を上げた。

「洗ったたっての！　水は吸血鬼の弱点だから、俺は風呂は嫌いなんだ！　入らなくても美形だろ！」

エディはタンクトップにトランクスという恰好で、髪からポタポタ滴を垂らしながら怒鳴る。

「ふざけんな。不潔な美形なんて最悪じゃないか。……ああもう。畳が濡れる」

明はエディが肩にかけていたバスタオルを掴み、彼の頭をゴシゴシと拭いた。

「必要以上に優しくされると、お礼がしたくなるんだけど」

「米俵でも持ってきてくれるのか？　それとも…」

「肉体奉仕」

エディは明の腰に両腕を回し、ぎゅっと抱き締める。

「おい」

「こういうのは、一人で寂しく処理するより、誰かにしてもらった方が気持ちいいだろ？」

「その前に、俺はホモじゃない」

「だから、明にはその素質が充分あるって」

逃げようとする明をしっかりホールドし、エディは彼の耳をやんわり噛んだ。

「あっ」

自分の声ではないような、低く掠れた甘い声。

明は顔を真っ赤にして、悔しそうにエディを睨む。

「もう感じてるだろ？」

「こんなことする前に、火傷の手当てが先だ……っ」

「ここまで感度がいいと、どこまで乱れるか試してみたい」

「この、バカッ！」

悪態をついたはいいが、明は抵抗しきれずエディに押し倒された。

「脱がしづらいもん穿いてるよな、お前…」

エディは片手で、明の両手を彼の頭の上で一括り(くく)にするると、余った手で下肢に触れる。

ジーンズ越しに、何度も引っ掻くようになぞられるたび、明は背中を反らして唇を噛みしめた。

「我慢すんな。もう硬くなってるぞ」

「こういうことはするなと、言った……っ」

「隙を見せるお前が悪い」

エディは明にキスをしながら、手のひらでジーンズごと柔らかく雄を揉む。

強弱をつけて何度も揉まれるうちに、最初は体を捩って抵抗していた明の口から荒い息が漏れ始めた。

「んっ、んぅ……っ」

彼はエディの指が動きやすいよう、無意識のうちに両足を大きく広げてしまう。

「ホント。体は素直だよなぁ」

「違う……っ」

明は慌てて足を閉じようとしたが、エディが体を割り込ませる方が早かった。

「俺とお前は確かに雄同士だけど、種族が違うだろ？　人間界の理なんて関係ねえ。葛藤するだけ無駄だ」

吸血鬼にどうにかされるってことが問題なんだ。これなら、人間の男の方がマシだろ……っ！

明は悔しそうに唇を噛みしめ、エディの赤い瞳を睨み付ける。

「いい加減、観念しろ。お前は滅茶苦茶感じやすい体質なの。誰に調教されたんだ？　ん？」

「調教って言うな……っ」

「間違ってるのか？」

間違っているけど間違っていない。

何をどう説明していいのか分からず、明は顔を真っ赤にして首を左右に振る。

彼は、学生時代つき合っていた女性に、快感ポイントを開発させられちゃっていたのだ。

脱童貞でいきなりディープな世界に入ってしまった彼は、「こんな凄い世界があるのか」と、「健全な精神は健全な肉体に宿る」と言う祖父の教えに従っていたにも拘わらず、ついつい深みにはまってしまった。

「変わった性癖」を持っていた彼女は、素晴らしいテクニックで散々明を泣かし、声を上げさせ、何度も放出させてから、彼を犯すように女性上位でインサートするのを好んだ。

キャンパスでは「お嫁さんにしたいナンバーワン」と言われていた彼女の豹変ぶりに、最初は驚いたが、明は次第に、堪えようのない快感の世界へのめり込んでいった。

けれど、彼女がベッドの上に鞭とバイブレーターを放り投げ、「明君に使ってあげるね」と言った瞬間、これはヤバイと明は目が覚めた。

「なんでそんなの使うんだ？」と文句を言う前に、それを使ったらどれだけ気持ちよくなれるんだろうと思ってしまった自分を、ヤバイと感じてしまったのだ。

その後明は、「このままではダメになってしまう」と、断腸の思いで彼女と別れる。

「お似合いのカップル」だった二人の破局に、友人達はこぞって理由を聞いたものだ。

だが明と、「清楚」を装っていた彼女の二人は理由を言えるはずもなく。

それがきっかけで、明は女性とつき合うことができなくなった。かといって、男に走ることなどなく、清らかで心穏やかな日々を過ごしていた。

なのに、エディにちょっかいを出されたせいで、なりを潜めていた「悪い癖」が起き出してしまったのだ。

「は、離せ……っ」

ジーンズを太股まで引き下げられた明は、どうにかして腕を使おうと動くが、快感で力が入らない。

「こうなっちまうと、威勢のよさはどこへやらだな。俺のこと、殴って払いのけられねぇだろ？」

エディは明の頬にキスをして、下着を下ろした。

勃起した雄は下着に引っかかったが、エディは構わず強く引っ張る。その刺激さえ感じるのか、明は目尻を真っ赤に染めて、掠れた声を上げた。

「うんと気持ちよくしてやっから、十日にいっぺんじゃなく一週間にいっぺん、血を吸わせろよ」

だが明は、首を左右に振って「嫌だ」を繰り返す。

「俺が気に入っただけあるぜ。余計な肉がこれっぽっちもついてねぇ。いい体だ」

エディは明の下腹を指先で撫で回し、先走りを溜めている先端にわざと触れた。

「ん……っ」

明の雄はぴくんと揺れ、髪と同じ色の体毛に先走りを滴らせる。

「今度は銜えてやろうか？　指で扱くより気持ちいいぞ」

「いい加減に、しろ……っ」

「それとも、扱きながらお前のイく時の顔を見るのもいいよな」

明が泣きそうな顔で「ふざけるな」と言う前に、エディは彼の雄に指を絡ませた。

「い、いやだ……っ」

「ここはしてほしいって言ってる」

雄は不規則に扱かれ、クチュクチュと粘り気のある音を立てる。空気を含んだ先走りが泡立ち、白いものが目立ち始めた頃には、明はすっかり大人しくなった。

頭の上で一括りにされていた腕も、戒めが解かれたのにそのまま。

「お前、もう絶対に！　血を吸わせてやらないからなっ！」

「そんなことねぇさ。お前は、一度世話した相手は、最後まで面倒みる性格だろ？」

そう言って微笑むエディの指は、明の雄から溢れ出た先走りでぬるぬると汚れている。

「たとえ自分が、百歩譲ってホモだとしても……っ」

「ん？」

「恋人でもない男に触られて、気持ちよくなるなんて有り得ない……っ」

明は目に涙を溜めて大きく鼻をすすった。

「恋人だったらいいのか？」

エディは興味深げな瞳で、明を見下ろす。

「誰が化け物と恋人同士になるかっ！　お前は俺を強姦してるんだぞっ！」

明は素晴らしい腹筋で起き上がると、エディの胸元を両手で掴んだ。

「いきなりキレるんじゃねぇ」

エディは明を再び大人しくさせるため、片手で雄を扱きながらもう一方の手で袋をやんわりと包み、中身を転がすように小刻みに動かす。


「ひゃ、あ……っ」

明はエディのタンクトップを掴んだまま、彼の肩口に顔を押しつけて喘いだ。

「強姦って言っておきながら、気持ちよさそうな声出すな」

「あ、あっ、やめ、やめろ……っ」

感じる場所を同時に愛撫された明は、鳥肌が立つような気持ちよさに、自ら腰を振り始める。

「弄られて気持ちいいだろ？　こういうのは、強姦って言わねぇの。よく覚えとけ」

「バカ……ッ！」

「俺にバカって言ったの、お前が初めてだ」

エディは、噛み付けと誘っているような明の綺麗な首筋に視線を落とし、苦笑する。

約束だからな。勝手に噛んだりしねぇよ。

「エディ、も、やめろ……っ」

「やめねぇ。ほれ、顔見せろ。すっげーエロい顔、俺に見せろよ」

彼は明の体をゆっくり元の位置に戻し、顔を背けることができないように片手で顎を掴むと、今までより激しく雄を扱いた。

「あ、バカっ！　もういい！　もう触るなっ！」

「嫌だ」

「ダメだって。エディ、もう勘弁してくれ……」

涙を浮かべて懇願する明の顔に、加虐心をそそられる。

エディはごくりと喉を鳴らし、ねっとりと濡れて卑猥な音を立てている明の雄に最後の刺激を与えた。

「あ、あ、やだ、やだ……っ、あ、ぁ…っ！」

明は切なげに眉を顰めて腰を大きく突き出すと、低く掠れた声を上げて果てる。

放出は二、三度に渡って繰り返され、広い範囲に飛び散った。

「いっぱい出したな」

残滓(ざんし)を絞り出す指の動きにさえ、明は切ない声を上げる。

「気持ちよかったろ？」

エディは明にキスをすると、抵抗しない彼の舌を吸い、ゆっくりと絡め取った。

「ん……っ」

明はエディの背に両手を回して引き寄せ、もっと深いキスをねだる。

理性よりも快感が勝り、自分でも何をしているのかよく分からないのだろう。だがエディにとって、その方が都合よかった。

動物が水を飲むような音を響かせ、二人はやっと唇を離す。

「もっと気持ちよくなりてぇ？」

耳元で囁かれ、明はぎこちなく頷いた。

すると、エディの片手が明の下肢にするりと伸び、快感で柔らかくなった後孔に触れる。

「うっ！」

明は驚いて体を強ばらせるが、エディの指は彼の後孔に潜り込んだまま出ようとしない。

「な、な、な……っ！」

衝撃で〝素〟に戻った明は、目を丸くしてエディを見上げた。

「ヴァージンか。楽しめそうだ」

その言葉がいけなかった。

「ふざけるなっ！」

明は、今度は目を三角にして大声で怒鳴る。

「い、いてぇ……」

怒鳴っただけじゃなかった。エディはゴロンと転がると、左頬を手で押さえる。

「ああもうっ！　俺のバカ野郎っ！　今後一切快感に流されたりしないと誓ったはずなのにっ！　よりにもよって、化け物相手に二度も醜態を晒(さら)すとはどういうことなんだっ！」

明は「ふがいないっ！」と自分を叱咤して、精液で汚れたTシャツを脱ぎ、下着とジーンズを乱暴に引き上げた。

「何で、そこで〝素〟に戻んだよ」

「お前も、その汚れた手で顔を撫でるなっ！　もう一度綺麗に洗い直せっ！」

「汚いって……これは明の」

「それ以上何か言ったら、スイカはナシだ」

「すいませんでしたっ！」

「それと」

「……まだ何かあんのかよ」

「ソレをどうにかしろ」

明は頬を染めてそっぽを向いたまま、エディの下半身を指さす。

そこは元気いっぱい自己主張していた。

「あー……どうにかって言われても、困る」

エディは「えへへ」とだらしない笑みを浮かべる。

「トイレで始末してこい」

「は？　明を気持ちよくさせてやったのは、どこの誰だ？　何で俺が、一人寂しくしなくちゃなんねぇんだよ！」

「俺はそういうことを頼んでなどいないっ！」

「何それ」

「とにかく、トイレで抜いてこいっ！」

「手だけでいいから、貸せよ。俺は自慢じゃないが、一人で処理なんてしたことねぇ」

エディは明の手を掴み、自分の股間に押し当てた。

「うげっ！」

ゲイでもない限り、同性の勃起した雄など、アダルトビデオで見る機会はあっても、直に触れる機会などない。明は硬く反り返って熱くなっているエディの雄に、至って正常な反応を見せた。

「それ、すっげー傷つくんですけど」

「だったら手を……」

「ダメダメ。明の手は気持ちいい～」

エディは明の反応を楽しみながら、彼の手で自分の雄を扱く。

そこに、運がいいのか悪いのか、チャーリーが現れた。

「何度ノックしても、誰も返事をしてくれないから……って、この吸血鬼っ！」

申し訳なさそうな笑みを浮かべて中に入ってきたチャーリーは、明の手を自分の股間に押し当てているエディに向かって、猛然と立ち向かう。

「私の明に、猥褻なことを強制するなっ！」

「ちょ、ちょっとカッシングさん…」

「カッシングなんて水くさい。チャーリーと呼んでください。私の大事な宝石」

チャーリーは賛美しているつもりだろうが、明は頬を引きつらせて黙り、エディはエディでしょぼんと萎えてしまった。

「君の手にふさわしいのは、深紅のバラ。魔物の、不潔で穢(けが)れていていやらしいものじゃない」

「俺はばい菌かよっ！」

彼のひと言にカチンときたエディは、明を脇に寄せて、チャーリーを睨み付ける。

「ふん。それ以下だっ！」

「人間ごときが何を言うっ！」

「人々に忌み嫌われる魔物のくせにっ！」

「静かにしろっ！」

明の両手の手刀が、二人の美形の頭に炸裂した。

「ってぇなっ！」

「これは愛の鞭ですか〜？」

頭を抱えて蹲(うずくま)る二人に、明はしかめっ面で玄関を指さす。

そこには、桜荘の住人が「今度は何が起きたんだ？」と、心配と好奇の入り交じった複雑な顔で中を覗き込んでいた。


「もうびっくり。大きな声だったから、喧嘩しているのかと思いましたよ」

安倍は色っぽい浴衣姿で、胸に手を当てて安堵のため息をつく。

「俺達なんか、部屋の中に飛び込もうとしてたもんな？」

「おうよ！」

今日は夜のバイトは休みなのか、曽我部と伊勢崎があっけらかんと笑う。

「俺、今夜から修羅場に入るんで、静かにしてくれると嬉しいんだけど…」

河山はドリンク剤を片手に、明に騒音の苦情を言った。

「まあまあ、河山さん。そう言わずにこの状況を楽しみましょうよ。管理人室を抜かして七世帯のアパートに、外国人さんが二人も入居したんですよ〜」

橋本は部屋で飲んでいたのか、酒臭い息で笑う。

「ですよね。警察沙汰になったわけじゃないし」

一方、大野は風呂上がりらしく、腰にタオルを巻いて現れ、安倍に「きゃあ」と叫ばれた。

「みなさん、ご迷惑をおかけして申し訳ありませんでした」

エディは、タンクトップにトランクスと言った少々情けない姿で住人達に頭を下げる。

チャーリーは彼の身の変わりの早さに驚きつつも、続けて頭を下げげた。

「私はチャールズ・カッシング。今日から桜荘に住むことになりました。チャーリーと呼んでください。初めての和室に、感激の余りはしゃぎすぎたようです。それに、エディさんは私と同郷でしたので、話に花が咲いてしまって……」

お前に「エディ」なんて呼ばれたくないわっ！

エディは心の中で毒づくと、「そうなんです、チャーリーは大変陽気で、つい」と、猫をかぶってニッコリ微笑んだ。

がーっ！　何で魔物に「チャーリー」なんて呼ばれなくちゃいけないんだっ！

チャーリーは心の中で地団駄を踏んだが、それはおくびにも見せず、人好きのする笑みを浮かべた。

「お伽話の王子様みたいですね」

「はい、よく言われます」

安倍の賛美に、チャーリーは謙遜することなく応えた。

明とエディは頬を引きつらせて口を噤んだが、住人達は「外国の人は何事もハッキリ言うんだな」と感心している。


「二晩続けて騒いでしまって、本当に済まない。こんなことは、もう二度としないから」

深々と頭を下げる明に、住人達は逆に恐縮してしまった。

「あー、えっと、比之坂さん。そんなに真面目に謝らなくていいから。これもまた、何かのネタにさせてもらうよ」

河山は苦笑すると、「そんじゃ、俺はこれで〜」と管理人室を後にする。

「んじゃ、俺も飲み直そうっと」

橋本もいそいそと自分の部屋に戻った。

「あの」

安倍は切れ長の瞳でチャーリーをじっと見つめる。

「なんでしょう」

「こんなこと聞いてもいいのかしら。ええと、チャーリーさんのご職業は……？」

「本業は会社経営ですが、今は兄弟に任せてます。そうですね……さすらいの魔物ハンターとでも言っておきましょうか」

チャーリーは、腰に手を当てて偉そうに宣言した。

「魔物ハンター……？」

大野は訝しげな表情をし、曽我部と伊勢崎は「聖涼さんと同じような仕事かな」と首を傾げる。

「古今東西の魔物を発見し、退治するのが、私のライフワークなんです。皆さんも、身近に異変が起きたら私を呼んでください。すぐに原因を突き止めてあげます」

普通ならここで、「この外国人、ちょっとあぶない人系?」と引きそうなものだが。

「そうですねぇ。何かあったら、その時は」

安倍は口元に手を当てて「うふふ」と笑い。

「桜荘は至って平和ですよ」

「そうそう。ここに住んで二年になるけど、変わったことは一つも起きなかったしね」

曽我部と伊勢崎は、さらりと聞き流し。

大野は怪奇現象に興味がないのか、至って現実的に

「幽霊の正体見たり枯れ尾花……って言いますからね」

言った。

だがチャーリーは、エディを一瞥(いちべつ)して笑う。

「そう言っていられるのも、今のうちかもしれませんよ?」

「おい! 人のアパートを勝手にお化け屋敷にするな!」

明がムッとした顔で突っ込みを入れた。

「俺達、これで部屋に戻るけど、次回の騒ぎを実は期待してたりして」

伊勢崎は悪戯(いたずら)っ子のような顔で明を見ると、曽我部を引っ張って二階に戻る。

「では私も。お休みなさい」

安倍は浴衣の裾をひらひらと揺らして、伊勢崎達の後に続いた。

「そんじゃ、俺もさっさと着替えようっと。あ、チャーリーさん。あなたも日本語が上手ですねぇ」

「睡眠学習で、きっちり学習しましたから!」

胡散(うさん)くさっ!

大野は心の中でそっと突っ込むと、チャーリーの答えにほんの少し頬を引きつらせて笑い、自分の部屋に向かう。

「あんたも自分の部屋に戻れ」

「そんなつれないこと言わないで、ハニー」

「俺はあんたのダーリンでもハニーでもない」

明はチャーリーの胸を小突いて眉を顰めた。

「私の愛を受け止めてくれないのか?」

「俺は、あんたの愛を受け止める器は持ってない」

「そうか、ふふふ。恋が困難であればあるほど、燃え上がるのが人という物。私は絶対に君を振り向かせてみせるよ、マイダーリン」

「誰が明をお前に渡すってんだ。バカ」

エディは、明を自分の後ろに隠す。

「では聞くが、明はお前のものだと言うのか？」

「おう。俺の大事な餌」

「最低だな！」

言うが早いか、チャーリーは胸元から装飾の施されたロザリオを取り出した。

「げっ！」

エディは顔を青くすると、たちまちコウモリに変化し、明の背中に留まる。

「私が魔物ハンターだということを思い知らせてやる。ついでに、灰に還れ」

チャーリーは、明の背中で震えるコウモリに、じわじわとロザリオを近づけた。

「おい」

明は、容赦なく手刀でチャーリーの頭を叩く。

「いたいけなコウモリを苛めるな。可哀相じゃないか。こんなに震えてる」

「ノーッ！　何を言ってるんだい？　明。こいつは君を餌としか思っていない悪辣な吸血鬼だぞ？」

「と言うか俺は、あんたの信仰が吸血鬼に効くことに驚いてるんだが」

「そう。私は敬虔なキリスト教徒」

「ホモでも、敬虔という言葉を使っていいのか？」

「明、一つ注意していいかな？　ホモという言葉は時として差別用語になる」

「ああすまん。ええと…ゲイ、だっけ？」

そう言った途端、チャーリーは苦悶の表情を浮かべて大袈裟に胸を押さえた。

「イエスッ！　信仰と嗜好は全く違うところにある。おお、ハレルヤ。グローリー。男性を恋愛対象にしても、私の信仰心は少しも揺るがないっ！」

何を言ってるんだ？　こいつは。

明は頬を引きつらせて口を開けると、自己陶酔しているチャーリーを胡散臭そうに見つめた。

「俺の方がよっぽどマトモじゃねぇ？」

コウモリは明の肩によじ登り、呆れ声を出す。

「俺に言わせてもらえれば、どっちもどっちだ」

「ああそうだ！」

自分の世界に入っていたチャーリーは、ポンと手を叩くと明に言った。

「私の大事な木の杭を返してもらえないか？　あれはカッシング家に伝わる、大事な物なんだ」

「それなら、ほれ」

明は畳を指さす。

「ノーッ！」

チャーリーは悲痛な声を上げると、畳に半分ほどめり込んでいた木の杭を力任せに引っこ抜いた。

「マイハニー。これは吸血鬼の胸に突き刺す物で、畳に突き刺す物ではありませーんっ！」

「今時こんなもので、本当に吸血鬼が殺せるのか？」

「そこの吸血鬼で試してみようか？」

「動物虐待は止めろ。これは俺のペットだ」

明は、肩に乗ったコウモリの頭を指先で撫でる。

「俺はペットじゃねぇ」

「お前はちょっと黙ってろ」

文句を言うコウモリの頭を軽く叩き、明はチャーリーから一歩下がった。

「こいつを虐待したら、悪いが、桜荘から出て行ってもらうぞ」

「そんな！」

「魔物退治なら他でやれ」

「……了解。今日のところはハニーに免じて、吸血鬼を見逃そう。だがっ！」

チャーリーはビシッとコウモリを指さし、鋭い視線で言い放つ。

「私に寝首を掻かれないよう、精々用心することだっ！」

「お前に倒されるほど、俺は間抜けじゃねぇ」

売り言葉に買い言葉。

エディもしっかり言い返す。


「では明。今夜はこれで失礼する」

チャーリーは明の手の甲にキスをすると、部屋から出て行った。

「あのやろう！　俺の餌に触りやがった！」

「そんなことより」

明はキスされた手をジーンズで擦りながら、ムッとした表情で呟く。

「あいつ、土足で人の部屋に入ってきた。日本は殆どの家が土足厳禁だということを後でしっかり教え込む必要があるな」


道恵寺からお裾分けされたスイカは二玉だったが、それはもう半分ほどエディの腹に収まった。

「一回くらい、雨が降らないかな」

明は、庭のヘチマ棚の補強をしながら、どこまでも青い空を見上げる。

エディはというと、コウモリ姿でスイカのカケラにしがみついたまま、押し入れの中で惰眠を貪っていた。

チャーリーが入居したことで一時は騒然となった桜荘だが、数日過ぎてやっと、以前のような静けさを取り戻す。

青葉を茂らせている桜の大木は、相変わらず蝉達に住処を、明達人間には涼しい木陰を提供している。

そろそろヘチマ水を作ろうかと、たわわに実ったヘチマの一つを手にした時、弁天菊丸の元気な鳴き声が響いた。

「お?」

犬の散歩は早朝か日暮れ。

暑い日中には行わないのが当然のはずだが。

だが弁天菊丸は、はち切れんばかりに尾を揺らし、明めがけてジャンプしてきた。そして、親愛の情を込めて、明の顔を舐め回す。

「ははっ! 汗かいてるからしょっぱいだろ?」

弁天菊丸はそれでも構わないらしい。明の顔を唾液でベトベトにするまで舐めた。

「あー、またやってるよ、この子は。悪いね、明君」

半袖のワイシャツに麻のスラックス、片手にジャケットを持った聖涼が、申し訳なさそうに笑いながら現れた。

「平気です。俺、動物好きだし」

「だよねぇ。すっ飛ばして魔物にも好かれるくらいだから。……で? 彼は?」

聖涼はハンカチで額を拭いながら、キョロキョロと辺りを見渡す。

「エディなら、押し入れの中で昼寝してます」

「あの身長が押し入れの中に入るのかい?」

押し入れは一間、エディの身長は一九〇センチ近く。

聖涼は、「丸まってるのかな」と首を傾げた。

「あいつ、昼間はコウモリになってるんで、こんなです」

明は片手でお椀の形を作ると、中身を放り投げる仕草をしてみせる。

「へぇ。一度見てみたいなぁ。って言うか、魔物のコウモリなら、足の一本ぐらい切っても生えてきそうなんだけど」

聖涼は、まだミイラを作ることを諦めていないらしい。

だが明は「ダメです」とキッパリ断った。

「残念だけど仕方がないか。あのお騒がせ魔物ハンター君は?」

「魔物ハンター東京支部というところに行きましたよ。朝っぱらから。彼宛の小包がきたら預かるよう頼まれてるんですけど、何か気持ち悪くて」

「東京支部、ねぇ」

何か思い当たる節があるのか、聖涼は苦笑した。

「凄く胡散臭くないですか?」

明は弁天菊丸を軽々抱っこすると、眉を顰める。

「まあ、同好会みたいなもんだろうさ。さて、弁天菊丸。行こうか」

弁天菊丸は一声鳴くと、ひらりと地面に着地した。

「仕事、ですか？　でも何で弁天菊丸と一緒に？」

「この子は私の助手なんだ」

「犬が助手？」

「ああ。怨霊や悪霊を追いつめるのが上手い」

「だからエディに吠えたのか」

明は「なるほど」と腕を組む。

「あー……それもあるけど、弁天菊丸は日本人以外はちょっと苦手でね」

聖涼は弁天菊丸にリードをつけると、「じゃあね」と微笑んで桜荘を後にした。

「いってらっしゃい」

明は彼の後ろ姿をしばらく見送り、再び庭いじりを始める。

しばらくすると、近所の地域猫達が、のそのそと集まってきた。

彼らはやっと明に馴れたのか、甘え声を出して明の足に自分の体を擦りつける。

「お前ら、祖父さんにもこうして甘えてたのか？」

分かっているのかいないのか、猫達は「にゃあ」と鳴き、風通しのいい木陰に向かった。

「そうだ。あとで高涼おじさんに新盆の日取りと手配をお願いしないと」

自分で呟いて、明は無性に悲しくなった。

比之坂家は、毎年盆になると家族総出でキャンプをしていた。明は、サバイバル好きの祖父からナイフの使い方や薪の割り方を習った。父からは野鳥や獣の名前を教えてもらった。母は「虫が嫌い」と言いつつも、家族のためにとびきりの料理を用意した。

明が物心ついた時から去年まで、ずっとそうだったのだ。

「俺達、仲のいい家族だったんだよな」

明は、反抗期に「今更家族とでかけたりしない」とごねて、祖父の「みんなで行くんじゃ！」で一蹴されたことを思い出す。

「今年はどこにも行かない。一人で行っても仕方ないからな」

刺すような暑い日差しの中、明は零れる汗を拭うのも忘れ、家族の思い出に浸った。

が、それはすぐにやかましい声で台無しにされる。

「明ーっ！　スイカーッ！」

エディが、開け放たれた窓から外に向かって怒鳴ったのだ。

皿に入っていたスイカを落としたのか、それとももう食べたのか。

「ったく。うるさいコウモリだ」

明は両手で汗を拭うと、自分の部屋に走った。


案の定、スイカは畳に落ちていた。

「最後の一カケラを食おうと思ったら、ポロッて落ちやがった」

押し入れを覗き込んだ明に、コウモリはそう説明する。

「自分の不注意で落としてごめんなさいと、なぜ言えないんだ？」

「不注意じゃねぇ。これのせいだ」

コウモリはまだ火傷の治っていない左手、この場合は左羽を明に見せると、「スイカ、スイカ」と連呼した。

「包帯が外れたなら外れたと言え」

「俺にはスイカの方が大事だ」

「そんなに食ったら、腹を壊すぞ」

明は、スイカの汁で汚れたコウモリの口を指で拭いながら呆れ声を出す。

「あっ！　トイレもだ！　トイレに行くから、窓を閉めてカーテンを引け！」

「人使いの荒い吸血鬼め」

「言っておくが、俺が寝転んでるのはお前の布団。ここで大事が起きたら、困るのはお前だぞ」

「お貴族様が、人の布団に漏らすのか？」

コウモリは「失敬なっ！」と怒鳴って、羽をばたつかせた。

「その姿で怒っても、可愛いだけだぞ」

明は苦笑しながら窓を閉め、カーテンを引く。エディはすぐさま人型に戻り、トイレに駆け込んだ。

「暑い」

風通しのいい部屋とは言え、南向きなので閉めっきりだと熱気が籠もる。

明は、ちゃぶ台の上に無造作に置いてあるエアコンのリモコンを手に取ると、スイッチを入れた。

「はー、すっきりした！」

清々しい顔でトイレから出てきたエディに、明は今思いついた素朴な疑問を口にする。

「吸血鬼でもトイレに行くんだな」

「当然だろ」

「もしかして、普通の食事とかできるのか？　人間が食べるような」

「できるだろうけど、わざわざしたことねえ」

「今日から試してみないか？　少しずつ慣らして体質を改善させる。そしたら、わざわざ人間の血を吸わなくてもよくなるだろう？　太陽の下を歩けるようになれるかも」

素晴らしい提案だ。

明は一人納得したように、うんうんと首を上下に振る。

「お前、バカか？」

「何だと？」

「人間と同じメシを食ったら、吸血鬼の意味がねぇ。それに俺は、太陽の下を歩きてぇと思ったことも、人間になりてぇと思ったこともねぇの。どこまで行っても、人間は人間で、吸血鬼は吸血鬼だ」

「あ、そうか」

一緒に暮らしているから忘れていた。

エディは吸血鬼という「種族」なのだ。明が、自分が人間なのを当然と思い、別の生き物になりたいと思わないのと同じ。

「お前、俺に人間になってほしいのか？」

「へ？」

押し入れから救急箱を出そうとした明は、エディの問いに素っ頓狂（すっとんきょう）な声を上げる。

「だって今、物凄く寂しそうな顔して言った」

「そんなこと思ってない。第一、お前が人間になってみろ。食費はかさむし部屋は狭くなる。ただ、何となく思っただけだ」

明はエディの手を引っ張って畳に座らせると、傍らに救急箱を置き、傷の具合を見た。

「本当に治りが遅いんだな。まだグジグジしてる」

「他の傷だったら、すぐ治るぞ」

「太陽を浴びたのが顔じゃなくてよかったな」

「それは俺も思う」

「おう。キラキラした綺麗な顔が、大変なことになるところだった」

「明」

「ん？」

「俺はお前の顔が好きだが、お前は俺の顔が好きか？」

明は患部から顔を上げ、エディの顔をまじまじと見る。

「文句を言う口がなければな」

「そうじゃなく！」

「コウモリのお前は、物凄く可愛い。頬擂（ほおず）りしてもいいくらいだ」

「素直じゃねぇな」

エディは明の頬をそっと撫でると、肩を竦めて笑った。

「そ、それ以上のことはするなよ」

撫でられた頬が気持ちいいのが悔しい。明はほんのり頬を染めて、エディから顔を逸らした。

「今はな。昼間は本気が出せねぇ」

「夜でもするな。俺はホモ、じゃなくゲイじゃないんだ。異種族でも、男とどうこうなろうとは思ってない。お前にしてやるのは、献血だけ」

明は乱暴に救急箱の蓋を閉め、押し入れに入れる。そして今度は冷蔵庫に向かい、野菜室から四つ切りのスイカを取り出した。

「あ。誰か来たぞ」

エディはぴくりと耳を動かし、玄関を指さす。

「え？　誰かって……？」

ドアをノックする音が明の声に重なった。

彼は覗き窓から慎重に外を覗く。廊下には、宅配便の配達員が小さな小包を小脇に抱えて立っていた。

もしかして、チャーリーが言っていた荷物のことだろうか。

明は、ハンコを片手にドアを開けた。

「荷物なら、管理人の俺が受け取ります」

今時こんな優しい管理人がいるアパートなんてないし、そもそも、宅配業者も本人以外に荷物は渡さない。だがこの「桜荘」は違った。

責任感に溢れる若い管理人は、入居者に頼まれれば、荷物を受け取りしっかりと保管する。

近隣を回る宅配業者も「桜荘はこういうシステム」と分かっていた。

「申し訳ございません、管理人さん。一〇一号室のチャールズ・カッシングさんがお留守のようでしたので預かって頂けますか？」

「はい」

魔物ハンターだけに、退治に使う不気味な物体を注文したのかもしれない。正直言って持っていたくはないが、管理人として入居者に頼まれたのだから「任務」は遂行する。

「ハンコかサイン、頂けますか？」

「はい、ハンコ」

「ありがとうございます。失礼します」

配達員はニッコリ笑って頭を下げると、すぐさま部屋を後にする。

「何だろうな、これ。分かるか？」

明はドアを閉めながらエディに聞くが、当のエディは返事をしない。

「おい、エディ……って、お前、何やってんだ？」

エディは両手で鼻を押さえ、口で息をしている。

「くさっ！」

「え？　何も匂わないけど…」

「吸血鬼の嗅覚は、人間とは違うっ！　それ、ドアの外に出せっ！」

「だから、何が入ってるんだ？」

「ニンニクッ！　あーくさっ！　鼻が曲がる、もげる、溶けるっ！」

エディはさっさとコウモリに変化して押し入れに入ると、布団と布団の間に体を潜り込ませた。だが上手く潜り込めなくて、下半身は外に出たまま。

ワキワキと必死に足を動かす姿が、大変愛らしい。

明は「ほわん」と和んでしまった。

「あ、明っ！　苦しいっ！　息できねぇっ！」

コウモリの動きが急に早くなったと思ったら、呼吸困難でもがいていたのか。

明は慌てて、コウモリを布団の間から引っ張り出す。

「ああ！　くさっ！」

「そう言えば、吸血鬼はニンニクが苦手なんだっけ。ふーん」

「普通のニンニクなら、まだ我慢できるっ！　けどそのニンニクは、聖水をたっぷりまぶしてやがんだっ！　くさっ！　もういい、外に出るっ！」

「外に出たら灰になるぞっ！」

窓に向かって飛ぼうとしたコウモリだったが、明にキュッと握りしめられ、「ぐはっ」と哀れな声を上げた。


「あ、すまん」

「お、俺に悪いと思うなら……、その荷物を、外に出せ……っ」

「預かった物は外に出せない。風呂の蓋の上に置いておく。それならお前も大丈夫だろ？」

明は押し入れにコウモリを投げ入れると、受け取った荷物を、濡れないように風呂の蓋の上に置き、ドアを締めた。

「窓を開けて換気ー換気してー」

押し入れの奥から聞こえてくる、今にも死にそうな声。

「はいはい」

明は一旦エアコンを止め、窓を全開にした。

十分ほどそうした後、再び窓を閉めカーテンを引く。

「ったく。やられたぜ……」

コウモリは押し入れから零れ落ち、畳に落ちて人型に戻った。

「エディッ！」

明はエディの体を抱き起こすと、気をしっかり持たせようと頬を打つ。

「まだちょっと、頭がクラクラする。んだよぉ、もっと優しく扱え。お前は俺の保護者なんだろ？」

「バカ。あんまり弱々しいところを見せるな」

「何それ」

「普段とのギャップがありすぎて、どう対処していいか分からない」

真面目な顔で呟かれ、エディは呆れた顔で笑った。

「ひと噛みさせてくれりゃ、すぐ元気になるんだけど。何てったって、お前は美味しいゴハン」

「だったらコウモリになれ。献血はそれからだ」

「コウモリになる余裕なんて……うぐっ！」

エディが言い切る前に、明は彼の口に指を突っ込む。

「俺は、吸血鬼に首筋を噛まれたくなんかない。だからこれで我慢しろ」

明が突っ込んだ指は、コウモリに変化したエディが〝献血〟してもらった指。

エディは神妙な顔で明を見上げると、鋭く発達した犬歯で、彼の指を噛んだ。明は僅かに顔を顰め、苦痛を耐える。

エディは口の中に広がる極上の味に、気持ちよさそうに目を閉じた。

「その図体で、山ほど飲むなよ。俺が貧血で倒れたら、逆にお前の首筋を噛んでやる」

「やらひい」

指を口に含んだままなので、「やらしい」がそう聞こえる。

「何がどうやらしいんだ？　黙って吸え」

明はエディを抱えたまま、顔を赤くして悪態をついた。

部屋の中は、エアコンの小さな音と、エディが指を吸う音しか聞こえない。

「あっ！」

最初はただ吸うだけだったエディが、傷口を舌でくすぐった。

それが気持ちよくて、明は声を漏らしてしまう。

「このやろう、真っ昼間から……っ！」

明はエディの頭を容赦なく叩き、彼の口から指を抜いた。

「なんでぇ。もう終わり？」

さっきまでの弱々しさはどこへやら。エディは元気よく起き上がる。

「不満そうな顔をするな」

「まあそうだな。明はすっげー旨いから、一気に吸ったら勿体ねぇ気がする」

「元気になったなら、コウモリになって押し入れに入ってろ。俺は人間用の食事をする」

エディは、そう言って立ち上がる明の腕を素早く掴み、唇に触れるだけのキスをした。

「こらっ！」

「お礼だ、お礼。俺は育ちがいいから礼儀正しいんだ」

「そういうことは、女にしろ」

「俺は明にしたかったの」

「何で？」

「んー……、すっげー旨いゴハンをくれるから？」

「何か…無性に腹が立ってきた」

明はエディの頭を叩いて立ち上がると、キッチンに向かう。

「ってぇなっ！」

エディは大声を出すが、すぐ「スイカちょーだい」と甘えた声を出し、明を苦笑させた。


「午後六時になりました。外で遊んでいる皆さん、おうちに帰りましょう」

ドボルザークの〝新世界より〟をBGMに、町内会のスピーカーが子供達に帰宅を促す。

まだ明るいので、エディは窓から離れてごろりと横になってテレビを見、明はキッチンでカレーを作っていた。

野菜を炒めて水とブーケガルニを入れたところで、コンコンとドアがノックされる。

「開いてるぞ。どーぞ」

「こんばんは、マイハニー」

煌びやかな笑みを浮かべるチャーリーを見もせず、明は「外に、あんた宛の小包を置いておいた」と言った。

「ありがとう。あれは、魔物退治に欠かせないアイテムなんだ」

チャーリーは「魔物」の部分を強調すると、部屋の主のようにテレビを見ているエディを睨む。

「なら、それを持ってさっさと帰れ。こっちは忙しいんだ」

明は寸胴鍋の中に鷹の爪を二つほど入れ、レードルで掻き回した。

「カレー？　それともシチュー？」

「カレーだ」

「ハニーの手作りカレーは、さぞかし美味しいんだろうなぁ」

明にしっかり躾けられたチャーリーは、玄関でちゃんと靴を脱ぐと、彼の体を後ろから抱き締める。

「がーっ！　暑っ苦しいっ！」

ダーリン・ハニーの間柄なら、ここでいちゃいちゃと甘いひとときが過ごせるのだが。

明は顔を顰めて、チャーリーにひじ鉄を食らわせた。

「うぎっ！」

　苦悶の表情で蹲るチャーリーに、エディのバカにした声がかかる。

「俺様の大事な餌に、勝手に触るからそういう目に遭うんだ」

「魔物のくせにっ！」

「明にもう一発お見舞いされる前に、帰った方がいいんじゃねぇの？」

　正座より先にあぐらを覚えたエディは、長い足でぎこちなくもあぐらをかき、チャーリーを「しっしっ」と手で払った。

「私のハニーはそんな野蛮な人間では……」

「野蛮じゃないが、乱暴なのは自覚してる」

　チャーリーの頭に、明の手刀がめり込む。

「ノーッ！　ハニー、ノーッ！」

「俺はあんたの『ダーリン・ハニーごっこ』につき合えるほど暇じゃないんだ。はい、さようなら、と」

　明は、チャーリーと彼の靴をドアの外に放り出し、鍵をかけた。

　チャーリーはしばらくドアの外でブツブツ言っていたが、そのうち諦めたのか、廊下は静かになった。

「お前さ」

　寸胴鍋に蓋をしながら、明は「何だ？」と返す。

「チャーリーみたいなタイプの男が好きなのか？」

　何を言い出すんだ？　このすっとこどっこい吸血鬼はっ！　なんでそうなるっ！

　明は顔を顰めてエディを見下ろした。

「やっぱ外国人は金髪って？　分かりやすいっちゃ分かりやすいけどなー……」

「俺はゲイじゃないと、一体何度言ったらお前の脳みそは覚えるんだ？　それとも、吸血鬼の脳は人間の言ったことを忘れるようにできてるのか？」

「んなわけねぇっての」

「だったら余計なことは言うな」

「気持ちよかったら、別に男だろうが女だろうが関係ねぇのに」

「化け物の考えそうなことだ」

「化け物って言うなー。俺は由緒正しき…」

「スイカ食うか？」

「食うっ！　って、人の話を最後まで聞け」

「お前、いつから人間になったんだよ」

　呆れ声で呟く明に、エディは「そーいう突っ込みはすんな」と唇を尖らせた。

　チャーリーは座卓を前に、今日一日の出来事をノートパソコンに打ち込んでいた。

今日は随分、充実した一日だったな。

日本で活躍している「魔物ハンター」が一堂に会した交流会。

会場は小さなビルの一室だったが、多大な収穫を得た。

（あのくそ忌々しい吸血鬼の話題で盛り上がったな。みなは私があいつを倒すだろうと期待で満ちあふれていた。前世の因縁を語っていた怪しげな連中もいたが、それはそれで面白い。今度、私とハニーの前世を聞いてみよう。きっと、「愛し合っているのに引き裂かれた二人が、現世で添い遂げようと約束した」と言うに違いない。そうでなければ、私がハニーに一目惚れすることなどないからな）

チャーリーはカタカタとキーボードを打ちながら、気味の悪い声で笑った。

「しかし」

彼はキーを叩く手を止め、傍らのティーカップに手を伸ばす。

「つれないハニー」

だが、とチャーリーは前向きに考えた。

日本人は奥ゆかしくて感情を表に出さないと聞く。乱暴な態度に出るのも、悪態をつくのも、きっと本心を隠すためなのだろう。

前向きというか自分に都合よく解釈するというか。

「とにかく、あの吸血鬼が明の側からいなくなれば、全てはいい方向へ行くに違いない」

チャーリーは自分に言い聞かせると、再びキーを叩き始めた。


やっと雨が降ったかと思えばお湿り程度。

明は桜荘の掃除を済ませると、空のペットボトルを何本も抱えてヘチマ棚のもとに向かった。

棚にペットボトルを括り付け、切った蔓をその中に入れる。

「何をしてるんですか？　比之坂さん」

レースの日傘に白いワンピース姿の安倍が、桜荘の入り口で声をかけた。

「ヘチマ水を取ろうと思って。安倍さんにも一瓶あげますよ」

「まあ嬉しい」

彼女は切れ長の瞳を一層細め、嬉しそうに微笑む。

相変わらず綺麗な人だ。

明は、さらりと長い髪を片手で梳（す）いている安倍を見つめ、照れ臭そうに笑う。

肌は透けるように白く、物腰優雅。清楚という言葉がぴったりの、純日本風美人。

道恵寺の住職も彼女がいたくお気に入りで、「掃きだめに鶴。あ、すまん。桜荘は掃きだめじゃなかったな」とよく笑っている。

「あれ、今日は会社は？」

「今日から夏期休暇なんですよ。だからお出かけ」

「この暑いのに？　夕方から出かければいいのに」

「そうも行かないの」

安倍はそう言って、白い肌をほんのり赤く染めた。デートか。そうだよな、こんな美人に彼氏がいないって方がおかしい。

「エディさんはお出かけ？」

「いや。あいつは暑さに弱いから、部屋でゴロゴロしてます」

弱いのは「暑さ」ではなく「日光」なのだが、そんなことを言って妙な好奇心を持たれてはいけない。

エディが吸血鬼だということは、絶対に知られてはいけないのだ。もしこれがばれたら、テレビや雑誌の取材陣どころか、チャーリーのような胡散臭い魔物ハンターが桜荘にどっと押し寄せる。

その後の展開は、火を見るより明らかだ。

「エディさんと比之坂さんは、どこで知り合いになったんですか？」

「え？」

「長いつき合いのようなことを言っていたから、高校生の時？　それとも中学生……」

エディが言ったのは、その場限りの口から出任せ。

明は、何と答えていいか焦る。

「ええとその、留学生。そう、あいつ、交換留学生だったんです。それで、俺の通っていた高校に来たと。今は親の遺産でのんびり暮らしている」

申し訳ない、安倍さん。俺は嘘をつきました。

明は心の中で安倍に詫びると、ぎこちない笑みを浮かべる。

「ご両親の遺産で？　まあ、さすがは伯爵様」

「そうですよね、はは」

「では庶民の私は、やっと訪れた夏期休暇を楽しむために出かけてきます」

「行ってらっしゃい」

蝉時雨の中、安倍の白いワンピースがふわりと揺れる。それはまるで妖精の羽のようで、明はしばらく見惚れた。

ペットボトルをヘチマ棚に設置した明は、ビニール袋を片手に、桜荘の庭から道恵寺の境内へ続く小道に向かった。

子供達の遊び場になるのか、駄菓子の袋やジュースの空き缶がいつも転がっている。

それらのゴミを拾い集めるのも、管理人の仕事のうちに入っていた。

「自然の中で遊ぶのは子供の情緒教育にいいかもしれないが、躾はちゃんとしてほしいな」

明は、ゴミをビニール袋に入れながら文句を言う。

「あーあー、木に傷つけちゃっ……」

それ以上言葉を続けられず、明は頬を引きつらせて一歩後ずさった。

一番参道に近い、ひときわ古い大木。

その幹に、わら人形が五寸釘を打ち込まれていた。

「子供の仕業、じゃないよな」

位置は、明の目線より少し下。踏み台にでも上がらなければ、子供の手は届かない。

と言うか、今時の子供は「わら人形」で遊ぶのだろうか。

「高涼おじさんに知らせた方がいいな」

道恵寺の住職なら、どうにかしてくれるだろう。そう思った明は、ゴミの入ったビニール袋を持ったまま、本堂に向かおうとして…。

「何してるんだい？　ハニー」

突然後ろから声をかけられて、心臓が止まるほど驚いた。

「チャ、チャ、チャーリーッ！」

「何を驚いてるの？　しかし、ここは涼しくていいねえ」

半袖のシャツにスラックスのチャーリーは、そう言って呑気に笑う。

「これを見た後なら、誰だって驚くぞ」

明は老木に打ち付けられたわら人形を指さした。

「ノーッ！　明に見つけられてしまっては、効力がなくなってしまうっ！」

「あんた、俺を呪ったのかっ！」

「へ？」

今度はチャーリーが驚いた。

「なぜ私が、スイートハニーを呪わなくてはならないんだ？　これは、恋のおまじない。何でも日本には、夜中の三時に木にわら人形を打ち付けた後、お百度参りをすると願いが叶うというまじないがあるそうじゃないか。魔物ハンター東京支部に行った時、綺羅雪魅という陰陽師の少女から聞いて、即実行したんだ」

チャーリーは頬を紅潮させて言うと、ツンと明の額を突く。

あんたは絶対に騙されてる。と言うか、キラユキミレイってどんな漢字なんだ？　少女の陰陽師？　呪いに変なアレンジを加えていいのか？　おいっ！

明は心の中で、そりゃもう思い切り叫んだ。

自分がどれだけ、現実離れした不思議な生き物と同居しているかは棚に置き、心の中でとにかくシャウトした。

「あーあ。想い人に見つかってしまったら、まじないの効力は失われるんだよ？」

「残念そうに言われても困る。とにかく、境内の木に変な装飾をつけるな」

「これを外せって？」

「当然だろう？　それと、すぐに捨てろ」

「そんな！　このわら人形の中には、ハニーの毛が入ってるんだ」

「どこの毛だよっ！」

「内緒」

意味深に微笑むチャーリーの前で、明は脱力してしゃがみ込む。

「仕方ない。とにかく、一旦部屋に持って帰るとするか」

「させるか」

「え？」

「わら人形は俺が処分する」

「ノーッ！」

明は冷や汗を垂らしながらよろりと立ち上がり、力任せに五寸釘を引っこ抜いた。そして、ポロリと草むらに落ちたわら人形を、鷲掴み（わしづか）にする。

そして、一目散に桜荘へ戻った。


明は、能面のような表情のない顔で部屋に戻ってきた。

「ったく。あいつは何をどうしたいんだ？」

文句を言いながらわら人形をちゃぶ台に放り投げる明に、押し入れの中からコウモリが顔を出す。

「どーした？　何かあったんか？」

「どうしたもこうしたも……」

明は窓を閉めてカーテンを引き、押し入れから顔を出しているコウモリをそっと掴んだ。

「エアコンつけろ。暑い」

「言われなくても分かってる」

ピッと小さなスイッチ音が響き、部屋に冷風が流れ始める。

「お前、これをどう思う？」

明はコウモリの頭を優しく撫でると、ちゃぶ台の上にころんと転がした。

「これ、わら人形じゃねぇか」

「知ってるのか？」

「だてに日本に十年も住んでねぇ。へぇ、誰を呪ったもんなんだか」

「だよな？　だよな？　これは普通、他人を呪うために使うものだよな？　恋愛成就になんか使わないよな？」

明はあぐらをかきながら、「わら人形に対する自分の知識は間違っていなかった」と深く頷く。

「それ以外の、一体何に使うんだ？　おい」

「チャーリーがな」

彼の名を口にした途端、コウモリは人型に変化した。

「お前、チャーリーに呪われたんか？　あの腐れ外国人め！　明をハニーにできないからって、死んで添い遂げようとしたのか？　外国人に心中なんて概念はねぇぞっ！」

「お前の言い分は、半分合ってて半分間違ってる」

「ちくしょうっ！　俺の大事な超美味餌を呪い殺そうなんて、とんでもねぇヤツだっ！」

「ちょっと静かにしろ。チャーリーはな、丑の刻参りをした後にお百度参りすれば、恋が成就すると、怪しげな仲間に教わったそうだ」

エディは明の顔を見つめ、頬を引きつらせて口を開ける。

「何だそりゃ」

「俺もそう思ったさ。聖涼さんがこれを聞いたら、涙を流して笑うだろう」

「もっと日本の呪術について勉強すりゃいいのに」

「ああ。魔物ハンターと名乗るならな」

二人は呆れたように呟くと、どちらからともなく笑い出した。

一度笑い出したら止まらなくなったのか、二人は相手の額に自分の額を押しつけて笑い続ける。

「マジ、バカじゃねえの？」

「本人に言ってやれ」

「十字架とニンニクで武装されたら、俺様は気絶するぞ」

「そしたら、木の杭で胸を刺されるのか？」

「おう」

「任せろ。その前に助けてやる」

明が笑いながら言った台詞に、エディは真面目な顔で「本当か？」と呟いた。

エディは明から少し離れ、宝石のような綺麗な瞳で彼を見つめる。

「あ、ああ。お前は、その……貴重な生き物じゃないか」

明は自分の顔が段々赤くなっていくのが分かった。

けれどその理由は、まだ分からない。

「貴重だから？」

「そうだ。だから、俺がちゃんと保護して…面倒見てやる」

「んじゃ、何でお前の顔は赤くなってんだ？」

エディは包帯の巻かれた左手を伸ばし、明の頬にそっと添える。

「部屋の中が暑いからに決まってる」

「そういうことにしておくか」

彼はニヤリと笑い、明にスイカをねだった。


道恵寺で新盆の打ち合わせをしてくると言って、明は朝から部屋を出た。

日中コウモリでいることに飽きたエディは、締め切ってカーテンの引かれた部屋の中で、スイカを食べながらテレビを見る。

「なんつーか人間の世界ってのは、十年経っても大して変わってねぇな」

様々な事件に芸能人のスキャンダル。そしてスポーツ情報。

エディはごろりと横になって、音楽番組にチャンネルを合わせる。

聞こえてくるのは、洋楽のヒットチャート。

日本に十年住んでいるとは言え、やはり英語の歌の方が聞きやすい。

「いっぺん、明を連れて故郷に戻ってみるか」

エディは自分で言った台詞に驚いた。

「は。あいつを連れて行ってどうするってんだ？　ただの餌だろ、餌」

彼は苦笑すると、包帯の巻かれた左手に視線を移す。

人間のくせに、必死になって手当てしてくれたっけ。

俺を保護するとか言っておきながら、平気で殴る乱暴者。

吸血鬼が餌を大人しくさせる時に使う術が、なぜか効かない。

おまけに、変な約束をしてしまったので、餌の許しがなければ吸血行為もままならない。

「けど、いい顔するよな。声も色っぽいし」

二人がしたのは、自慰に毛の生えたようなものだったし、たったの二回。

それでもエディは、明のイく時の表情を思い出し、鼻の下を伸ばして笑う。

「やっぱアレか？　旨い餌だからってチマチマ食って

たから、情が移るのか？」

餌は餌で、それ以上でもそれ以下でもない。なのに。

「俺は明をどうしたいんだ？」

いつもみたいに、さっさと食って退散すりゃよかった。日本に来て十年、いや、吸血鬼として生まれてからずっとそうだったじゃないか。

エディは「わけわかんねぇ」と呟くと、ちゃぶ台の上のスイカに手を伸ばした。


会社が夏期休暇に入った橋本は、明に「留守をよろしくお願いします」と言って、見合い写真を片手に、手ぐすね引いている両親のもとへ帰省した。

大野の会社も夏期休暇なのだが、「いつ緊急の呼び出しがあるか分からないんです」と、どこにも行かずに部屋でゴロゴロしている。

曽我部と伊勢崎は相変わらず、仲良く昼夜のバイトに励んでいた。

修羅場を脱出した河山は、道恵寺の住職に誘われて碁を打ちに行っている。

桜荘の階段と廊下の掃除を済ませ、切れた天井灯の付け替えを終えた明は、額を流れる汗を手の甲で拭ってため息をついた。

「近いうち、電力会社にコードの点検を頼まないとな……」

天井灯を付け替える際に目に入ったコード類。

年季の入ったコードは断線して停電になったり、火事の原因になったりする。

住民に不自由な思いはさせられない。

「さて、昼飯を食おう」

明は脚立と使用済みの天井灯を抱え、自分の部屋に戻ろうとしたところで、安倍と鉢合わせした。

「あ、ごめんなさい」

大きなタッパーを両手に持った彼女は、明にぶつかった反動で廊下の壁にもぶつかってしまった。

「こっちこそ！　大丈夫ですか？」

こんな華奢な女性が自分にぶつかったら、どこかの骨が折れてしまうかも。

明は慌てて脚立を下ろした。

「平気です。ちゃんと前を見なかった私が悪いの」

「俺もちゃんと前を見てなかったし。……しかしそのタッパー、大きいですね。何が入ってるんですか？」

「急に食べたくなって、おいなりさんを作ったんです。でもいっぱい作り過ぎちゃって」

彼女は花柄のタッパーを片手に持ち替え、静かに蓋を開ける。

甘辛く煮られた揚げの、食欲をそそるいい匂いが、明の鼻孔を刺激した。

「ああ、道恵寺に持っていくんだ」

「いいえ。比之坂さんにと思って」

嬉しい申し出だが、明はいなり寿司から視線を逸らさずに小さく呻く。

「おいなりさんお嫌いですか？」

「俺は大好きです！」

「私は是非一度食べてみたいと思ってました！」

チャーリーが物凄い勢いで廊下に飛び出してきて、二人の前で大声を出した。

「あんた、ドアに耳を当てて盗み聞きしてただろ？」

腰に手を当てて眉を顰める明に、チャーリーはニッコリ笑って言い訳する。

「いいえ明、これは偶然です！　ではミス安倍が作ってくれたおいなりさんを、みんなでいただきましょうっ！」

「それでしたら、他の方も呼びましょうよ。ね？　場所は比之坂さんの部屋でいいですか？」

「はい、安倍さん。桜荘に残ってるのはあと大野さんだけだったはず。チャーリー、呼んでこい」

「なぜ私が」と文句を言う前に、明と安倍は部屋に入っていく。

チャーリーは仕方なしに大野の部屋に向かった。

「あら、エディさんは？」

エアコンでほどよく冷やされた部屋の中、安倍は素朴な疑問を口にした。

「え？」

最近エディは、昼間でも変化せずに人型のまま過ごしていたので、今日もそうかと思っていた。

とにかく、明が掃除に出かけるまではエディは人型だった。

なのにいない。

「あ、あれ？　どこに行った……？」

「いやん！　可愛いっ！」

安倍はタッパーをちゃぶ台に置くと、押し入れの隙間から顔を覗かせていたコウモリを発見する。

「このコウモリ、比之坂さんのペットなんですか？　ふわふわねぇ～」

「ええ、まあ……」

安倍は指先でコウモリの頭を撫でた。

「いやん、恐い」を想像していた明は、彼女の意外な面を見て苦笑する。

「手のひらに載せても大人しいですよ」

明はそう言ってコウモリの首根っこを掴むと、安倍の手のひらに載せてやった。

「こんなに軽いのね。びっくり」

コウモリは彼女の手の中で、居心地悪そうにモゾモゾ動く。

そこに、チャーリーと大野がやって来た。


部屋いっぱいに広がる、甘辛いいい匂い。

三人の男は、まず一口囓り、「美味しい…」と小さく呟いて残りを平らげ、すぐさま二つ目を自分の取り皿に盛る。

「安倍さん。すぐにでもお嫁に行けますよ！　凄く美味しい～」

「そう言ってもらえると嬉しいわ」

安倍は大野の賛美にふわりと微笑み、彼らの湯飲みにお茶を注いだ。

「普通の寿司とは味が全く違うんですね」

チャーリーはいなり寿司をフォークで突き刺し、二口で食べる。

彼は最初、コウモリの正体を彼らに教えたそうにしていたが、騒ぎになったらいなり寿司を食べるどころではないと思ってくれたようだ。

いなり寿司様様だ。

何を思ったのか、明は肩に止まっているコウモリに、小さく千切った揚げを与えた。

「コウモリが揚げなんて食べるんですか？」

大野は興味津々な表情で、明とコウモリを交互に見る。

「いや、食べるかなと思って……あ、食べた」

コウモリは口の周りを油で汚しながらも、モグモグと口を動かした。

「コウモリが揚げを食べるのか……。狐なら納得できるんですけどねぇ」

大野は「アハハ」と笑う。

「狐が揚げ、狸が天かす、だったかな？」

チャーリーの呟きに、「そりゃソバかうどんだろ」と明が突っ込んだ。

「そうだったね、ハニー」

チャーリーが暑苦しい、いや、熱っぽい視線で明を見つめる。

「え？」

大野と安倍は揃って声を上げ、チャーリーと明を交互に見た。

「あ、あ、あんたは！　何を言ってっ！」

「この際だから、ハッキリ言っておいた方がいいと思うんだ。私が明を愛していることを」

魔物を退治するのも私の大事な役目だが、明との愛を成就させるのは運命っ！　こいつが、今コウモリなのは幸い。誰も私を邪魔する者はいない。ここで一発、宣言しておこう。この類希な愛のほとばしりをっ！

チャーリーは心の中で「ハレルヤ～」と続け、宣言した。

彼の言葉に大野は後ずさりし、安倍は身を乗り出す。

「それはあんたの片思いだと、ちゃんと付け足せっ！」

「そのうち君を振り向かせてみせるよ」

「一生振り向かんっ！」

「マイスイート。クレイヴン卿に申し訳ないと思っているのかい？　彼と君の間に、恋愛感情など芽生えてないだろう？」

大野は頬を引きつらせてまたも後ずさり、安倍はキラキラと瞳を輝かせて両手の指を組んだ。

「自分のいいように話を進めるなっ！　ああもう！大野さん、俺はゲイじゃないからっ！　安倍さんも、そんな嬉しそうな顔で俺を見ないでくださいっ！」

「あ、あらあら。そんな嬉しそうな顔をしてました？」

「ええ、とっても」

「耽美小説が好きなせいかしら…」

安倍は照れくささを隠すように、お茶を一口飲む。

「小説と現実は違います」

「でも、事実は小説より奇なりって言いますよねぇ？」

大野は、一人ちゃぶ台から離れたところから発言した。

「事実なのは、俺は至ってノーマルだということ。チャーリーは俺に片思いしているということ。これだけですっ！」

「片思いのゲイなんて、河山さんが聞いたらネタにしそうだ」

「ゲイの愛憎物。しかも連続殺人付きってところかしら？」

「きっと刑事と犯人をゲイにして、最後は二人で逃避行か心中」

「時代を大正か昭和初期にすれば、午後の奥様劇場で放送されそうね」

「二人とも、勝手に話を展開しないでください。俺は迷惑してるんですっ！」

明の冷ややかな声に、大野と安倍は肩を竦める。

「でも比之坂さん。チャーリーさんの外見がステキでよかったじゃないですか？　これがステキでなかったら、少し恐ろしいことに」

安倍は微笑みながら、上品にいなり寿司を食べた。

「そういう問題じゃなく」

「ステキって言えば、エディさんもですよね？　もしかして比之坂さんて、外国人に好かれるタイプなのかもしれない」

大野は三つ目のいなり寿司を小皿に載せ、真面目に呟く。

「そういう人っているわよね。私の先輩にも、これは女性なんですが、外国人さんばかりに声をかけられる人が一人いて」

「そうなんだ。でも私は、たとえ明が外国人だとしても、『明』である限り恋に落ちたと思う。理屈では到底言い表せない愛の神秘。なのに、ハニーはつれない……」

チャーリーは大袈裟に嘆くと、四個目のいなり寿司に箸をつけた。

「ゲイの愛の言葉なんて、初めて聞いたわ。感動」

「俺はちょっとコメントのしようがない」

至ってノーマルな大野は、曖昧(あいまい)な笑みを浮かべるに留める。

「とにかく！　俺はゲイになんかなりませんからっ！　変な噂を広めないでくださいっ！　それでなくとも桜荘は『お化け荘』って言われてるんです。これ以上余分な噂はいりませんっ！」


明はドンとちゃぶ台を叩き、大きな声で宣言した。

「あの野郎。どうあってもお前をモノにしたいらしいな」

来客が去った後、やっと人型に戻ったエディの悪態。

「あそこでカミングアウトされるとは、俺も思わなかった」

明はぬるくなったお茶を飲み、海のように深いため息をついた。

「俺の大事な餌を何だと思ってやがる。今度、あいつが寝てる時に忍び込んで、血を吸ってやろうか」

「それは止めろ」

「俺だってハンターの血なんか吸いたくねえ！　俺に暴力振るいそうだし……」

エディはそう言葉を吐き捨てると、「でも明は可愛いし旨いから特別」と付け加える。

「あ、そー」

午後のワイドショーも、そろそろ終わりに近づいていた。

明は適当にチャンネルを変えるが、面白い番組がなかったので電源を消した。

「俺は見てたのに」

「電気代の無駄。それでなくても、お前のために昼間からエアコンを使ってるんだ。今月の電気代はいくらになってることやら。新盆もあるから、質素にいかないと」

明はため息混じりに呟いて、ごろりと横になる。

「この前も言ってたよな。ニイボンって何だ？」

「死んだ人間が、初めて迎える盆のことだ」

「盆って？」

「十年日本にいて、盆も知らないのか？」

明はエディに背を向けたまま、不機嫌そうに呟いた。

「怒るなよ」

「怒ってない」

「怒ってるって。俺、何か悪いこと言ったか？」

エディの問いに、明は無言で返す。

「無視すんなって……あれ？」

物凄く旨そうな匂いが、いきなり部屋いっぱいに広がった。いなり寿司も、人間の食べ物にしてはエディの食欲をそそるモノだったが、それとは比べものにならない、旨い匂い。

「エ、エディ、ティッシュ取ってくれ」

「へ？」

「ティッシュだ、ティッシュッ！　畳目に入ったら落ちなくなるっ！」

「お、おう！」

エディはちゃぶ台の上にあったティッシュケースを明に渡した。

彼は急いで何枚か取ると、鼻に押し当てながら起き上がる。

ティッシュには、赤い色がじわりと滲んでいた。

「怒鳴ってばかりいたからのぼせたのかも。でも、何で今頃……？」

「勿体ねぇっ！」

旨い匂いに目のくらんだエディは、明の両肩を掴んで引き寄せるまでは素早かった。

だが、そこからピクリとも動かない。

「お前にも、プライドというものがあったようだな……」

「吸いてぇ。けど、ううう……悩む……」

エディは項垂(うなだ)れ、悔しそうに唇を噛みしめる。

「ああ、ちくしょうっ！　何でそんなところから血を出すっ！」

「出てしまった物に文句を言うなっ！」

明は血まみれのティッシュをちゃぶ台の上に置くと、すぐさま新しいティッシュで鼻を塞いだ。

「血が出てきた場所は場所だが、明の体の中を流れていたことには変わりねぇ。ここは一つ、開き直ってみてもいいかも……！」

「おい。まだ太陽は沈んでいない。カーテンを開くぞ、こら」

灰になりたくないが、美味しいゴハンは食べたい。

エディは唸り声を上げながら、明とカーテンを交互に見る。

「とんでもなく長い間生きてきたが、今ほど難しい選択はねえ」

「とてつもなく簡単だろうが」

「吸うのは止めるにしても、舐めるぐらいは……」

そう言った途端、明の右ストレートがエディの頬に炸裂した。

「この腐れ吸血鬼っ！　貴族のプライドはどこに行ったっ！」

彼は砂壁まで吹っ飛ばされ、呻き声を上げる。

「今は棺桶の中にしまい込んで…………棺桶っ！」

エディはいきなり立ち上がったが、ダメージが残っていてふらついた。

「何だ？　いきなり」

「棺桶だ、棺桶っ！　取りに行かねぇとっ！　あそこ、来月から取り壊し作業が始まるんだったたっ！」

「俺の血を吸うことより大事なのか？」

「あったり前だっ！」

鼻血よりも棺桶が大事と言われれば、普通はホッと安堵のため息をつく。だが明は、それが分かっていてもムッとしてしまった。

「困ったぞ。歩くには距離があるし、車がねぇとどうにもならねぇ。担ぐわけにはいかねぇからな。それに、どこに置く？　この部屋は狭すぎてどうにもなんねぇ」

エディは腕組みをすると、檻の中のクマのようにうろうろ歩き出す。

「俺は、車の免許を持ってるんだが」

「けど、車がねぇだろ？」

「聖涼さんに借りればいい」

「やだ。あいつ、ニッコリ笑って俺の手足を切ろうとするし」

初対面で、「美味しそうなゴハン」と思ったのはどこへやら、エディは不愉快を顔いっぱいに表現した。

「美形がそんな変な顔するな」

明はエディの頬を、血の付いてない方の手でペシペシと叩く。

「私が何だって？」

いきなり会話に入られ、二人は飛び上がるほど驚いた。

「すまない。何度ノックしても誰も出てくれないから。

明君。鼻血かい？　面白い顔になってるね」

　聖涼は、持っていたスイカをエディに渡すと呑気に笑う。

「おお、スイカッ！」

「別の檀家さんからもらったんだ。エディ君の好物だと思って持ってきたんだ。それと、新盆の用意ができたから、こっちで十二日までに設置する旨を伝えておこうと思って」

「わざわざすいません」

「謝るのはこっちの方だよ。今年はやけに法事が立て込んでてね。時間刻みのスケジュールになっちゃった」

「いいえ、そんなことは」

「で、親戚はどうする？　呼ぶの？」

「まだ決めてはいませんが、多分……母方の親類を何人か」

「それじゃ、仕出し弁当じゃなく、うちの母さんの料理を食べてもらいなさい」

「そこまでしてもらっては…」

　申し訳なさそうに頭を垂れる明の横から、エディが神妙な顔で口を挟んだ。

「せ、聖涼サンよ」

「ん？」

「今夜、車を貸してほしいんだけど」

「それは構わないけど、君が運転するの？」

「運転するのはこいつ」

「あ、そう。……で？　何に使うの？　デート？　君達見栄えがいいから、デートするならうんと遠くに行かないと、『桜荘の管理人さんは男の外国人さんとデートするゲイ』って噂が立つよ？」

　その手の話は聞き慣れているのか、聖涼はニヤニヤ笑う。

「聖涼さんっ！」

「棺桶をな、取りに行こうと思って」

　明の怒声とエディの声が重なった。

「明君、ちょっと黙って。エディ君。棺桶って、もしかして君の？」

「当然だ。けど、明の部屋は狭いからなあ」

　不満を訴えるエディに、明は「どの部屋も、間取りは同じだ」と突っ込んだ。

「うちの宝物殿に置けばいい。なに大丈夫。見せ物にはしないよ。私のコレクションに加えるだけだ」

　吸血鬼の棺桶は、聖涼のコレクター魂に火をつけたようだ。

「変なことしねぇだろうな？　あんたは俺にナタを向けたっつー前科がある」

「あはは。嫌だなぁ、まだ覚えてるのかい?」

「忘れられっかよっ!」

「車を貸してあげるから、棺桶を道恵寺で預からせてくれ。どうせ君、ずっと明君の側にいるんだろう?だとしたら、道恵寺に預けるのが一番だと思うけど」

聖涼の言葉に、エディは悩む。

たしかに、暫くは明のもとにいるだろう。だが、「ずっと」かどうかは分からない。

そのうち約束を反故にして、明の血を吸うかも知れない。また、もっと旨い餌を発見したら、自由に血を吸わせてくれない明から乗り換えることもあるだろう。

世話を焼いてもらうのは嬉しいし、スイカを補充してくれるのも嬉しい。けれど明は、エディの思うようにならない。それがもどかしくて面倒臭い。

「それとも、すぐどこかに行っちゃうとか?」

「え……?」

明はエディを見つめた。驚きで目は丸くなり、鼻にはティッシュが詰まっているという情けない顔。だがエディには、酷く傷ついているように見えた。

やっぱ情が移ったせいか?

エディは、なぜ明の顔がそう見えたのか深く考えなかった。

「いつでも血を吸わせてくれる、凄い美人を見つけたとか?」

「桜荘に入ってから、表になんぞ一度も出てねぇのに、そんな都合のいい人間を見つけられっかよ」

「では、棺桶は道恵寺の宝物殿ということでいいかな?」

「大事にするっつー約束をするならな」

「大事にするに決まってるじゃないかっ! 吸血鬼の棺桶なんて、そうそう手に入る物じゃない」

そうそうどころか、普通はどんなに願っても手に入れられないだろう。

「それじゃ、何時に車を持ってくればいいかな?」

「あんた、もしかしてついてくる気か?」

呆れ顔のエディに、聖涼は深く頷いた。

「吸血鬼の棺桶の周りには、きっと小物の魔物達がうろうろしてると思うから、私を連れて行った方が何かと便利だと思う」

「危ないですよ、聖涼さん」

「私の腕を信用していないのか? 君達が連れて行くのはチャーリー君じゃないんだぞ?」

チャーリーの名を出された二人は、彼がわら人形で行った凄いことを思い出し、思わず顔を見合わせると、

「ぷっ」と噴き出した。

とっぷりと日は暮れて、夜空には月とお星様。

時計の針は、午後十一時を差している。

「おーう。ひっさしぶりだな、外に出るのは！」

部屋の中ではタンクトップに短パン姿だったエディは、Tシャツとジーンズ、足元はスニーカーといった恰好で部屋を出た。

「大きな声を出すな。チャーリーに見つかったらどうする」

明は後ろからエディを蹴ると、急いで鍵をかける。

「俺は貴重な生き物なんだから、もっとそっと大事に扱え」

「保護者に口答えするな」

明はエディの腕を掴み、忍び足で桜荘を出た。

塀の向こうでは、聖涼がワゴンの運転席から「早くおいで」と手を振っている。

「これ、聖涼さんの車じゃないような…」

「私の車じゃ、多分棺桶は入らない。だから、檀家さん送迎用のハイエースを持ってきた」

「気を遣わせてしまってすいません」

「そんなことを言う暇があったら、早く乗りなさい。チャーリー君が、窓からこっちを見ている」

「げっ」

「マジかよっ！」

二人が慌ててワゴンに乗り込むのと同時に、チャーリーが窓から裸足で飛び出してきた。

「マイハニーッ！　こんな時間にどこへっ！」

すぐさまワゴンは走り去る。

空しく夜空に響くチャーリーの声に、隣部屋の大野がムッとした顔で注意した。

「チャーリーさん！　近所迷惑です！」


道案内をするため、エディは助手席に陣取った。

「……で？　場所はどこなんだい？」

「俺が初めて目覚めた場所。昔は古物商の倉庫だったが、今は廃墟になってる」

「廃墟？　ここから近いのか？」

「おう。吉沢倉庫ってところだ。知ってるか？」

廃墟の名前を聞いた聖涼は、僅かに眉を顰めた。明も後部座席で、「あそこに行くのか」と嫌そうに呟く。

「何だよ、おい。そんな顔すんなって」

「バカ。あの倉庫は、物凄く有名な心霊スポットだ」

「俺には関係ねぇしー」

唇を尖らせて言い合う二人をよそに、聖涼は小さく笑った。

「なるほど。よく分かった」

「は？　何がだ？」

「あの倉庫に妙な噂が立ち始めたのが、今から十年ほど前。君が棺桶ごと納品された時期と重なる」

「あ、分かったっ！」

明もポンと手を打ち、納得したように頷く。

「何だよ、二人とも。一体何が分かったんだ？」

エディは、窮屈なシートベルトを両手で弄びながら、顔を顰めた。

「君の素晴らしい棺桶が、地縛霊やら浮遊霊やらを集めたんだろうってことだ」

「ふーん。けど、幽霊の何が恐いって？　あいつら、ただフワフワしてるだけじゃん」

「吸血鬼である君には恐くもなんともないだろうが、ああいうのは人間に取り憑く。すると厄介なことが起きるんだ。原因不明の病気になったり、家庭に次から次へと不幸が訪れたり、もっとも悪い例だと、取り殺される」

淡々と語る聖涼にエディは頷きながら聞いていたが、「取り殺される」のくだりで、頬を引きつらせた。

「そんな危ねぇところに、明を連れて行けっかよっ！　ダメだダメだ！　戻れ、聖涼！」

「私がいるから大丈夫だよ」

「でもダメッ！　俺の大事な美味しいゴハンが、妙なもんに取り憑かれるのはダメッ！」

「大事なゴハン、ねぇ。理由はそれだけかい？」

「そ、それ以外の何があんだよっ。ゴハンを大事にしちゃいけねぇのか？　そりゃ明は乱暴で口も悪くて、ムカつく突っ込みばっかするけど、俺様にとっちゃこれ以上ない豪華なゴハンだ。だからそれを大事にするのは当然で……」

エディが饒舌になればなるほど、後部座席の明は顔を赤くする。

「おや？　明君、顔が赤いよ？」

明はミラー越しに聖涼と目を合わせ、慌てて言った。

「こいつが、その、妙なことを言うから……恥ずかしくて…」

「俺様は妙なことなんて、これっぽっちも言ってねぇー」

「自覚がないのか？　お前っ！」

明はエディの耳を引っ張って怒鳴る。

「仲がいいなぁ。二人とも」

聖涼の言葉に、明は呆れて首を左右に振り、エディは「虐待だ」と頬を膨らませた。

「仲良くなってしまえば、相手が人間だろうが魔物だろうが、関係なくなるもんだ」

「そうですか?」

明は小さな声で呟くと、視線を窓の外に移す。

古い外灯に照らされた、アスファルトの一本道。

再開発の区画整理で、どの家も灯り一つついていない。みな、引っ越してしまったのだ。ここは、来年末の地下鉄開通をめざし、ショッピングモールといくつものマンション、公団住宅が建てられるらしい。まだ建ってもいないマンションの入居募集公告が、新聞に入っていたことを、明は思い出した。


「時期が時期だから、肝試しにやってくる連中がいるかもね」

「邪魔な人間の始末は、俺に任せろ」

「テレビ局も、真夏の心霊特集とかでくるかも」

「精々驚かせてやる」

「面白そうだね。お願いするよ」

車から降りた聖涼とエディは、聞きようによっては物騒なことを淡々と話し合う。

「お前はここで待ってろ」

エディは、懐中電灯を片手に持った明に言った。

「ふざけるな」

目の前には、今にも消えそうな外灯に照らされた、廃墟と化した巨大な倉庫。

壁は落書きに覆われ、半開きのシャッターは錆で赤茶けている。ボコボコにへこんでいるのは、遊びに来た人間が蹴ったのだろう。

窓という窓は全てガラスが割られ、不法投棄の電化製品や家具が無造作に置かれている。

ドアノブが破壊された出入り口のドアには、古ぼけた魔除け札が何枚も貼られていた。

見るからに「出そうなところ」に一人残されるよりは、彼らと一緒に行動したい。

明は真剣な表情で、「俺も行くぞ」と宣言した。

「お前に何かあったら、俺はどうすんだよ」

「だったら俺を守れ。お前は吸血鬼だろ? 大物の魔物なんだろ? 俺を守るくらい、朝飯前じゃないのか?」

「あーもう。何でそう可愛くないことを言うんだ? ひと言、『守ってちょうだいね』って言えば、俺だって素直に『うん』って言ってやるのに」

キスするくらい顔を付き合わせて文句を言い合う二人に、聖涼が口を挟んだ。

「いい具合に誰もいないから、さっさと用事を済ませたいんだけどな」

ひんやりとした湿っぽい空気。饐えた匂い。

倉庫の中は、散乱した家具で足の踏み場もない。

「ここまで破壊されてると、いっそ清々しいな」

聖涼は明から懐中電灯を受け取ると、広い倉庫内をぐるりと照らす。

エディは、さすがは魔物というか、薄暗い月明かりしか差し込まない中を、すたすたと平気で歩いていく。

「エディ。一人で先に行くなー」

「ほれ。こっちだ」

エディは苦笑して振り返ると、明に向かって手を伸ばす。明はその手をしっかりと握りしめた。

「エディ君。一体どこに棺桶があるんだい？　あんまり長居すると、若い連中が遊びにくるかも」

聖涼は、倒れた棚を長い足でひょいと跨ぎながら、「弁天菊丸を連れてくればよかった」と付け足す。

「ここの一番奥なんだって。しっかしまぁ、よくこんなところでヤルよな」

ネズミにでも囓られたのだろう穴だらけのソファの周りには、アダルト雑誌や丸められたティッシュがいくつも落ちていた。

「全くだ」

明も呆れ声を出す。

「恨めしそうな顔した連中が、こんなにふわふわ浮いてるのに」

「ちょ、ちょっと待て。俺には何も見えないぞ」

エディの何気ないひと言に、明は頬を引きつらせて辺りを見回した。

「普通の人間にゃ見えねぇよ。ちょっと鳥肌が立つぐれぇ」

「そうそう。明君には見えなくていいものだから、気にしない、気にしない」

普通の人間でない聖涼は、明を安心させるように微笑んでから、何やらブツブツと呟く。「おい、聖涼サン。それって呪文？」

「ああ。寄ってこられると、いろいろ面倒だろう？だからね」

「俺にまで効くようなのは、勘弁してくれよ？」

「分かってるよ」

あくまで淡々と会話をする二人。

ここで普通の人間は俺だけか。

明はそう思うと、力を込めてエディの手を握りしめた。

「お前、やっぱ可愛いや。ホント、今すぐ噛み付きたいくらい」

「約束はちゃんと守れ」

「分かってるって。ただ、な」

エディは、聖涼が廃材の陰に向かったのを確かめると、いきなり明を抱き締める。

「こんなところで欲情するな」

「もうダメ」

エディの瞳が青から深紅に変わった。

明の口から文句が発せられる前に、エディは自分の唇で彼の唇を塞ぐ。

「ん……っ」

薄く開いた唇から舌を差し込み、逃げようとする明の舌を優しくなぞった。最初はもがいていた明も、優しく撫でるエディの舌の動きに感じ、いつの間にか彼の背に腕を回す。

エディは湿った音を立てながら明の舌を絡め、吸い、耳の後ろや首筋、そして背中を指先でくすぐるようになぞっていく。

そのたび明は、体をぴくんと強ばらせ、下肢に熱を溜めた。

「バカ……っ」

「けど、お前の体は、もっと気持ちよくなりてぇって言ってる」

明の、唾液で濡れた唇を舌で舐め、エディは意地悪く微笑んで彼の胸に指を移動させる。

硬くなってTシャツを押し上げている突起を、指の腹で円を描くように撫でた。

「エディ君、明君。ちょっとそこにいてくれるかい？ここで一回、お祓いをしたいんだけど」

廃材の向こうから響く声に、明は体を強ばらせる。

「いいぞー。けど、どれくらい？」

「うーん……十五分くらい」

「んじゃ俺達は、ここで一休みしてる。終わったら教えろ」

「分かった」

エディは嬉しそうに頷くと、片手でジーンズのファスナーを下ろした。

「十五分ありゃ、どうにかなるか」

「な、何をどうするって？」

「ずっとお預けだったから、今夜ぐらいは一緒に気持ちよくなろうと思って」

「一緒にって知っての通り、俺は男なんだが……」

「何度も言わせんな。気持ちいいのにオスもメスも関係ねぇ」

そう言ってエディは明のジーンズのファスナーを下ろし、すっかり形の変わった雄を外に出す。

「あっ、こっちこそ、何度も言わせるな。俺は、ゲイなんかじゃ……」

「文句言わなきゃ何もできねぇのな、お前」

　明は再びキスをされ、きつく抱き締められた。抗(あらが)おうにも、体は気持ちと裏腹にエディがもたらす快感を求めていく。

　エディは自分の雄を下着から出し、明に握らせた。それは明の雄と同じくらい硬くなり、先端から先走りを滲ませている。

　初めて他人の雄に触るのに、思ったよりも不愉快ではない。むしろ明は、興奮した。

「ちゃんと扱けよ?」

　耳元に低い声で囁かれ、明は小さく頷く。

　エディも明の雄に指を絡ませ、聖涼に聞こえるように声を上げさせようと、先走りを溢れさせている敏感な先端を、指先でくすぐるように撫でた。

　廃墟でセックスに耽(ふけ)る連中を、もう非難できない。

　明は唇を噛みしめ、エディの肩口に顔を埋めながら、彼の猛った雄を扱く。

　エディの掠れた吐息が、明を更に煽(あお)った。

「くそっ、お前は、俺の恋人じゃないのに……っ」

　相手の雄を扱きながら自分の雄を扱かれ、腰が激しく揺れていく。

「男でも、恋人だったらお前の体を好きにしていいのかよ」

　明の言葉だと、そういうことになる。

「ったく。どうでもいいことにこだわりやがって」

　エディは少々気分を害し、彼の首に軽く牙を立てた。

「あ、止めろ……」

「ホントに嚙ったりしねぇって。……おい、手がおろそかだぞ」

　彼が喋るたび、首筋に鋭い犬歯が当たる。明はその刺激が気持ちいいのか、くぐもった声を上げてエディの雄を扱いた。

　雄を扱き合う音が廃墟に響く。

　快感に眉を顰めて腰を振っている姿を、聖涼に見られてしまったら言い訳が立たない。

　けれど明は、動く指と揺れる腰を止めることができない。

「そろそろ、か?」

「は、ぁ……っ、もう……っ」

「『イかせて』は?　言わねぇの?」

「エディ…」

　明は彼の頬に額を擦りつけ、「言えるかよ」と泣きそうな声で悪態をついた。

「これでも?」

　エディの片手が明の尻に回り、するりとジーンズの中に入る。そして形のいい指が、硬く引き締まった尻

を辿り、固く閉ざされた後孔に潜り込んだ。

「このっ！」

聖涼に聞こえないよう今まで声を低くしていたのに、明は大声を出しそうになって慌てて唇を噛みしめる。

「初めてだと、すぐここが気持ちよくなんねぇはずだけど、お前は感じやすいから大丈夫かもな」

エディは指をゆるゆる動かしながら、明の反応を伺った。

「どう？　感じる？」

「誰が、感じるかよ……っ」

「んー……この恰好だと、お前が泣きわめくほどイイ場所が上手く探せねぇ」

「そんなの、探すな」

ただでさえ、指を一本入れられただけで違和感とも快感ともつかぬ不思議な感覚に襲われているのに、これ以上刺激されたら自分がどうなってしまうか分からない。明はそれが恐くて、片手でエディにしがみつく。

「……感じてんだろ？　ケツに指突っ込まれて。こっちがぐしょぐしょだ」

エディは、先走りを溢れさせる明の雄に視線を落とし、先端の割れ目をこじ開けるように親指をぐりぐりと押しつけた。

「……っ！」

目もくらむような快感に、明は肉壁の中を蠢いている彼の指をきつく締め上げる。

「『イかせて』って言ってみ？　そしたら、うんと気持ちよくしてやる」

「やだ……っ、エディ、も……勘弁……っ」

明は言えない代わりに、エディの雄を丁寧に扱いて許しを乞う。

「可愛いことしやがって」

エディはふわりと笑い、明の前後を激しく刺激した。

「んっ、あ……っ、声、いやだ……っ、声が」

声を殺すことができない明に、エディは乱暴に唇を押しつける。

廃墟の中に微かに響く、ねっとりと湿った音。

二人は激しくキスを交わしながら、相手の指をしたたか汚して果てた。

明は呼吸を整えながらゆっくり離れる。

埃だらけの床にしたたり落ちた残滓が、生々しい。

「あー……」

「な、何だ？」

「服、汚した……」

エディの言葉に、明も自分を見下ろし「あっ」と低い声を上げた。

Tシャツやジーンズに、染みができている。

「お前のせいだぞ。これ、どうしてくれる」

「明だってノリノリだったじゃねぇか」

「お前が、あんなとんでもないことをしたから」

「ちょっと触られて、すぐに感じる淫乱ちゃんのくせに」

ほんの数分前までは結構いい感じだった二人は、今は情けないことを言い合っている。

「だ、だ、誰が……淫乱、だと……っ！」

明は耳まで真っ赤にすると、エディを睨み付けた。

「お前だ、お前っ！」

「もう二度とスイカは買ってやらないっ！」

「人の弱みにつけ込むなっ！　人でなしっ！」

「人でなしはそっちだろうがっ！　場所を弁(わきま)えないエロ吸血鬼っ！」

二人はガッと互いの胸ぐらを掴み、取っ組み合いの喧嘩を始めた。

突き飛ばされて転ぶたびに埃が舞い上がり、廃材が砕ける。

真夜中に、物凄い音を立てているという自覚など、彼らにはなかった。

「どうしたら君達は静かになるのかなぁ？　エディ君を石ころの中に封じ込めてもいいけど、その前に、腕の一本でも記念にもらっておこうか」

聖涼の冷ややかな声と懐中電灯の灯りで照らされた二人は、ピタリと動きを止める。

「聖涼さんっ！　それはっ！」

「恐ろしいことをさらりと言うなっ！」

「だったら静かにしなさい。いい年をした大人が、子供みたいな喧嘩をするな。私達の目的が何だったのか、忘れたのか？」

さすがは坊主。説教が上手い。

エディと明は口を揃えて、「棺桶を探して道恵寺に持っていくことです」と呟いた。


一番奥の床の上。

そこに、エディの棺桶があった。

肝試し目当ての連中はこんな奥まで入らなかったのか、はたまたビビって逃げ出したのか、棺桶は無傷だった。

エディは、着ていたTシャツを脱ぐと、埃の積もった棺桶をそれで丁寧に拭く。

野バラの蔓が幾重にも絡み合っているような模様が彫り込まれ、ところどころに蝶がアクセントで入っていた。サイドにも同じ模様が刻まれている。

「見事だな。この艶、この複雑な模様。もしかして、蝶は金でできているのか？」

　懐中電灯で照らしながら、聖涼が感嘆の声を上げた。

「おう。けど金だけじゃねぇ。よく見てみろ。いろんな宝石を上品にちりばめてんだろ？」

「ほう。豪華だね」

「俺はクレイヴンの直系だからな。これくれぇ見栄を張らねぇと、逆に周りがうるせぇ」

「……随分重そうだな」

　明は恐る恐る棺桶に触れると、繊細な模様を指でなぞった。

「そんなでもねぇ。男二人で充分持てる」

「そうか。ではエディ君と明君が担げばいい。私は懐中電灯で道を照らそう。その前に、ここでもう一回お祓いをしていいかな？」

　聖涼はスラックスのポケットから愛用の数珠を取り出す。

「俺が追い払ってやろうか？　その方が早い」

　そうだった。

　エディと聖涼には、薄暗い空間に漂っている「不気味なもの」が見えるのだ。

　明はぶるっと身震いすると、エディの指を掴む。

「それはダメだ。ちゃんと成仏させてあげないと、また舞い戻ってくる」

「どれくらいかかるんですか？」

「二、三分かな？」

「さっきより随分短いですね」

「ああ。さっきの場所ね、白骨死体があったんだ。んで、本人に他殺か自殺が聞いてたから、時間がかかっちゃって。寺に戻ったら、警察に電話しておかないと」

「本人に聞いたって、つまり……」

「あれだろ？　幽霊ってヤツだろ？」

「わざわざ口にするなっ！」

　明はエディの指をしっかり握りしめたまま、怒鳴った。

　そして聖涼は、ほんの数分で仕事を済ませる。

　エディと明が二メートルと数十センチの棺桶を抱え、聖涼の先導で廃墟から脱出した時には、もう午前一時を回っていた。


　後部座席と助手席を倒し、平らになったところに棺桶をゆっくりと入れる。

「棺桶を横に乗せてドライブなんて、初めてだな」

　聖涼は楽しそうに笑って、運転席に陣取った。

　明は平らになった後部座席の上で体育座りをし、エディはコウモリに変化する。

「運転は慎重にしろよ？」

コウモリは明の膝の上にしがみつきながら言った。

「大丈夫だよ。途中で検問がなければ、すんなり帰れるはずだ」

聖涼は「あはは」と笑って、車を発進させる。

「検問なんてあったら、何をどう言い訳していいやら……」

「バカ。こいつんちは寺だろ？　どーにでも言い訳できるに決まってる」

「あ、なるほど」

明はポンと手を叩き、「コウモリ姿の時は、お前はホントに可愛いな」と、ふわふわの頭を優しく撫でた。

「へえ。エディ君がコウモリになってる方が、恋人同士みたいだね。明君って、ゲテモノ好きだったっけ？」

「最初に会った時の姿がコウモリだったから、俺はこっちの方がいいんです。なのにエディは、デカイ図体でゴロゴロするから、ただでさえ狭い部屋がよけい狭くなって…」

「だったら引っ越せばいいじゃんか。あんなボロアパートじゃなくよ」

「そんなことできるか。バカ」

明はそれきり、コウモリが何を言っても返事をしなかった。


エディの棺桶は、道恵寺宝物殿の一番見栄えのいい場所に置かれた。

「すげーな。このコレクション」とエディが呟く横で、明は顔を強ばらせる。

何かの角や、動物らしきもののミイラ、綺麗過ぎる日本人形に、刀や掛け軸。

どうやって手に入れたのか深く考えてはいけないような物が、所狭しと陳列されていた。

「ご苦労様。後で私が丁寧に磨き上げておこう。エディ君にはここのスペアキーを渡すから、好きな時に棺桶に入っていいよ」

聖涼は宝物殿の扉に鍵をかけながら、上機嫌で言う。

「へ？　鍵は別にいらねぇ。通り抜けできるし」

エディは片手を宝物殿の壁の中に滑り込ませ、「な？」と同意を求めた。

「気色悪いことをするな」

だが明に頭を殴られる。

「やはり大物の魔物は、ひと味違う。エディ君。もし君が死ぬようなことがあったら、事切れる前に私を呼んでくれ。腕か足を一本頂きたい」

「俺は死なねぇっての」

やっぱりこいつ、信用できねぇ。

エディはそう思うと、明の腕を引っ張って桜荘に向かった。

「ハニー。そんなに汚れて、一体どこに行ってたんだい？」

管理人室の前で待っていたチャーリーは、明を抱き締めようとして、逆にボディーに一発いただいた。

「うぐっ！　相変わらず、ハニーはお茶目さん」

「誰がお茶目だ。ストーカーみたいな真似するな。気色悪い」

明は腕を組み、蹲ったチャーリーを見下ろす。

「さっさと部屋へ戻れ。ヘタレ魔物ハンター」

エディは雑巾のようになったTシャツを肩に引っかけて、意地悪く言った。

「ヘタレ魔物ハンターだと？　ならばこの場でお前に引導を渡してやろうか？」

チャーリーはふらりと立ち上がり、エディを睨み付ける。

「『引導』なんて言葉をよく知ってるなー」

「ちゃんと学習したからね。そう、日本語をマスターすることは、今思えば君に会うためのプレリュード」

「電波だ、電波。明、こんなの構うんじゃねぇぞ？　電波が移る」

「誰が電波だっ！　失敬なっ！」

チャーリーは深夜にも拘わらず大声で怒鳴り、胸元からロザリオを取り出した。

「げっ！」

エディはびっくりしてコウモリに戻ると、明の背中にしがみつく。

「こいつは人間に危害は加えてないぞ、チャーリー。何でもかんでも殺せばいいってもんじゃない」

明はジーンズのポケットから鍵を取り出し、それを手のひらで弄びながら、ため息混じりに呟いた。

「危害は加えているっ！　人間の血を吸うじゃないかっ！」

「でも殺してない。蚊に食われたと思えば、どうにでも……」

「どこの世界に、一九〇センチオーバーの蚊がいますかっ！　アマゾンの奥地だって、そこまで大きな昆虫はいないっ！」

チャーリーは心の中で「はずだ」と付け足して怒鳴った。

「どうかしたんですか？」

大野があくびをしながら、ドアの隙間から顔を出す。

「何でもないです。すいません」

「ならいいですけど……。ボリュームは絞ってくださいね……？」

彼は目を擦り、静かにドアを閉めた。

「他の住人に迷惑をかけるようなら、出て行ってもらうぞ」

「それは困る。私はこの、レトロな住まいが気に入っているのです！」

「それに、なんてったってハニーがいるし」と言ったら、明を絶対に怒鳴らせそうだったので、チャーリーは涙を飲んで口を閉ざす。

「分かればいい。それじゃ、お休みなさいということで」

明は、背中にコウモリをぶら下げたまま、自分の部屋に入る。

「……普通は一週間も同じ屋根の下に暮らしていれば、ラヴの一つでも芽生えそうなものなんだが。やはりアレか。あいつが一緒にいるから、ハニーは私を見てくれないんだな。ふっ。これはすぐさま吸血鬼退治をする必要があるな。ふっ。今まで見逃していた私を寛大と思え。エドワード・クレイヴン」

チャーリーは呪詛のような言葉を吐くと、きびすを返した。

「エディ、風呂に入れ。それともコウモリのまま、湯沸かし器のシャワーを浴びるか？」

明は背中に手を伸ばし、コウモリをむんずと掴んで目の前に持ってくる。

「湯沸かし器」

「よし」

明は片手にコウモリ、片手に食器用洗剤を持って、キッチンシンクに立った。

「ちょっと待ちやがれっ！」

いきなり人型に戻ったエディは、シンクの中にしゃがみ込んで明を睨む。

「食事を洗う場所に乗るな。バカ」

「風呂に入る。そんなんで洗われたら、お肌がカサカサになっちまう」

エディはシンクから下りると、真向かいのドアを押し開けた。

「せっかく洗ってやろうと思ったのに」

泡だらけのコウモリを見たかった明は残念そうに呟き、居間の灯りをつける。

「……疲れた」

る。

エディが関わると、疲れることばかりの様な気がす

明はTシャツとジーンズを脱いで下着一枚になると、冷蔵庫から麦茶を取り出し、テレビをつけてあぐらをかいた。

その時、電話のベルが鳴る。

「はい桜荘、比之坂です。……あ、伯父さん」

「うーい。明、パンツ…」

カラスの行水で出てきたエディは、明が「静かに」と唇に人差し指を当てたので口を噤んだ。

「ん？　いや、俺一人。今のはテレビの音。ああ、分かってる」

エディは腰にタオルを巻き、タンスの中から自分の下着とタンクトップを引っ張り出す。

けれど、明が誰と話をしているのか気になったので、耳はダンボにしていた。

「前に言ったろ？　うん。今週の木曜日。……え？」

明の声が、急に刺々しいものになる。迷惑電話ならいざ知らず、親類とだったらもっと親しげに話をしてもよさそうなものを。

エディは眉を顰めて彼の顔を見た。

「……それなら仕方ないか。ああ、大丈夫。道恵寺さんが全部やってくれることになってるから。だから、それは心配ないんだって。曾祖父さんの代から世話になってる寺なんだぞ？　分かった。もういい。……はい、……はい。……お休み」

チンと小さな音を響かせて、明は受話器を置く。

「ふざけんな」

「どうした？　人間ってこんな時間に電話なんてしねえだろ？」

「家族揃って海外旅行だ？　今年は新盆だって知ってるくせにっ！」

「おい。俺にも分かるように話せって」

「これは俺の家の話だ。お前には関係ないっ！」

明はそう言い放ったが、エディの心配そうな顔を見て申し訳なさそうに俯いた。

「悪い。ちょっと頭に血が上った」

「鼻血は勘弁してくれ」

エディは苦笑して、スイカを取りに冷蔵庫に向かう。

「新盆にな、母さんの親戚が二人来るはずだったんだ」

「おう」

包丁など持ったことのないエディは、明が切り分けてラップに包んでくれたスイカを、大事そうに一切れ持ってきた。

「なのに、今になって来られなくなったって。自分達

の妹の新盆なのに……」

「仲が悪かった、とか?」

明はムッとした表情のまま、「正解」と呟く。

「よくあることだ。日本だけじゃねぇ」

「だが新盆だっ! 祖父さんと両親の新盆なんだぞっ! それを、お供えと灯籠(ちょうちん)を送るからいいだろうだって? よく言うっ!」

新盆って何だっけ?

エディはしばらく考えて、以前明から意味を教えてもらったことを思い出す。

「なあ」

「何だっ!」

「その…新盆って何やんの?」

「亡くなった人の霊を迎える行事。玄関に提灯を吊して迎え火を焚(た)く。死んだ人は、それを目印にやってくるんだそうだ」

つまりこいつは、祖父さんと両親を最近亡くしたってことか。

エディはスイカを囓りながら、小さく頷く。

「それさ」

「ん?」

「俺が一緒にやってやる」

「吸血鬼が? 新盆をか?」


明は目を丸くした。

「おう。別に構わねぇだろ?」

「だが、何で?」

「何でって言われても……俺も困る」

考えるより先に、言葉が出た。

エディは困惑した顔で、スイカを口に入れる。

「ありがとう」

もしかしたら、明に感謝されたなんて初めてかもしれない。エディは明の顔を見つめたまま頬を赤く染め、口の中に入っていたスイカのカケラを、ポロリと畳の上に落とした。

「あっ! おいエディッ! 子供みたいなことするなよっ!」

「お、お前が悪いっ! お前がっ!」

「何で俺が悪いんだ? 気持ちが嬉しかったから、ありがとうと言っただけだっ!」

明はエディの頭をペチンと叩き、拾ったスイカをキッチンシンクに放り投げる。

「明は俺の大事な餌だから、機嫌取ってやったんだよ。悪いか」

エディはぶっきらぼうに言うと、再びスイカを食べ出した。

「悪くない……」

明はゆっくり立ち上がり、風呂場に足を向ける。

「悪くない。俺は、嬉しい」

「そっか」

二人は顔を背けたまま、ポッと顔を赤くした。


コウモリが、だらりとだらしなく羽を伸ばし、仰向けになって眠っている。

明はバスタオルで頭を拭きながら、「いくら天敵がいなくても、動物としてその恰好はどうかと思うぞ?」と苦笑した。

「寝るなら、押し入れだろ?」

彼は、ぽこんと膨らんだコウモリの腹を指先で触ってから、両手で包み込むように拾い上げる。

人を餌呼ばわりして、「気持ちのいいことをするのに男でも女でも関係ねぇ」と言って節操なく押し倒す。すぐに文句を言うわ、図々しいわ、図体はでかくて鬱陶しいわ、いいのは本当に顔だけの吸血鬼だと思っていた。

それでも、どういうわけか同居が続いている。

「何だかんだ言っても、俺はお前のことを結構気に入ってるんだろう」

初対面での喧嘩は、今思うと物凄く楽しかった。吸血鬼のくせにスイカが好物なところも面白い。それに、「許可無しに血を吸うな」という約束を律儀に守っている。

彼が知っているのは映画の中の吸血鬼だけだが、それでも、「餌」の意志を尊重する吸血鬼など見たことがない。

明はコウモリを片手に載せて左羽を広げると、火傷の痕をじっと見た。傷はもう、殆ど治っている。

「チャーリーに退治されたりするなよ? お前がいなくなったら寂しい」

言ってから明は、照れ臭さに顔を耳まで赤くした。

彼が起きている時になど、絶対に言えない台詞。

「俺も、もう寝よう」

明はコウモリを一旦ちゃぶ台の上に置き、布団を敷き始めた。

ちゃぶ台の上のコウモリが、申し訳程度の小さな耳をぴくりと動かす。

どーしよ。この状態で、実は途中から目が覚めてました。てへ。……なんて言えねぇ……っ!

コウモリはモゾモゾと俯せになると、布団を敷く明の後ろ姿をそっと見た。

冷蔵庫に保存しておいたヘチマ水を何本も持って、明は道恵寺の母屋に上がった。

「ごめんくださーい。おばさん、いますかー？」

明は廊下の奥に向かって大声を出す。

すると、向かって左奥の襖が開き、髪をアップにした女性がひょこりと顔を覗かせた。

「ヘチマ水持ってきました」

「ありがとう。そのままちょっとこっちに来てちょうだい」

「はい」

聖涼と一緒に何度も出入りしている家なので、遠慮がない。明はサンダルをぬぐと、すぐさま奥の座敷に向かった。

「ちょうどよかった！　今ね、精霊棚を組み終わったところなのよ～」

高涼の妻・聖子は、小さな体で背伸びをすると、明を見上げて微笑む。

もう五十だというのに、彼女は少女のように軽やかなフットワークで、散らばっていたビニール袋やホオズキの葉を一纏めにした。

「へぇ、これが精霊棚って言うんだ」

仏壇の前に、位牌が見えるように組まれた、階段式の棚。

「今はまだ棚だけ。飾りはこれからなの。明君がやるものだろうと思って、おばさん、飾りの用意だけしかしてないわ」

聖子は脇に寄せてあったビニール袋を掴み、それを明に渡した。中を見ると、真菰の莚にナスにキュウリ、ホオズキ、そして割り箸が何本か入っている。

「ナスで牛、キュウリで馬をつくってね。ナスは水の子用にも使うから、一つ取っておいて。ホオズキは棚の飾り。これは逆さに吊すの」

「牛と馬って、何か特別な理由があるんですか？」

「『仏様がきゅうりの馬に乗ってあの世から早く帰り、ナスの牛に乗ってゆっくり帰るようにと願う』という言い伝えがあるの」

「そうなのか……。あと、アレですよね？　故人が好きだった物をお供えする」

「そうよ」

「明日、伯父と伯母の連名で灯篭とお供えが届くと思います。本人達は来ないけど」

その言葉に、聖子は困惑した表情を見せた。

「新盆なのにね」

「昨日の夜、いきなり電話がかかってきて。でも電話でよかったです。目の前に顔があったら、きっと喧嘩してた」

明は苦笑すると、ずっと持っていたヘチマ水を彼女に渡す。

「……牛と馬、ここで作っていく?」

「一旦桜荘に戻ります。もうすぐ、電気会社の作業員がコードの点検に来るんで。これ、いつまでに作ればいいんですか?」

「明日でいいわよ。灯籠が届いた時に、一気に飾り付けちゃいましょ」

「分かりました」

明はぺこりと頭を下げ、座敷から出た。


部屋に戻った明の肩に、パタパタとコウモリが留まる。

「どこ行ってた?」

「道恵寺の母屋。精霊棚の飾りをもらってきた」

「ショウリョウダナ?」

「新盆の飾りだ」

明はビニール袋の中からナスを引っ張り出して、コウモリに見せた。

「野菜を飾りに使うとは…。変なの」

「変じゃない」

明はコウモリをむんずと掴み、ボールのように放り投げる。コウモリは空中で一回転すると、人型に戻った。

「希少価値の生き物を乱暴に扱うんじゃねぇ」

「ちょっとやそっとで壊れるような体はしてないだろうが」

明はエディの文句を右から左に聞き流し、ビニール袋の中身を床に置く。

「そりゃそうだけど」

「もうすぐ電気会社の人が来るから、大人しくしてろよ?」

「寝てればいいんだろ? 昼間はやっぱ……起きてるの怠(だる)い」

エディは畳にごろりと横たわった。

「んで? その野菜をどう飾り付けるんだ?」

「割り箸で足を作るんだ。牛と馬に見立てる」

「先祖の霊が、それに乗ってやってくるとか?」

「ああ。その通り」

エディはキュウリに跨る人間を想像して、「やっぱ日本人って変」と呟いた。

「そういうしきたりなんだ。…ほら、早く押し入れに入れ」

「一つ質問」

エディは面倒臭そうに上体を起こし、腰に手を当てて偉そうに立っている明を見上げる。

「ん？」

「新盆ってのは、どこでやるんだ？　この部屋か？」

「道恵寺の母屋」

「お前の祖父さんと両親の新盆なのに、寺でやるのか？　それって普通？」

「道恵寺の好意で、うちの仏壇を母屋に置いてもらってる。ここだと仏壇を置くスペースがない」

明はエディのまえにあぐらをかくと、部屋の中を見回した。

「先祖代々の墓もここの墓地にあるからな。俺も、死んだらここに弔われる」

「勝手に死ぬな」

エディは明の額をペチンと叩き、眉を顰める。

「へ？」

「お前は俺の大事な餌なんだぞ？　勝手に死ぬなっての」

「だが寿命がくれば死ぬし、その前に事故に遭うかもしれない。世の中、何が起きるか分かったもんじゃない」

「でも、ダメ」

「ダメって、おい」

明は苦笑して話題を変えようとしたが、エディの真剣な表情に言葉が詰まった。

何でこいつは、こんなに真剣な顔をするんだ？

その答えを探そうと思いを巡らしたその時。

「すいません！　電気コードの点検に参りましたっ！」

ノックと共に響く、元気のいい声。

明は考えを中断させ、「はーい」と玄関に向かう。

エディは小さなため息をつくと、乱暴に頭を掻いて俯いた。


その日の夕方。

「見合いだけって聞いたのに、あやうく結婚させられるところでした」

橋本は手土産を持って明の元にやってきた。

「結婚したくないんですか？　橋本さん」

明は彼を部屋の中に招くと、早速頂き物の包装を破く。

中には、旨そうな温泉まんじゅうが十二個も入っていた。

「まだまだ。一人の方が気楽でいいですよ〜。ねぇ？　エディさんもそう思いますよね？」

橋本は、慎重に割り箸を折っているエディに話を振る。

「そうですね。結婚というのは、焦ってするものじゃない」

エディは割り箸をちゃぶ台に置くと、よそ行きの顔でにっこり微笑んだ。

「ですよね～。比之坂さんは結婚したいんですか？」

「俺？ 俺はその……」

「そう言えば、チャーリーさんに告白されたそうじゃないですか。大野君から聞きましたよ。俺もその場に居合わせたかったなぁ～。安倍さんのおいなりさんも食べそこねたし」

温泉まんじゅうと熱いお茶をちゃぶ台に用意した明は、途端に頬を引きつらせる。

その話は終わりにしたいらしい。

「言っておきますけど、俺はゲイじゃありません」

「はいはい。でもねぇ、桜荘は男ばっかりだから、そういう噂が立っても仕方ないですよね～」

「安倍さんがいるじゃないですか」

「あの人、恋人がいるんだもの」

「橋本さんも知ってたんですか？」

彼はまんじゅう片手に頷くと、「まあね」と笑う。

エディは人間の色恋沙汰に興味がないのか、湯飲みに手を伸ばして、茶を一口飲んだ。

「……まずい」

「だったら飲むな」

すぐ言い返す明の横で、橋本は笑いながら「外国人さんだから～」と呟く。

「分かった。二度と飲まない」

エディは眉間に皺を寄せて言うと、湯飲みをちゃぶ台に戻した。

「そういやチャーリーさんは元気にしてますか？ 俺、魔物ハンターの武勇伝をいろいろ聞きたくて」

「武勇伝でなく笑える話なら、私は一つ知ってますよ、橋本さん」

「俺も」

「え？ え？ 教えてくださいよ～。二人とも。凄く気になる」

エディと明は顔を見合わせて笑うと、「実は…」と話を始めた。


「それじゃまた」と部屋を出た橋本は、何があったのか廊下でいきなり笑い出した。

その後、「何で笑うんですか～？」とチャーリーの大声が響く。

「廊下でばったり鉢合わせってやつだな、ありゃ」

エディは、丁寧に折った割り箸をナスに突き刺しながら、ニヤリと笑った。

「魔物ハンターの名折れだ」

明も、まんじゅうを口に放り込んで意地悪く笑う。が、物凄い勢いでチャーリーが部屋に入ってきたので、びっくりして喉に詰まらせた。

「ハニーッ！　君は橋本さんに何を言ったんだい？　人に指を差されて笑われたなんて、私は初めてだよっ！　屈辱！」

チャーリーは、泣いているのか笑っているのか分からない複雑な表情で抗議する。

「靴脱げ、靴」

エディは、咳き込んでいる明に湯飲みを渡し、チャーリーの足元を指さして言った。

「魔物まで私を指さすとはっ！」

チャーリーは大袈裟に嘆くが、育ちがお上品なのでそそくさ靴を脱ぐ。

「いい機会だ。今ここで退治してやる」

「機会がねぇと退治できねぇのか？　お前は」

「何だとっ？」

「本気で俺とやり合う気かよ」

「ロザリオを見ただけで怯えた貴様が、そんなことを言うなっ！」

「うるさい」

チャーリーは明に向こう臑を思い切り蹴られ、その場に蹲る。

「あんた、魔物を倒す前に、もっと魔物のことを勉強した方がいいと思うぞ」

「ハニー……？」

「聖涼さんにでも弟子入りしたらどうだ？　魔物ハンター東京支部とかに集まる得体の知れないヤツらと話をするより、よっぽどためになる」

明はそこまで言って、再びお茶を飲んだ。

「それは、どういうことだい？」

「あの人は、嘘を教えたりしない。っつーかあんた、ちゃんと基礎から学んでるのか？　師匠とかいる？」

「基礎……」

それはチャーリーの地雷だったのか、彼は項垂れてしまった。

明は頂き物のまんじゅうを一つ彼に渡し、「基礎ができてないと、行き詰まると思う」と呟く。

「魔物ハンターとしての私を支えてきたものは、ご先祖の書かれた日記。それには、魔物の退治の仕方が詳しく載っていて…」

チャーリーはまんじゅうを口に入れると、あんこを「この黒い豆のジャム美味しい」と言った。

「そりゃ一体、何百年前の日記だよ。魔物だって進化するぞ、おい。生き延びるための知恵だってつくだろうが」

エディは、「弱点はあんまり変わらねぇけどな」と付け足す。

「聖涼さんは、物凄く有名な退魔師だ。なんなら俺が、話をしてやろうか？」

明は、項垂れるチャーリーを哀れに思い、そう言って彼の肩に手を乗せた。

それがいけなかった。

「私を愛しく思うがための心配だねっ！　やはり君はマイハニーッ！」

チャーリーは物凄い勢いで明を抱き締めると、怒鳴ろうとした明に熱烈なキスをする。

「てめぇっ！」

エディはチャーリーの首根っこを掴んで、急いで引き離そうとしたが、チャーリーは断固として離れない。それればかりか一層濃厚なキスをした。口にだ。

「明から離れろってんだっ！」

エディの瞳が深紅に変わったのと同時に、明がチャーリーの脇腹に拳をめり込ませる。

「やめろっ！　気色悪いっ！」

「ハニーには、少し強引にアプローチするのがいいんだ！」

激痛にもめげず、チャーリーは腕の力を弱めない。

だが。

エディに鋭い犬歯で腕に噛み付かれたと知ると、悲鳴を上げて明を放り投げた。

「は、離せっ！　離せーっ！」

「言われなくても離すっ！」

チャーリーの二の腕に、ぽっかりと空いた二つの噛み痕。

そこから鮮血がドクドクと溢れ出ている。

「エ、エディ……？」

明はチャーリーにキスされた唇を手の甲で拭いながら、口の端から血を滴らせているエディを見上げて、驚きで目を丸くした。

チャーリーは恐怖に顔を歪めめ、目に涙を浮かべて傷口を片手で押さえる。

エディは再びチャーリーに襲いかかるのだろうか。

一瞬、緊迫した空気が流れたが。

「まず…っ！」

その言葉に、二人の人間は脱力して畳にくずおれる。

エディは顰めっ面で呟くと、慌ててキッチンシンクに向かい、その中に血を吐き出す。そして何度もうがいをした。水は苦手だが、背に腹は変えられない。

「はー、まずかった。こんなまずい血を吸ったのは、生まれて初めてじゃねぇの？」

「このバカモノーっ！」

苦笑しながら戻ってきたエディは、明渾身の平手打ちを食らい、砂壁まで吹っ飛んだ。

「ってーなっ！　何しやがるっ！」

「それはこっちの台詞だっ！　人間を噛んだなっ！　お前、桜荘の住人を……っ！」

桜荘の住人には手を出さない。

明が「吸っていい」と言うまで我慢する。

どういう理由であれ、その約束は破られてしまった。

「噛んだって、飯にゃしてねぇっ！」

「そういう問題じゃないっ！」

「俺の大事な餌に手を出したんだ。それくれぇされても当然っ！」

「確かに気色悪かったが、少し我慢すればいいことだっ！　それをっ！」

「それを見てる俺の気にもなれっ！　大事な餌がだぞ……？」

「俺を餌呼ばわりするなっ！」

「このバカッ！」

エディが、再び自分に平手打ちを食らわせようとした明の腕を掴んだ。

「触るな、吸血鬼っ！」

「うるせぇっ！」

「俺のこと、好き勝手扱いやがってっ！　どんなに大事だって言っても、結局は餌呼ばわりだっ！　いい加減、頭にきたっ！」

「愛してるから大事なんだよっ！　誰にも触らせたくねぇから、非常手段をとったんだろうがっ！　それぐれぇ分かれっ！　バカッ！」

「え……」

「俺はお前を愛してる。ただの餌なんかじゃねぇ。お前は俺の大事な嫁。生涯愛し抜いてやるからな？　クレイヴン家の、由緒正しい指輪を受け取れ」

明は怒鳴るのを止め、惚(ほう)けた顔でエディを見つめる。

チャーリーも、エディの発した言葉の意味を理解するまで、しばらくかかった。

「それでいいな？」

「それでいいなと言われても、その、俺は……」

明の顔が、端から見ても気の毒なほど赤くなる。

エディが魔物で男ということを差し引いても、こんなにジョーネツ的に告白されたことのない明は、思わず「心揺れる乙女状態」になってしまった。

しかしチャーリーは違った。

「ノーッ！　明、ノーッ！　こいつは魔物だっ！　誑(たぶら)かされてはいけないっ！　こいつは魔物で、君は人間っ！　人間は人間同士仲良くするのが筋だっ！」

「うるせぇんだよっ！　腐れハンターッ！」

「腐れって言うなーっ！」

「静かにしろ」

　エディとチャーリーの頭に、明の手刀が決まる。

「チャーリーは自分の部屋へ戻れ。俺はエディに、その、話がある……」

「ハニー、頬を染めて言う台詞がそれかい？」

　チャーリーは切ない表情で明に縋るが、彼は「戻れ」としか言わない。

「何でこんなことに……」

　自分の行動が、「熱烈告白」のきっかけになったとはこれっぽっちも思っていないチャーリーは、がっくりと肩を落として部屋を後にした。

　静まりかえった部屋の中に、テレビとエアコンの控えめな音が響く。

「悪かったな」

　エディは何に対して謝っているのだろう。明は僅かに眉を顰める。

「桜荘の住人を囓った」

「……チャーリーは…吸血鬼の仲間になったり…」

「しねぇ、しねぇ。単に『攻撃』しただけだ」

「そうか」

「うん」

　エディはあぐらをかくと、割り箸が一本刺さっただけのナスに手を伸ばし、何事もなかったかのように「牛作り」を再開した。

　あんだけ熱烈な告白をしたのに、どうしてこいつは、何も言わないんだろう。

　明は正座をして、エディの綺麗な横顔を見つめる。

　人の好意は嬉しいが、エディは吸血鬼で男。

　それでも、「俺はゲイでも魔物でもないから、お前と恋人同士にならない」と、即答できない。

　即答するには、一緒にいる時間が長すぎた。

　それに。

「気色悪かった」

　エディのキスは気持ちよかったが、チャーリーのキスは気持ち悪かった。明は思わずそれを口にする。

　するとエディは、静かに明に顔を寄せると、触れるだけのキスをした。

　ただ触れただけなのに、二人は顔を離した途端に真っ赤になる。

　初めてキスをした中学生のようで、妙に気恥ずかしい。

「あ、あのな、俺……」

「これ、早く作っちまおう。明日、飾り付けすんだ

ろ？」

「ああ……」

何で何も聞かないんだろう。

何でこんなに気になるんだろう。

明はキュウリの馬も作らず、しばらくエディの横顔を見つめていた。


棺桶がちゃんと綺麗になってるか見てくる。

エディはコウモリになって明から献血してもらった後、そう言って窓の向こうへ飛び立った。

パタパタと宝物殿に向かって飛んでいる最中、提灯片手に墓地に向かおうとしている浴衣姿の聖涼を発見した。

「いいところで会ったな、聖涼サン！」

「そのコウモリは、エディ君？」

「おう」

ポンと人型に戻ったエディは、聖涼の肩を軽く叩いて言った。

「少し、時間あるか？」

「五分か十分なら」

聖涼は墓地の向こうを気にしながら、肩を竦めてみせる。

「もしかして、デートか？」

「まあ、そういうところ」

「時間がないなら単刀直入に言う。俺は明に愛を告白した」

「そうか。……え？　今なんて？」

さすがの聖涼も、今のひと言には驚いたらしい。おっとりとした坊ちゃん顔が引き締まって、真剣な表情になった。

「勢いで言ったっていうか、つい、言わされたっていうか」

「で、明君は？」

「何か言いたそうな顔してたけど、俺は何も聞かなかった」

エディは両手を組むと、ため息混じりに首を左右に振る。

「君って、そんなしおらしいキャラクターだっけ？」

「こればっかりはどうしようもねぇ。俺は吸血鬼で明は人間だ。答えは、火を見るよりも明らか」

「異種族だから諦めると？」

聖涼の咎(とが)めるような口調に、エディの眉がピクリと動く。

「誰も諦めるとは言ってねぇ。あいつは、男同士ってところにこだわってる。俺みてぇに、気持ちよければどっちでもいいっつーのとは違う。だから、そこが……」

聖涼は拳で、いきなりエディの頭を叩いた。

「いてぇじゃねぇかっ！」

「エドワード・クレイヴン。君はそれでも伯爵か？　貴族か？　大物魔物か？」

淡々とした口調だが、顔は真剣なので、妙な迫力がある。

エディは小さく頷いた。

「チャーリー君の方がよっぽど骨があるよ。彼はどんなに明君に邪険にされても、へこたれずに立ち向かってる。なのに君ときたら」

「あいつは人間だ」

「君の明への愛は、一つや二つの障害にも劣るのかい？　貴族のくせにだらしない」

「違う。ただな、ああもう、上手くまとまんねぇ。分かってるのは、あいつを他の誰にも渡さねぇってこと。誰にも触らせねぇってこと。ずっと一緒にいたいってこと。餌だからそう思ってんじゃねぇ。もしあいつが、『ずっと側にいてもいいから、俺の血は一生吸うな』って言っても、喜んで頷く」

「何百年も生きている吸血鬼でも、真実の愛の前には形無しか」

「それを言うな、それを」

からかうように笑う聖涼に、エディは唇を尖らせて言い返した。

「でも、ま。誰かを本当に好きになるなんてこと、今までなかったからな。恋愛は遊びの一つだった。結婚も子孫を残すための手段に過ぎなかった。俺の同族はみんなそうだった。なのに、クレイヴンの直系が人間にころりとイカれるなんてなぁ」

エディは夜空を見上げ、ぼんやりと呟く。

「恋愛なんて、そういうもんさ」

「数十年しか生きてねぇ人間に諭されるなんて、同族に知られたら笑い者だ」

「ははは。御仏(みほとけ)のお導きに従いなさい。では、私はこれで」

聖涼は片手で拝む仕草を見せ、提灯で足元を照らしながら墓地の中に入った。

「なぁ。あんたさぁ」

「ん？」

振り返る聖涼に、エディは素朴な疑問を口にする。

「種族が違うとか、同性愛だとか、そういうのは気にならねぇの？」

「日本には、人間が魔物や幽霊と恋愛したり子供をなす話が、古くからたくさんあるからね。同性愛に関しては、それはもう人の嗜好の一つだから、他人がとやかく言うような問題じゃないだろ？」

「そうなんだ」

「外国には、そういう異種間恋愛の話はないのかい？」

「そりゃあるけど、日本ほど多くねぇと思う」

「それなら、今度調べてあげよう。じゃあ、頑張りなさい」

聖涼はそう言って笑うと、エディに背を向けた。

「俺は棺桶を見に行ってくるわ」

エディは聖涼の背中にひらひらと手を振って、人型のまま宝物殿に向かう。そして、白壁をするりと通り抜けて中に入った。


部屋の隅に寄せたちゃぶ台の上には、ナスの牛とキュウリの馬がちょこんと載っている。

明は一睡もできないまま、それをじっと見つめていた。

エディは棺桶を見に行くと言ったまま、夜が明けようとしているのに戻ってこない。

「俺、どうしたらいいんだろう」

こんなに混乱して考えがまとまらないのは過去二回。

家族の葬式の時と、桜荘の大家兼管理人になるため会社を辞める時。

二年勤めた会社の上司や同僚は、こぞって明の退社を止めた。同僚達は、「新しい管理人を雇えばいい」と言って、求職雑誌に募集記事を載せる手配までしてくれた。

けれど、桜荘を誰かに任せることを良しとしなかった明は、すったもんだの末に退社を決めた。

そして今回。

もしかすると、いやしなくても、自分の一生を決定してしまう事件に、明は困惑した。

相手は吸血鬼で、聖涼が「大物だ」と認めるほどの魔物だ。

何百年も生きていて、貴族の称号も持っている。

おまけにあの美貌。食欲と性欲を満たす相手に不自由するわけがない。

だから明は、気持ちは嬉しかったが今ひとつ答えを出せずにいた。

もしイエスと言ったら。

もしノーと言ったら。

彼は頭の中で、二通りのシミュレーションをしてみる。

そして大きなため息をついた。

「どっちにしろ、あいつがずっと俺の側にいるはずがない」

何しろ、互いの間に流れている時間が違う。

人間である明は、いずれは老いて死ぬだろう。だが吸血鬼のエディは、老いもしなければ死にもしない。

けれど、あのわがままでスイカ好きの吸血鬼の世話なんて、自分以外できるだろうか。

「あー……」

一人で難しいことを考えると、どんどん悪い方に行ってしまう。

明は布団の中で何度も寝返りを打つと、魂が抜け出てしまうくらい深いため息をついた。


いつの間にやら、うとうとしていたようだ。

明は目覚まし時計を止めて体を起こし、のろのろと風呂場に向かう。

熱いシャワーを浴びてすっきりしたまではよかったが、窓の半分開いたカーテンの隙間から部屋の中に差し込む朝日を見た時、愕然とした。

「エディ?」

押し入れの中に、だらしなく羽を伸ばして眠っているコウモリの姿はなく。

きらきらと輝く朝日は、今日も晴れだと明に教える。

「あのバカッ!」

きっと今頃、どこかの日陰で体を震わせているに違いない。

探し出して保護してやらないと、エディは一握りの灰になってしまう。

まずは、棺桶が安置されている宝物殿へ。

明は急いで着替えると、道恵寺に向かった。


宝物殿の鍵を借りようと母屋の玄関に入ろうとした明の背に、弁天菊丸が飛びかかった。

朝の散歩を終え、彼はテンションが高いらしい。明に何度も飛びかかり、遊んでくれとせがむ。

「ああもう! 今はお前と遊んでいる暇はないんだっ! 弁天菊丸っ! 離れろっ!」

だが彼は、主家族の命令しか聞かないよう躾けられている。

弁天菊丸にとって、明は〝大きくて丈夫な〟遊び相手なのだ。

そこに、聖涼が現れた。

「弁天菊丸! 父さんにゴハンをもらっておいで」

聖涼の張りのある声とゴハンに反応した弁天菊丸は、名残惜しそうに明の背中に鼻先を押しつけた後、本堂に向かって走る。

「おはよう、明君。どうした？　何かあったのかい？」

「あの、宝物殿の鍵を借りようと思って。その……夕べ、エディが帰ってこなかったんです。だから、あいつのいそうな場所を探してやらないと……」

「太陽を浴びて灰になってしまう、と？」

「はい！」

「そうか。ならその前に、うちで朝ご飯を食べていくといい」

「朝ご飯よりエディが大事です！」

「相手は何百年も生きてる吸血鬼だよ？　そんなに間抜けだと思うか？」

「……でも、俺は」

あいつに何の返事もしてないんです。

その言葉を口にできない明は、泣きそうな顔で俯く。

「彼なら大丈夫だろう。君を残して死んだりしない。と言うか、死ぬわけがない」

聖涼は自信たっぷりにそう言うと、明の肩をポンと叩いて母屋に誘った。

「おお、明君じゃないか。ちょっと見ない間にまた大きくなったか？」

朝のおつとめを終えた高涼は、聖子を手伝ってテーブルの上に料理を並べている明を見て、豪快に笑った。

「おじさん。この年じゃ、もう身長は伸びないです」

「そうかい？　そうだそうだ、この間は聖涼の趣味につき合わせて悪かったな」

「はい？」

野菜の煮物に納豆とノリ、漬け物を出し終えた明は、首を傾げながら椅子に座る。

「アレだよ、アレ。怪しげな収集だ。宝物殿に入ったら、どでかい長持がでんとあって」

「父さん。アレは長持じゃなくて、棺桶だ」

聖涼の突っ込みに、みそ汁を盛っていた聖子が小さく笑った。

「俺にはどっちも同じに見える。…で、びっくりして『どうしたんだ』とこいつに聞いたら、明君と…もう一人エデーという外国人と一緒に運んだと言うじゃないか」

「エデーではなく、エディですよ、お父さん」

「お前はちょっと黙ってろ」

ご飯とみそ汁を盛り終えた聖子に、高涼は唇を尖らせる。坊主頭でそれをされると、いくらいい男でもタコに見える。明は噴き出さないよう、慌ててそっぽを向いた。

「全く、こいつの妙な癖には困ったもんだ。一体誰に似たんだか」

「父さんに似たんだよ。あそこの収集品の半分は、父さんのコレクションだろ?」

聖涼は納豆を掻き混ぜながら、呆れ顔で言う。

「そうよねぇ。お父さんも若い頃は、本堂で読経しているよりお祓いに出かけている方が多かったもの。懐かしいわー」

「あ、俺覚えてますよ。法衣に錫杖を持って、真っ赤なスポーツカーに乗って出かけてましたよね?」

明は小皿に醤油を垂らして、「物凄いインパクトあったから忘れられない」と呟いた。

「昔は昔、今は今だ。おい聖涼、俺がお前の年にゃ、もう子供がいたんだぞ?」

まるで自分が生んだかのように偉そうに言う高涼に、聖子は「生んだのは私で、お父さんは作る手伝いをしただけでしょう」と、さり気なく突っ込む。

だが高涼はなおも続けた。

「いい加減、孫の顔を見せろ。とうに三十路を超えたくせに、彼女の一人も連れてこないなんて、情けない」

聖涼には彼女がいる。明はそう言おうとしたが、聖涼が明を見つめて唇に指を当てたので、慌てて口を噤んだ。

「そのうち、どうにかしますから」

「もうそれくらいにして、ご飯を食べてちょうだい。冷めちゃうでしょ?」

ため息混じりの聖子の声に、一同は軽く頷いて食事を始めた。


境内に生い茂る木々の間で、野鳥達は忙しなく朝の挨拶を交わしている。

本堂と母屋の渡り廊下にある犬小屋の前では、リードに繋がれた弁天菊丸が、ゴロゴロと転がって一人遊びをしていた。

「聖涼さん。黙っててよかったんですか?」

宝物殿の鍵を手にした彼に、明は尋ねた。

「彼女がいるってことかい?」

「ええ」

「実は、両親に紹介しようとしたら、『あなたは、私には勿体ない人だから』ってやんわり断られてね」

「えっ?」

「必死に説得してる最中なんだよ。だから」

「そうなんだ。……俺も一度、聖涼さんの彼女に会ってみたいな」

「ははは。私のことより、自分の身辺をどうにかしなさいな」

彼がエディから事情を聞いているとは知らない明は、内心ギクリとしながら曖昧に笑う。

「十中八九、宝物殿にいると思うけど、もしいなかったらどうしようか？」

「別の場所を探します」

「ふむ。彼は綺麗な顔してるから、一人暮らしの女性のもとに転がり込んでるということもあるな」

「そうだとしたら、もう帰ってこないかも」

明は宝物殿の白壁を見上げて、掠れた声を出した。

聖涼は何も言わずに宝物殿の鍵を開け、観音開きの重厚な扉を片方、力一杯引っ張った。

「聖涼さん、日が入る！」

明は慌てるが、聖涼は呑気に言う。

「奥まで差さないから大丈夫」

「そうですか」

明は、恐ろしげなコレクションに視線を移さないよう努力して奥へと向かった。

そして。

「あーあー」

「何だこいつっ！」

聖涼は呆れ声、明はムッとした声で、棺桶の上で眠っているコウモリを見下ろした。

「動物って、そうそう腹を見せて寝たりしないよね？」

「こいつはだらしない生き物なので、いつもこうなんです」

明はコウモリを片手で掴むと、そのまま手を上下に何度か振った。

「な、何だ！　何だっ！」

慌ててもがくコウモリに、聖涼がにっこりと微笑む。

「おはよう、エディ君」

「お？　おう！」

「『おう』じゃないっ！　ここで寝るなら寝ると、最初にそう言っておけっ！」

明はコウモリを握りしめる手に力を入れ、大声で怒鳴った。

「いてぇっ！　いてぇって！　ホント分かったから、離せーっ！」

「心配させるなっ！　このバカ貴族っ！」

最後にもう一度、ギュッと握りしめてコウモリを離してやる。

コウモリは床に落ちる前に人型に変化した。

「うへー。あばらが折れるかと思った。この馬鹿力。少しは手加減しやがれ」

エディは明を睨みながら、大袈裟に体をさする。

「帰るぞ」

明はエディの腕を掴み、半開きの扉に向かってスタスタと歩き出した。

「あ、はい」

エディも素直に続く。

聖涼も、最初は「見つかってよかったねぇ」と微笑んでいたが、すぐさま血相を変えて彼らに大声を出した。

「明君！　そのまま外に出たら、エディ君は死んじゃうよっ！　勿体ないっ！」


明は、聖涼が用意してくれた巾着袋の中にコウモリを押し込むと、紐をジーンズに括り付けた。

「よし。これから精霊棚の飾り付けだ」

「てめぇ。愛らしい俺様をこんなところに押し込みやがってっ！」

「精霊棚の飾り付けがしたいと言ったのは、どこの誰だ？」

「日が落ちてからでいいじゃねぇかっ！」

コウモリは悪態をつきながら、巾着の中で闇雲に暴れる。

「おばさんから、灯籠が届いたから飾り付けにいらっしゃいと電話があったのを忘れたのか？」

「覚えてる」

そうなのだ。

ちょうど昼食の用意をしていた時に電話が鳴り、明は焦げたハムエッグを食べるハメになったのだ。

「仏間についたら出してやる。それまで我慢しろ」

「こんなん同族に知られたら…俺様、みっともなくて死んじゃうかも」

「バカ、死ぬな」

明はぶっきらぼうにそう言うと、巾着の上からコウモリをそっと撫でる。

途端にコウモリは大人しくなった。


「あらいや～ん！　あなたがエディさん？　私、聖涼の母で聖子と申します。どうしましょ、こんなにカッコイイ方だと知っていたら、お母さん、フルメイクしたのに～っ！　聖涼も明君も意地悪ねっ！」

カーテンを閉め切った仏間。

菓子と飲み物を持ってきた聖子は、供え物と灯籠で綺麗に飾り付けられた精霊棚の前で、ポッと頬を染める。

「初めてお目にかかります。私はエデワード・クレイヴン。明の友人です」

エディは礼儀正しく自己紹介した。

「どうぞゆっくりしてらして。外国人の方にはお寺は珍しいでしょう？　いろいろ見てくださいね」

聖子は座卓に菓子と飲み物を置いて、嬉しそうにニコニコと微笑む。

そこに、高涼もやってきた。

「母さん、〝おがら〟と提灯の用意はできたのか？」

だが高涼は、エディを視界に入れた途端、顔をしかめて面倒臭そうに呟く。

「また新しい魔物が来たのかよ。えらい大物だな、お前」

さすがは聖涼の父。エディの正体を一発で見破る。まるっきり普通人の聖子は、「あら。エディさんって魔物なの？」と、目を丸くした。

「また？」

明は訝しげな表情で首を傾げた。

「いやこっちの話。ふーん。……ん？　俺は三十年ちょっと前に、お前と同じ種類の魔物を一体、倒したことがあるぞ」

高涼の呟きに、明はギョッとしてエディを見る。

遙か昔に日本を目指した、吸血鬼達の船。

エディが助かったなら、他にも助かった吸血鬼がいるに違いない。となると、高涼はエディの友を退治したことになる。

「その魔物、名前か何か言ってなかったか？」

正体のばれたエディは、もう丁寧語を使わない。いつもの口調で訊ねた。

「忘れた。けど、『まだ仲間はいるんだ』って言ってたな。依頼人に、残りの魔物も退治してくれって頼まれたんだが、断った」

高涼は偉そうに言って、腕を組む。

「あんた、何で断ったんだ？　退治屋なら、全部倒すのが筋なんじゃねぇ？」

「こいつが生まれる寸前だったんだ。初めてのガキだったから、心配で心配で。そんな時に、魔物退治なんてやってられるかってんだ」

聖涼は父に指を差され、苦笑した。

「そう言えばっ！　お父さん、法衣のままで病院に来たのよね。後で他の患者さんから、『縁起でもない』って言われたわ～」

聖子も、その当時のことを思い出したのか、「あの時はまだ髪を剃ってなかったのよね」と笑う。

「それにしても勿体なかった。滅多に出会えない大物だったんだ。退治する前に、腕か足を記念にもらっておけばよかったと、思い出すたび後悔してる」

ああ、この親にしてこの子あり。

彼も聖涼と同じことを言って、エディの顔を強ばらせる。

「俺は悪いことなんかしてねぇからな。退治されるいわれも、手足を切られてコレクションにされるいわれもねぇ」

「切ったらそれきりか？　生えてこないのか？」

「おじさん、それ……聖涼さんも同じことを言いました…」

明に突っ込まれた聖涼は、バツの悪い顔をして無言でその場を去った。

「やっぱり吸血鬼は美形でなくちゃ。若い頃、吸血鬼物の少女マンガを読んだことを思い出したわ。バラのスープが食事なのよね？」

いや、食事はスイカです。

明は喉まで出かかった言葉を、辛うじて飲み込んだ。

「そして、仲間になったお友達と二人で、いろいろな場所を旅行するのよね。可哀相な最後だったけれど、あなた達は大丈夫？」

勝手に可哀相にしないでくださいっ！

明はまたもや、喉まで出かかった言葉をごくりと飲み込んだ。

「あのさ、俺のこと恐くねぇの？　出て行けとか退治するとかって言わねえの？」

エディはもっともな質問をする。

「この寺にお嫁に来た時から恐怖体験の連続だったから、もう馴れたわ。それに道恵寺は、人間に危害を加えないものに対しては、全く気にしないみたい。ね、聖涼」

聖子の言葉に、聖涼は軽く頷いた。

「へぇ、何か面白れぇな。そういう考え、かなり気に入ったぞ。にしても、退治された吸血鬼って誰だ？　コータウン家かな？　あいつ、意外と食い意地が張ってたし」

友が退治されたと知っても、エディは淡々としている。

「こう言っちゃなんだがエディ、お前は仲間を退治されて怒らないのか？」

「怒る理由がない。俺達は、血族が殺されない限り仕返しなんてバカらしいこと、しやしねぇ」

「ドライねぇ～」

感心したように呟く聖子。明も思わず頷いてしまう。

「では、もし自分の血族が殺されたら…？」

「そりゃもう、大殺戮だ。落とし前はきっちりつける。〝夜の粛清〟って言うんだ。一度、バーシル家の殺戮を見たことがある。ありゃ凄かったなぁ。一夜で領民全員が死に絶えた。でもありゃ仕方ねぇ。人間が悪い。無邪気に城下で蛍狩りしてたバーシル家の子供を、掴まえて太陽で炙って殺したんだから」

「ほほう」

質問した聖涼は納得したように頷き、聖子は「子供になんてことを」と眉を顰め、明は「この手の話は勘弁してくれ」と頬を引きつらせた。

「まだ何か知りたいことあっか？　なーんでも教えてやるぞ」

「もういいっ！」

明はエディの頭を叩くと、すっくと立ち上がる。

「おい明。どこ行くんだ？」

「俺は桜荘の管理人だから、アパートに戻るんだ」

「なら、俺も行く」

言うが早いか、エディはコウモリに変化した。

「まあ、可愛いっ！」

巾着の中に入ろうとしたコウモリは、聖子にむんずと掴まれてしまった。

「本物のコウモリみたいに、顔が潰れてないのねぇ。元が美形だと、コウモリになっても美形なの？　エディさん」

「多分そう、あの、あの、あの！　離してくれませんかね？　マダム」

年配の女性を邪険にできないのは育ちの良さか、エディはもぞもぞと控えめに動き、彼女の手から脱出を図る。

「すいません、おばさん。俺、こいつの保護者なんです」

みっともなくもペタンと畳に落ちたエディを拾い上げ、明はそれを巾着に詰めながら苦笑した。


チャーリーは窓から身を乗り出して夕日を浴びながら、外壁によりかかって煙草を吸っている河山に語っていた。

「ですからね、河山さん。今考えると、私は彼に告白する口実を与えてしまったのかと」

「そうだろうな。ちょっと待って、今のくだり、メモしたい」

河山は煙草を口に銜え、スラックスのポケットからメモ帳とボールペンを取り出す。

「あーあ。何でこんなことになっちゃったんだろう。日頃の行いはいいはずなのに……」

夕日に映える、美形の横顔。

「あ、河山さん。次の小説のネタですか？」

明は巾着袋を振り回しながら、彼に近づく。

「ああ、ハニー。夕日を浴びた君の姿が、涙で滲んでよく見えない」

「何言ってんだ？　あんたは。もうなんとか東京支部に行かなくていいのか？」

「今日、行ってきたよ。でも、行けば行くほど、首を傾げることが多くてね」

「それは、あんたがマトモだってことなんじゃないか？」

「慰めてくれるのかい？　ハニー」

「だから、そのハニーって言うのを止めろ！　……って、河山さん、何を書いてるんですか？」

さっきから一度もペンを止めない河山に、明は眉を顰めて訊ねた。

「今の会話。使えるかなと思って」

「使えません。いや、使わないでください」

「あ、だめなの？」

のほほんと呟く河山。チャーリーは相変わらず、潤んだ瞳で夕日を見つめている。

「吸い殻、ちゃんと持って帰ってくださいね」

明はそう言うと、巾着を振り回しながら部屋に戻った。


「目が回る…」

エディは畳の上に仰向けになると、深いため息をついた。

「悪かったな。巾着に重たい物が入ってると、つい振り回してしまう」

明は、カーテンを閉めてエアコンをつけると、濡れタオルを彼の額に押し当てる。

「気持ちいい」

「そうか」

「もっと気持ちのいいことするか？」

「しない」

「そっか」

ブーブーと文句を言って、押し倒しにくるだろうと思っていた明は、素直に諦めたエディを不審に思う。

「明日は迎え盆だ」

「心配すんな。俺が一緒にやってやる」

「ん」

明はエディの傍らにあぐらをかき、自分の指で、そっと彼の腕をなぞった。

ゆっくりとなぞって手のひらまでくると、力強く握りしめる。エディも同じ力で握り返した。

「エディ」

「ん？」

墓前に供え物をしてから道恵寺の母屋の前で迎え火を焚き、その火で提灯を灯す。

しばらく経った頃、桜荘の住人が手を合わせにやって来た。

みな明の祖父に世話になっている。

チャーリーも、「ハニーの家族のために」と、一緒にやってきた。

彼らは精霊棚の前でひとしきり思い出を語り合い、初めて精霊棚を見たチャーリーは「家族に精霊棚を見せたい。美しい。灯籠も素晴らしい」と、何枚も写真を撮った。

次の日には、祖父や両親にゆかりのある人々がやって来た。

みな精霊棚の前で、故人が生きているかのように話しかける。

特に、祖父が生前交流していた人々は、十代の若者から、杖をついて歩くような老人まで幅広く、彼がどれだけ慕われていたかがかいま見えた。

「いい新盆になったわね」

来客に酒と料理を振る舞いながら、聖子が明にそっと耳打ちした。

「はい」

「俺……分からないんだ。どうしていいか、分からない」

好き嫌いで言えば、好きになる。

そうでなければ、一緒に住んだりしない。

けれど、そこに恋愛感情が入るとなると、話は別なのだ。

明はウダウダと考え込み、袋小路に入っていた。

「だったら、俺に引きずられてみっか？」

エディは濡れタオルをちゃぶ台の上に放り投げ、上体を起こす。

「俺様は寛大な吸血鬼だ。お前に逃げ道を用意してやる。何もかも、俺が勝手にするんだ。だからお前は、どれだけ文句を言ってもいい」

「……俺をずるい人間にしたいのか？」

明は、力を込めてエディの手を握りしめた。

「じゃあ、どうしたいかハッキリ言えんのかよ」

「それはその……」

「俺は急いでるわけじゃねぇ。ゆっくり考えろ」

「すまん」

頭を垂れる明に、エディは少しムッとした顔で言った。

「謝るな。俺が物凄くバカな男に見えっから」

明も嬉しそうに頷く。

「私にも何か手伝わせてください」と言ってやってきた安倍は、空の徳利やビール瓶を盆にいくつも載せ、忙しなく動いていた。

昼間は巾着袋の中で惰眠を貪っていたエディも、太陽が沈んだ途端、外っつらのよさを活かして接客している。

目は青いが髪は黒いので、来客達も「外国人だ」と露骨に引くことはなく、彼を相手に故人の思い出を淡々と語った。

昼間は目まぐるしく檀家を回って読経していた高涼と聖涼も、遅れてその輪に加わり酒を飲む。

親戚は誰も来なかったけれど、それを補ってあまりある人々が来てくれた。

あっという間に盆は終わり、そして今。

明とエディは、送り火を焚いている。

「これで〝あの世〟に帰るのか？」

「ああ」

「ナスの牛に乗って？」

「ああ」

「結構賑やかだったな」

明は小さく頷いて、どんどん小さくなっていく炎を見つめた。

エディもそれに倣う。

高涼に遊んでもらっている弁天菊丸の甘えた声が、渡り廊下の方から聞こえてきた。

「人間の相手をたくさんさせた」

明はゆっくり立ち上がり、ぐっと伸びをする。

「楽しかったぞ。でも最近の人間って、あんまり旨そうなヤツがいねぇな」

エディも立ち上がり、そう言って苦笑した。

「そろそろ帰るか」

「スイカをもらったらな」

『吸血鬼なのにスイカが好きだなんて、カブトムシみたいね～』

聖子はそう言って、笑いながらもエディのために、来客に振る舞ったのとは別に、二玉しっかり取っておいてくれたのだ。

「持って帰るのは、一玉だぞ。うちの冷蔵庫は道恵寺のと違って小さいから」

「分かってるって」

エディはきびすを返し、母屋に向かう。

「本当に、ありがとう」

まるで身内のように、ずっと一緒にいてくれて。

物凄く嬉しかった。

明はエディの後ろ姿に、もう一度「ありがとう」と呟いた。

エディはスイカ一玉、明はタッパーに詰めた煮物をそれぞれ持って、道恵寺の境内から桜荘へ続く道をテクテクと歩く。

「これでしばらくおかずに困らない」

明はタッパーをしっかりと抱き締め、嬉しそうに頬を緩める。

「だよな。お前、料理ヘタクソだもん」

「食べたこともないくせに、分かるのか？」

「毎回見てりゃ、見当つくっての」

エディは意地悪く笑った後、ふと何かを思い出したのか真面目な顔で明を見た。

「何だ？」

「祖父さんや両親に会いたいか？」

「は？」

「どうなんだ？」

「会えるなら会いたいが、無理に決まってる」

「ちょっとついてこい」

エディは今来た道を急いで引き返す。

「おい！」

「いいからついてこいっての！」

エディが一体何がしたいのか分からないまま、明は仕方なく彼の後を追った。

追っていくうちに、次第に歩調が鈍くなる。

「早く来い」

「……何で墓地に来るんだ？」

墓石がずらりと立ち並び、月光を浴びて不気味に光っている。

死後の分譲マンションを前に、明は頬を引きつらせた。

「言ったじゃねぇか。お前を死んだ家族に会わせてやるって」

「それって、もしかして幽霊のことじゃ？」

「そうとも言うな」

勘弁してくれ。

明は深いため息をつく。

「ほれ。お前んちの墓へ案内しろ。一度行っただけじゃ、覚えてねぇ」

墓石の形は、どれもこれも似たり寄ったり。

背中を叩かれ、明は渋々「比之坂家代々之墓」まで、エディを案内した。

「よし。目を瞑って俺の手を握れ」

「こ、こうか？」

申し訳ないと思いつつ、明は墓石の横にタッパーを置き、エディの右手を握りしめる。

「最初に言っとく。目を開けても悲鳴をあげんな」

「りょ、了解」

「んじゃ、目を開けろ」

エディの合図で、明は恐る恐る目を開けた。

彼は悲鳴を上げない代わりにカクンと膝を折ってしまう。

「おっと」

エディは、墓の前で正座しそうになった明を引き上げると、感心したように笑った。

「普通の人間なのに、よく我慢したな。大抵、釘を差しても大声を出すもんなのに」

「な、な、な、何なんだ？　これは。この大勢の白装束の人間は」

明はどうにか両足で踏ん張り、目を丸くして辺りを見渡す。

白装束姿の老若男女が、墓石に腰を掛けたり、立ったままで、様々な表情で会話を交わしていた。しかも髪型は大昔からつい最近のものまでバラバラ。

「送り火を焚いて、大して時間がたってなかったから間に合ったな。あいつらみんな、天国に行く直前」

「どうせなら、極楽と言ってくれ」

もしかして、高涼や聖涼もこういうものが見えているのか？

明はそう思った瞬間、鳥肌を立てる。

そんな彼に、誰かが声をかけた。

「明？」

聞き覚えのある声。いや、絶対に忘れることはないだろう声。

「母さん？」

明は恐る恐る振り返った。

「お祖父ちゃん！　あなたっ！　明に声が通じたわよっ！　ねえ、私達の姿、見える？」

三人とも白装束で、どことなく顔色が悪かったがしっかりとそこに立っている。

「見えるっ！」

「立派な新盆をやってくれたな。知り合いも大勢来てくれた。さすがは私達の息子だ」

明は父親似のようだ。きりりとした目鼻立ちがよく似ている。

「本当にのう。さすがはわしの孫だ」

祖父は鼻をすすりながら、何度も何度も頷いた。

「あなたのことが、本当に心残りだったの。でも…元気そうで、本当に……」

母は自分より頭一つ半も大きな息子の前で、嗚咽を漏らす。

「ほら、お前。ここで泣いても仕方がないだろう？」

そう言う父も、目に涙を浮かべていた。

「俺、凄く後悔して。最初は本当に後悔して……。無理してでも、もっと値段の高い旅行にすればよかったのにって。そうでなけりゃ、旅行なんか贈らなければよかったって、ずっと、そう思って…ごめん、ごめんなさい。何度謝っても足りない」

明はそれ以上声にならず、顔をくしゃくしゃにして俯く。

「バカモンが。後悔なんかするんじゃない。わしらはこういう運だったのさ。可愛い孫を死なせずに済んで、逆にホッとしとるわ」

「じ…祖父ちゃん…」

涙と鼻水でグシャグシャになった顔は、みっともなくて人に見せられた物じゃないが、それでも明は顔を上げた。

「そうよ。お祖父ちゃんの…言う通り。私達…本当に…親孝行な息子を持って幸せだった」

「ああ、本当だとも。私達の子供に生まれてきてくれて、本当にありがとう」

「素直な可愛い孫に育ってくれて、ありがとうよ」

明は子供のように、声を上げて泣きじゃくる。

黙って見守っていたエディは、明の手を力強く握りしめた。

「あの」

明の母がエディの前に立ち、涙で潤んだ瞳で彼を見上げる。

「どこのどなたか存じませんが、明と話をさせてくださって本当にありがとうございました。これでもう、思い残すことはありません」

彼女はそう言って、深々と頭を下げた。

祖父と父も、それに倣う。

「いや。俺は自分のできることをしただけだから」

「それでも、本当ならこの子と話なんてできません。明、元気でね？　体に気をつけて。何か困ったことがあったら、道恵寺さんに相談するのよ？」

「うん」

母は顔を上げると、明に優しく言って聞かせた。

「お前は何でも自分一人で解決しようとするから、少し心配だ」

「だ、大丈夫」

明は、父に笑い顔を見せようとしたが、泣き顔しか見せられない。

「桜荘を守っておくれ。あれは特別なアパートだ。よろしく頼むぞ？」

祖父が言う。

「分かった」

喉に何かが詰まったような苦しさで、明はそれ以上言葉を出せない。代わりに、何度も何度も頷いた。

「元気でね」、「頑張れ」、「また来年だ」、「ちゃんとご飯を食べるのよ」、「ありがとう」、「幸せだったよ」、「こら、泣くな」、「楽しかった」、「嬉しかった」、「幸せになって」。

懐かしい声が重なっては消えていく。

祖父らの姿が薄らいだ。

それは他の白装束姿の人間も同じだった。

「さよなら」

最後の声は、聞き取れないほど小さく掠れていた。

明は何も言えず、ただ泣きじゃくっていた。

どれくらい経ったのだろう。

明はやっと泣きやみ、自分のTシャツでゴシゴシと顔を拭った。

「エディ」

「ん？」

「お前って、どうしようもなく俺に優しいな」

「おう」

「その気持ち、凄く嬉しい」

「そっか」

帰りたいような、不思議な気持ちに包まれて、二人は手を繋いだまま、ぼんやりと墓地に立つ。

そこに新たな人影が現れた。

「今度は誰だ？」

「しっ。頭下げろ」

エディは、鼻声で訊ねる明の腕を引っ張り、墓石に隠れる。

人影は二人。

だが、どう見ても一人のシルエットが妙だった。

「お疲れ様。まさか、盆の間ずっと働かせることになるとは思わなかったよ」

後ろ向きで顔は見えなかったが、この声は聖涼のもの。

「ううん。平気。凄く楽しかった」

こちらも後ろ向きだが、安倍の声。だが、雑誌に載っている間違い探しのような、怪しげなシルエット。

「今日こそは、君を両親に紹介しようと思ってたんだけど…」

「でも聖涼さん。私はあなたと結婚できない」

この二人、つき合っていたのか？

エディと明は、思わず顔を見合わせた。

恋人同士の語らいなら、もっと別の場所を選べばいいだろうに。

それとも、墓地ならば誰も来ないから、逆に辺りに気を配らなくていいのかもしれない。

「またそういうことを言う」

「こうして、お付き合いできるだけで幸せなの…」

「そんな悲しいことを言わないの。私は、何が何でも君を嫁にもらうよ。父さんと母さんは、君の正体を知ってるんだ。今更気にする必要があるか？」

明はエディに、「正体って一体なんだ？」と、耳打ちする。

エディは曖昧な笑みを浮かべて、「とにかく、ヤツらの話を聞いてろ」と言い返した。

「あなたの家は、有名な退魔師の家系なのよ？　そこに私の血が入ったらどうなるの？　ご先祖様に申し訳が立たないわっ！」

「早紀子。たとえ君が妖怪でも、私の気持ちに変わりはない。いいじゃないか、人間と妖怪のハーフ。逆に自慢できるね」

エディは、叫び出しそうになった明の口を自分の手で慌てて塞ぐ。

「聖涼さん……あなたって人は……」

「私は君が好きなんだ。愛しているんだよ？　種族が違うというのは、言い訳にしかならない。大事なのは、君の気持ちだ」

「私、私は……」

「何があっても、私が必ず君を守る。守り抜くと誓うよ」

「私、聖涼さんが好き。ずっとずっと前から愛してた。今も、これからも愛してる……」

「早紀子」

「聖涼さんのお嫁さんに……なりたい」

聖涼は彼女を力強く抱き締めた。

明は顔を赤くして俯くと、聖涼が安倍に言った言葉を反芻する。

種族が違うのは言い訳にしかならない。大事なのは。

二人が月明かりに照らされ、今にもキスを交わそうとしたその時。

「やったーっ！」

「おめでとうっ！　おめでとうっ！」

「もう！　ハラハラさせないでくださいよーっ！」

「手に汗握っちゃったっ！」

「めでたいことだっ！　ホントにめでたい！」

反対側の墓石の後ろから、チャーリーを抜かした桜荘の住人が、全員現れた。

だが安倍と同じく、みなシルエットがどこかおかしい。

「まいったな。覗くなら最後まで静かにしていてくれないと」

聖涼は照れ臭そうな嬉しそうな顔で頭を掻くと、「ついでだ。明君達も出ておいで」と、おいでおいでと手を振った。

「覗くつもりはなかったんです。すいませんと、明は言うことができなかった。

住人達のシルエットが違うはずだ。

安倍の頭には大きな耳、尻にはフサフサの尻尾が生えている。

曽我部と伊勢崎は、映画に出てくるような狼男のようだし、大野の頭には耳、尻には弁天菊丸と同じ尻尾が生えていた。橋本らしき物体はとぐろを巻いて舌を出しており、河山の尻から生えた長い尻尾は、先が二つに分かれている。

「仮装……？」

「そんなわけないって！　比之坂さん！」

伊勢崎はにっこり笑っているのだろうが、凶悪な顔にしか見えない。

「桜荘はね、君のお祖父さんの代になって、人間でない種族をアパートに住まわせるようになった」

聖涼が説明してくれた。

「……だから祖父ちゃんが、特別なアパートだって言ったのか」

「その通りだね」

「エディ……お前、知ってたのか？」

「こいつらに会った時、すぐに分かった」

開いた口が塞がらない明を前に、エディはさらりと言った。

「俺達も、エディさんの正体、すぐ分かりましたよ」

曽我部が言い、他の全員が頷く。

「うちの家族も、全員の正体を知ってる。知らないのは……」

「俺とチャーリー………だけ？」

明はガックリと膝をついた。

近所の子供達が、桜荘を「お化け荘」と呼ぶのは、ちっとも間違っていなかった。

「こんな身近に、人外の方々が住んでいたとは」

「彼らは無害だよ。しっかり人間世界に溶け込んでいる」

「ですよね、会社員だったり、小説家だったり、掛け持ちフリーターだったり…」

明は腕を伸ばしてエディにしがみつく。

「立てっか？」

「大丈夫。少し驚いただけだから」

彼はエディにもたれ、住人達の顔を一人一人じっくりと見た。

住人達の瞳は、心なしか不安に揺れていた。

エディと一緒に暮らしているなら、正体を現しても大丈夫だろうと思っていた。

保証人のいない彼らは、桜荘を追い出されたら途方に暮れてしまう。

明は深呼吸を一つして、こう言った。

「祖父さんは桜荘というアパートで、今までみんなを守っていたんですね。だから孫の俺も、精一杯努力しようと思います。まだまだ至らないところが多い、新米大家ですが、みなさん、これからもよろしくお願いします」

感極まった住人達は、一斉に騒ぎ出す。

ただこの時の声は、それぞれの種族に準ずる物で、道恵寺付近の住人は「悪魔の遠吠え」、「呪いの叫び声」と恐怖に震え、管轄の警察ではしばらく電話が鳴りっぱなしになった。

お陰で後日、高涼と聖涼は、「あの時はお祓いをしてまして」と近所に頭を下げて回るハメになったことをここに記しておく。


部屋に戻った明は煮物の入ったタッパーと、いくつかに切り分けてラップで包んだスイカをそれぞれ冷蔵庫に入れた。

「この年で知恵熱が出そうだ…」

明は、だらしなく畳に寝そべる。

「それでも、明日からはいつも通りなんじゃねぇの?」

「だよな。……あ、ちょっと待て」

「どうした?」

エディはあぐらをかき、明は上体を起こした。

「チャーリーって、魔物ハンターとか言ってたくせに、みんなの正体が分からなかったよな? でもお前のことは分かった。なぜだ?」

「そりゃ俺が『吸血鬼です』ってオーラを出してやったからに決まってんじゃん。それに、ここの住人は上ランクの魔物だ。あの程度のハンターなら、正体を隠しておくなんて造作もねぇ」

「そ、そうなのか……」

みんなのほほんとしているのに、上ランクか。松竹梅で言うと松で、マグロで言ったら大トロ。牛丼なら、汁ダク特盛り玉付き。あれ? 何か違うような……。

明はまた少し混乱しているらしい。頭が上手く回らない。

「でもよ? これをあいつが知ったら、さぞかしショックを受けるだろうな」

「ああ。しかも、ショックを受けている場面が容易に想像できる」

エディの肩が、抑えた笑いでプルプル震えている。

明も我慢できず、彼の肩に頭を押しつけて笑い出した。

「あんま可哀相なこと、想像すんなっ！」

「お前だって想像したくせにっ！」

二人はそう言い合って、ゲラゲラと笑い出す。

互いの笑いにつられて、笑いはしばらく止まらなかった。

大きく息を吐いて笑いを抑えた明は、両手でエディの頬を包む。

「な、何だ？」

「怒鳴ったり怒ったり殴ったりばかりなのに、お前は俺に優しい」

「そりゃ、愛してるからに決まってんだろが」

エディは自信満々に言い切った。

「お前に触っても触られても、気持ち悪いとは思わないんだ。むしろ気持ちいい。コウモリ姿も、握り潰したくなるほど可愛いし、どこにでも持ち歩きたいくらい愛しいと思う。俺の気持ちは十中八九決定してる。だが…最後の一歩が踏み込めない。俺の中の何かが、最後の最後でお前を拒むんだ…」

「それを俺にどうしろってんだ？　俺に責任を全部被せるの、やなんだろ？」

「だから困ってるんじゃないか」

途方に暮れた表情で見つめられ、エディの体がカッと熱くなる。

「あ」

明は掠れた声を上げ、急に瞳を潤ませた。

「お前……何やった？」

「何もしてねぇ。ただ…目は赤くなったかも」

「ああ。赤くなってる。それだけか？　他には何もしてないのか？」

「何でそんなこと聞くんだ？」

「いや、その……」

明は顔を俯かせ、エディの頬に当てていた両手で股間を隠す。

「……お前と、目を合わせただけなのに、何で、こんなっ」

そう言うと、明は慌てて風呂場に入る。

冷水で体を冷やすつもりなのか。

「確かに目が合っただけだ。他のことはなーんもしてねぇ」

エディは真剣な表情で考えた。

耳を澄ますと、明がシャワーを使っている音が聞こえる。

「けど、あの表情と態度。まるで……」

彼は小さな呻き声を上げて、考えた。

考えて考えて、やっと何かを思い出す。

「アレだ。なんでぇ、簡単じゃねぇか。俺の術にかかっただけだ」

吸血鬼の瞳は獲物を大人しくさせるため、深紅に変化するのだ。深紅の瞳は、獲物に性的快感を促す。

だが明には、それが効かなかったはずだ。

「何でいきなり効くようになったんだ？　おい、エドワード・クレイヴン。こんなこと、初めてだぞ」

エディはごろんと寝転がって、再び考えを巡らせる。

そして、明が腰にタオルを巻いて出てきた瞬間、答えを出した。

「エディ。……お前、まだ目が赤い」

「だって俺は、明と愛し合いたいから」

外国人だから似合うのだろうその台詞。明は顔を真っ赤にして、へなへなとその場にしゃがみ込む。

「お前、体が変だろ？」

「別にどこも」

「俺に触って欲しいんじゃねぇ？　気持ちよくなりてぇだろ？」


エディは明に近づくと、水滴がこぼれ落ちる顎を、指先で軽く撫でた。

「あっ、バカ触るなっ」

だがエディの指は、どんどん下に下がっていき、胸の突起を爪でくすぐる。

「や、止めろ…って……エディ、や……っ」

「お前、俺のことをちゃんと愛してんじゃん」

「え？」

明は潤んだ瞳でエディを見つめた。

「今まで何度も、目の色が赤くなった。けどお前は、さっきみてぇに欲情しなかった。ギャーギャー怒鳴って、散々暴れたろ？」

「それは当然のことだ」

「きっと、精神面のガードが、物凄ぇ固かったんだろうな。だから術が効かなかった。でも今、お前にはガードのカケラもねぇ」

エディは立ち上がると、足でちゃぶ台を脇に寄せ、押し入れから布団を引っ張り出して畳に敷いた。

そこに、明を引っ張って寝かせる。

「だから何だって？」

エディは服を脱いで全裸になり、明の上に覆い被さった。

「自分じゃ何も分かってねぇだけで、お前は俺のことを既に愛してるってわけだ。だからガードがなくなって、術が効く」

「だったら、目をさっさと青にしろ」

「だめだめ。セックスしたい時も、この色になるんだから」

触れるだけのキスなのに、明は背を仰け反らせて体を震わせる。

「種族が違うだけでなく性別も一緒なんだぞ？　俺は、そんなことは……」

「だったら、触ってもいないのに、何でここがこんなに濡れてんだ？」

腰に巻き付いていたタオルは、既にエディの手の中。明の雄は腹につくほど勃起し、鈴口からは先走りが溢れ出ている。

「それに、全く抵抗しねぇ」

「それは」

抵抗できなかったのではなく、したくなかった。

どこまでもエディに触れてほしくてたまらない。明の中の隠された欲望が、顕わになっていく。

「エディ……俺は」

「言ってみ？　俺のこと愛してるって。そうすりゃ、もっと気持ちよくなれる」

「あ……」

「変な意地張ってんじゃねぇの。ほれ言ってみ？　そしたら俺は、お前を一生離さない。今まで以上に大事にする。お前を、うんと幸せにしてやる」

明の目の前で、エディの大事な指輪が揺れる。

一つは自分、もう一つは生涯の伴侶に。

もしかして自分は、その指輪をはめることになるのだろうか？

明は震える指先で、それに触れた。

「この指輪の一つは、もう既にお前のもんだ。…言っておくが、俺達は血族と伴侶に対しては情が深い。離婚なんて絶対にしねぇ。一生添い遂げる」

「お前、それ、プロポーズか？」

「やっと分かったのか？　バカ」

エディが笑う。

「俺は男だから、子孫は望むな」

「子孫なんて別にいい。俺はお前が欲しい。お前だけ欲しい」

「エディ……」

明は泣き笑いの表情で、彼の首に両手を回した。

一番大事なのは、自分の気持ち。

「俺はエディが……好きだ」

「何だよ。愛してるって言ってくれねぇの？」

「言い慣れてない言葉なんだ。今の俺には、これが限界」

「そのうち言わせてやるよ」

エディは幸せそうに微笑むと、明にキスをする。

最初から、貪るような激しいキス。

明は素直に彼の舌を受け入れ、ねっとりと絡ませた。その間にエディの片手は、明の体をさまよい、反応する場所を探していく。

「んっ」

鼻で息をするだけでは足りなくなった明は、顔を反らして呼吸を確保した。

エディは彼の体に舌を這わせながら、ゆっくりと体を下へずらす。

つんと勃起した突起を口に含み、もう片方を指先で優しく弄ってやると、明は低く掠れた声で快感を顕わにした。

吸血鬼の深紅の瞳は、明の体を快感の塊に変えてしまった。

だから、どれだけ卑猥な言葉を口から吐き出しても仕方がないのだ。明はそう思い、それを実行する。

「エディ、ここっ、ここに早く……っ」

明は、自分の腰を這っていたエディの手を、勃起した雄に押し当てた。

「なら、足を開け。俺に何もかも見せるように」

「ん」

足はおずおずと左右に開かれていく。エディは、その足の間に体を滑り込ませた。

彼の雄と明の雄が擦れ合い、痺れるような快感が背筋を上っていく。

エディは体を起こし、勃起した雄に引っ張られるように持ち上がっている彼の袋を、優しく揉み出した。

「ひぁ…っ、あっ」

軽く振動を与えるだけで、明はひくひくと腰を突き上げる。

触れるだけでこれだけ感じるなら、口に含んで舐めてやったらどんな声を上げてよがるんだろう。エディは、明が乱れる姿をもっと見たくて、そこに唇を寄せて下から上へと舐め始めた。

わざと音を立てて舐め、舌先で突く。

「や…、やだ、そんなところっ、エディ、舐めちゃやだ……っ」

明は腰を捩りながら「やだ」と譫言のように言い、鈴口から先走りを滴らせてよがる。

「ホントにお前、口だけは達者だな」

エディはクスクス笑うと、今度は、先走りでねっとりと濡れた彼の雄を銜えた。

逃げられないように両手でしっかり腰を掴み、鈴口

に舌を差し込んで焦らすようにくすぐる。

「や、やっ、いや、だっ、エディ……ッ」

一番敏感な部分から、焼け付くような快感が溢れ出た。それは明の全身をぐっしょりと濡らし、頭の中まで犯していく。

「もうっ、我慢できなくなるっ」

いつもは男らしい明の声が、今は艶やかな誘う声になり、エディの耳を愛撫した。

このまま一回、先にイカせてやろう。

明は大きく足を広げたまま、閉じる様子はない。

エディは口を離すと、明の雄と袋を同時に弄り始めた。

雄をゆっくり扱かれ、袋をやわやわと揉まれる。快感よりももどかしさが勝り、明は腰を浮かして泣き出した。

「も、勘弁してくれっ、そんな風に揉まれたら俺、気持ちよくて……っ」

「そうだな？　気持ちいいよな？　お前の気持ちいい顔、もっと俺に見せろよ？」

明はぎこちなく首を上下に振る。

エディは、誘うように腰を突き出す明を見下ろし、雄を激しく扱いた。

「あっ、もう、もう出るっ、エディ、俺、精液出るっ、あーあー……っ！」

最後は声にならなかった。

明はシーツがくしゃくしゃになるほど掴み、背を仰け反らせて放出する。

余程よかったのか、彼の射精は胸まで飛び散った。

エディは、苦痛を堪えるような表情で放出した明をじっと見つめ、興奮して乾燥した自分の唇を舌でゆっくりと舐める。

「エディ……」

「すげぇいい顔」

エディは明の額や頬にキスをしながら、彼の胸に飛び散った精液を数本の指で掬い取り、そのまま後孔に押し当てた。

「なっ！」

「少しだけ力抜け。何度でもイかせてやる」

明は目を閉じると、素直に体の力を抜いた。

最初は一本。

ゆっくりと挿入して肉壁を慣らしてから、もう一本増やされる。

「やっ」

明は抗議の声を上げたが、体はエディの指を欲して反応した。

「『や』じゃねぇの」

エディの二本の指が、明のイイ場所をゆっくりと探していく。

「ああっ！」

明は、突然内部から湧き上がった快感に驚き、女が達する時のような声を上げた。

「ここイイだろ？　滅茶苦茶感じるだろ？」

エディは、そこを指でぐいぐいと押し上げ、明の瞳が快感に滲んでいく様子を確かめて微笑む。

「あぁエディ、だめ、だめだ、俺……っ！」

達して半勃ちになっていた明の雄は、瞬く間に硬くなり、先端から白いものが混じった先走りを滴らせながらぴくぴくと震えた。

そこを刺激されたら、男なら誰でも勃起してしまう。だがそんなことを知らない明は、自分の体が恥ずかしくてたまらない。

エディはそれを分かっていて、わざと明を煽った。

「もっと恥ずかしいことさせてやる。可愛い声、たくさん聞かせろ」

「エディ……俺、恥ずかしいよ……」

「けど、もっと気持ちよくなりてぇだろ？」

肉壁の中で指を蠢かせ、先走りを溢れさせる先端を指先で焦らしながら、エディは明にそっと囁く。

明は小さく頷いた。


「こんな恰好、するのか……？」

エディに掬い取られた腰は高く持ち上げられ、膝が胸に押しつけられる。

勃起したままの雄と興奮して張り詰めた袋、そしてさんざん慣らされてほんのり赤みを帯びている後孔が、エディに全て晒された。

「そんなとこ、あんまり見るな」

明は彼の視線を感じ、両手で顔を覆う。

「見てなきゃできねぇって」

さんざん慣らされて柔らかくなった後孔は、ゆっくりとエディの雄を飲み込んでいく。

「大丈夫か？　辛かったら言えよ？」

「平気、だ。少し、苦しいだけ」

明の顔が見たいと言うだけで、エディは正常位を選んだ。

「あんなに慣らしたのに、まだキツイな」

「口に出して言うなよ……」

ゆっくりと動かしているのに、今にも射精しそうな圧迫感。それだけでない。

エディは明の首筋から、視線を外せなかった。

噛み付きたい。

噛み付き、血を啜りながら乱暴に突き上げたい衝動に、エディは低い呻き声を上げる。

これこそ、吸血鬼の性交。

「エディ……お前」

苦しい息の中、明はエディの口に指を入れ、鋭く発達した犬歯を愛撫した。

「バカ。触るな」

「いいぞ嚙っても。お前、物凄く我慢してるだろ？」

「お前はもう俺の餌じゃねぇんだ。そんなこと……できるか」

だが明はエディの犬歯を愛撫するのを止めない。

「俺は丈夫だから、気にするな…」

「うるせぇ」

人がせっかく我慢してるってのに。

エディはいきなり乱暴に動き、明が余計なことを考えられないよう翻弄する。

「あ、あっ！　バカっ」

「喋るな」

「なら指を噛めっ、ここなら、あ、やだっ！」

エディがそこを突き上げた途端、明の雄は先端から先走りを溢れさせた。

「ここ、感じるんだろ？　自分じゃどうしようもねぇくらい」

「んっ、んんっ！　気持ちいいっ！　気持ちいいよぉっ、エディ、指噛んで……っ」

目の前に、唾液で濡れた明の指。

「噛めよ。こんな気持ちいいんだ、少しぐらい痛くても平気だから、早く……っ」

このバカ野郎…っ！

エディは我慢しきれず、彼の指に犬歯を突き刺した。

明の顔が苦痛に歪み、エディが飲みきれなかった血液が彼の体に滴り落ちる。

明の体は特別白いわけではないが、あまりに鮮やかな赤が彩られたため、艶めかしい陶器のように見えた。

エディは明の指から血を啜りながら、激しく彼を突き上げる。

明は苦痛と快感の入り交じった顔で、掠れた声を上げた。

「大丈夫だ。傷口はすぐに塞がる」

「俺の血……旨い、か？」

「ああ。最高だ」

エディは荒い息の下で呟くと、血に濡れた唇のまま、明にキスをした。

生暖かく鉄臭い、ねっとりとしたキス。

「エディ、もっと、もっと動けよ……」

「そんなに俺がほしいか?」

「ほしい。全部寄越せ」

血に当てられた明は、紅を塗ったような艶やかな唇で快感をねだった。


気がつくともう朝。

明はエディの腕枕の中、目を開けた。

部屋の中は若干血腥いが、布団と体は綺麗だった。途中で気を失った明のために、エディが必死で後片づけをしたのだろう。

部屋の隅に、シーツやタオルが丸まっている。

「あれを洗濯するのは俺か。俺だよな…」

明は、幸せそうな寝顔を見せているエディが急に憎らしくなって、彼の鼻を摘んだ。

「んー」

「俺を幸せにすると言っておきながら、自分が幸せになってるじゃないか」

悪態をついても起きない。

と、明は、自分の左手に違和感を感じて目の前にかざす。

エディが噛み付いた傷は既に薄くなっていたが、驚いたのはそこじゃない。


「あ」

左手の薬指に細かな装飾の指輪が一つ、はまっている。

「どうせなら、俺が起きてる時にはめてくれればよかったのに。このくそ吸血鬼は」

それでも、どんな表情でこれをはめていたのかを想像すると、明の頬は嬉しさで緩んだ。

寿命のある自分と、永遠に生きるエディ。

この先何が起きるのか分からないし、多少不安はあるが、自分の気持ちに正直に生きよう。

それに、この桜荘には、適切なアドバイスをくれるに違いない〝人達〟が六人もいる。

そのうち一人は、近いうちウエディングベルを鳴らすので、明の良き先輩になってくれるだろう。

何事も前向きに。

あの世の家族も、何はともあれ明の幸せを願っている。

「波瀾万丈の人生の幕開けだ」

明はそう呟いて、エディの額にキスをしようとしたが…。

突然、耳をつんざくような轟音と激しい揺れに邪魔をされた。

棚の上に飾っていたフォトプレートと、棚の中の本がバラバラと畳に落ちる。

「な、何だっ？」

エディは素晴らしい腹筋で起き上がると、傍らの明をぎゅっと抱き締めた。

「地震か？　それとも、何かの爆発か？」

「わ、分からない」

「明、お前、怪我は？」

「平気」

明はエディの胸の中で、「大事にされるってこういうことか」とほんのり赤面する。

「とにかく、いっぺん外に出て調べねぇとな」

エディは明の額にチュウとキスをして、起き上がろうとした。

「ダメだ。今は朝だぞ？　太陽の光に当たったら、エディは灰になる。俺が行くから、お前は大人しくしてて……」

明は勢いよく立ち上がったが、次の瞬間その場にくずおれてしまう。

「バカ。初体験なのに三回もやったんだぞ？　三回も。初めての人間は一回だって大変だってのに、お前は三回も、続けて俺のペニスを突っ込まれたんだぞ？　散々揺さぶって泣かしたんだから、腰が抜けて当然だ」

「そう言うことを朝っぱらから言うなっ！」

明が顔を真っ赤にしてエディにボディーブローを決めたその時。

「マイハニーッ！」

チャーリーが玄関のドアを蹴破って、管理人室にズカズカと入ってきた。

「ついさっき、やっと『ホレ薬』が完成したんだ！　是非とも君に飲んで……ノーッ！　ハニー、ノォォォォーッ！」

布団の上で仲良くしている二人を見てしまったチャーリーは、煤だらけの顔で絶叫する。

「さっきの爆音と振動は、チャーリーの仕業か」

明は呆れ顔でため息をついた。

「魔物に誑かされて食われてしまうより、私に恋をした方が幸せな一生を送れるのに！　だから頑張ったのに！　ハニーは既にロストヴァージンッ！」

ピンク色の小瓶に入った怪しい物体を手にしたまま、チャーリーは畳の上を転げ回る。

「ロストヴァージンって言うな、バカモノ」

「そうだそうだ。明は、何でもしちゃうっつー淫乱ちゃんだ」

エディの頭に、明の手刀が炸裂した。

「世界各国から、これでもかと珍しい生物を集めて作ったのに！　今からでも遅くないっ！　ハニー、この薬を飲みなさい。そして私に恋をするのだ。ハレルヤ！」

　大変前向きなチャーリーはすぐさま立ち直り、明に小瓶を突き出す。

「てめえ、また俺に囓られてぇのか？」

　エディは明を背中に匿（かくま）い、鋭く発達した犬歯を彼に見せた。

「囓れるものなら、囓ってみたまえ！　桜荘の住人のいる前で、それができるか？」

　気がつくと、桜荘住人達は壊れた玄関から中を覗き込んでいる。

　朝っぱらから爆音と振動に起こされて、どことなく機嫌が悪いようだ。

「チャーリー、そういう面倒臭い話は後にしてくれ。まだ六時前じゃないか。俺はもう一眠りしたい」

「チッチッチ。ハニー、思い立ったが吉日という言葉を知らないんですか？」

「あんたの吉日は、俺にとって迷惑だっ！　と言うか、土足で部屋に上がってくるなと、何度も言っただろうっ！」

「愛の前に土足など関係なし！」

　明が顔を顰め、エディが立ち上がろうとした時、チャーリーの体がピタリと動かなくなった。

「あれ？　な、なぜだ？」

　彼はそのままの恰好で、なぜか、ずるずると後ずさっていく。

　もしかしてと、明とエディは玄関を見た。すると、安倍が両手を丸め、チャーリーに向かって手招きしている。

　さすがは上ランクの妖怪。この程度の魔物ハンターを黙らせるのは朝飯前か。

　明は感心して、パチパチと拍手をした。

「何で体が勝手に動くんだ？　ハニーから遠ざかっていくっ！」

「あんたも部屋で大人しく寝てろ」

「ああそんな！　ハニーッ！」

「こいつはお前のハニーじゃなくて、俺のハニーなの。よく覚えておけ。ヘタレハンター」

　エディはチャーリーに向かって舌を出す。

「誰がヘタレだっ！　私は絶対に諦めないぞっ！　ハニーをこの手に抱くまではっ！」

　ずるずると玄関に引き寄せられながら、チャーリーはハッキリと宣言した。

「分かりましたから。チャーリーさん、さっさと部屋に行きましょうね」

「朝っぱらから何をヤッてんだか」

「ビックリしたよ、もー！」

チャーリーは住人達に羽交い締めにされ、管理人室を後にする。

「それじゃ、また後で」

安倍はエディ達にふわりと微笑むと、倒されたドアを入り口に立て掛けた。

「あのヘタレハンター。いつか絶対、桜荘から追い出してやる」

エディは明の頬にキスをしてから、忌々しげに宣言した。

「ああいうタイプは、誰かいい人が見つかれば、落ち着くと思うけどな」

「ダメダメ。明に何かあってからじゃ遅いんだ。お前は滅茶苦茶感じやすい体を持ってんだぞ？　あいつに押し倒されて、いろんなとこ触られたり揉まれたりしてみろ。足を開いてアンアン言うに決まってる。俺は、そんなお前を見たくない」

「このバカモノッ！　俺はそこまで尻軽じゃないっ！　少なくとも、この指輪を着けてる限り、いや、お前が好きなんだから！　俺は貞操は守るぞっ！」

明は顰めっ面でそう言うと、指輪をはめた左手をエディに見せた。

「貞操だって。何かエロい言葉だな。うん。いい感じだ。お前は俺の嫁だからな。お前の足を広げてアンアン言わせるのは、俺だけだ」

「そういう恥ずかしいことを、なぜ朝っぱらから言うんだよ……」

「言葉だけで感じた？」

エディは素早く明を押し倒し、触れるだけのキスをする。

「俺が感じてるかどうか、自分で確かめればいいだろ…っ！」

明は顔を赤くして、悪態をつくようにエディを誘った。

「とことん確かめるからな？　覚悟しとけ」

エディは惚れ惚れとする笑みを浮かべ、再び明にキスをする。

玄関のドアが壊れていても構わない。

二人はもう、誰に憚(はばか)ることなくダーリン・ハニーの仲となったのだ。

これから何が起こっても、絶対に離れたりしない。

「エディ」

「ん？」

「好きだ」

「早く『愛してる』って言えるようになれ」

エディの優しい囁きに、明は小さく頷いた。

伯爵様は危険な遊戯がお好き♥

寒風吹きすさぶ、ある日の大安吉日。

道恵寺の跡取り息子である遠山聖涼と、桜荘の住人であった安倍早紀子の挙式披露宴が華々しく行われた。

桜荘の住人も披露宴と二次会に招待され、彼らの結婚を心から祝福した。


明とエディは引き出物の入った手提げ袋を片手に、夜の繁華街を地下鉄の連絡口に向かって歩いていた。

艶やかな黒髪と青い瞳を持った超絶美形のエディと、凛々しく整った容姿の明という「スーツを着たイイ男二人組」に、道行く女性達は熱い視線を送っている。

「昼間、天気がよかったのに雨が降ったよな。まさに狐の嫁入りだった」

明は、平然と彼女達の視線を無視するエディと違い、女性達の視線が気になって仕方なかったが、それでも、兄とも慕った聖涼の結婚が嬉しくて唇を綻ばせた。

「そんな天気だったのか。俺は押し入れで寝てたから、ちっとも気がつかなかった」

「……早紀子さんの花嫁姿、綺麗だったなぁ…」

「花嫁衣装なら、明の方がうんと似合うと思う」

明は歩きながら、エディの頭に手刀をお見舞いした。

「いてぇ」

「ふざけたことを言うな」

「俺はふざけてねぇっ！」

「寝言は寝て言え」

「寝てねぇっつーのっ！」

エディは唇を尖らせて怒鳴ったが、次の瞬間いきなり立ち止まる。

「どうした？」

「……トイレ」

彼はなんとも複雑な表情で呟いた。

「そこの路地に入ってコウモリに戻れば、用は足せるだろ？」

明はコウモリが用を足しているシーンを想像して「可愛いじゃないか」と笑う。

「お前はつくづく失敬なヤツだな！　俺にそんなふざけたことを言うんじゃねぇっ！　俺は育ちがいいんだ。どんな姿になろうがトイレ以外じゃ用なんて足さねぇぞっ！」

エディは、「それをするなら死んだ方がマシだ」と、頬を引きつらせて言い返した。

「育ちがいいなら、乱暴な言葉遣いはやめろ」

「だったら、日本の若いヤツらに文句を言え。俺はそいつらの言葉を参考にしただけだ」

ああ言えばこういう。

明はムッとした顔でエディの頭を軽く叩いた。

「トイレなら駅の構内にある。そこまで我慢しろ」

明は「酒の飲み過ぎだ」と呟き、エディの腕を掴んで連絡口の階段を駆け下りた。


エディをトイレに突っ込んでホッとした明は、ふと背中に視線を感じて振り返る。

「……へ？」

トレンチコートを着た金髪の青年が、微笑みながら明に近づいた。

外国人の知り合いと言ったら、桜荘店子のチャーリーしかいない。だが、チャーリーと同じなのは金髪だけで、外見は全く違う。

緑に灰色がちりばめられた不思議な色の瞳。優雅な物腰の中の、不思議な威圧感。

あれ？　俺はこの雰囲気を……知ってるぞ？

明は自分に近づいてくる青年を見つめる。

「その指輪、とてもステキだ」

青年は明の左手の薬指に視線を落とした後、流暢な日本語で言った。

中央には赤い宝石を埋め込まれたバラ。それを取り囲むように翼を広げた鳥と蝶の細工が施された指輪。

エディが明に渡した愛の証（あかし）。

少々大ぶりだが、熟練の職人の手で作られたそれは、明の指によく似合っている。

「ありがとう」

男が指輪をはめていても不思議でない昨今に感謝しながら、その指輪を肌身離さずつけていた明は、見知らぬ青年にいきなり誉められたにも拘わらず、素直に礼を言ってしまう。

「『麗（うるわ）しき花弁に集う小鳥と蝶』、か。ふうん。なるほどね」

青年の表情が険しくなるが、それも一瞬。

「またどこかで会えるといいね」

彼はふわりと微笑むと、明の頬を指先で軽く撫でて人混みの中に溶け込んだ。

「あいつ……」

明は、青年の指先を拒絶するのをすっかり忘れた。

「人間にも、エディと似たような雰囲気を持ってる奴がいるんだ……」

拒みきれない雰囲気というか。……それにしても、俺ってホント、外国人に縁がある。

彼は少々ズレたことを思ったあと、両手をハンカチで拭きながらスッキリした表情で戻ってきたエディに、「遅い」と悪態をついた。

「……今、ここに誰かいたろ?」

エディは、青年の指先が触れた明の頬に鼻を近づけ、忌々しそうに顔を顰める。

「人混みでベタベタするな。恥ずかしい」

「人間の視線なんか気にすんな」

「俺は人間だから気にするんだ。バカモノ」

明は唇を尖らせてエディを押しのけ、改札に向かって歩き始めた。

「ったく。世話の焼ける嫁だ」

エディは、明にまとわりついていた匂いの主に覚えがある。

まさかと思うが、マジ、あいつだったらやべぇ。

エディは小さく舌打ちすると、すぐさま明の後を追った。


一〇一号室のチャールズ・カッシングことチャーリーは、やっと桜荘に戻ってきた二人を、スーツ姿のまま出迎えた。

「マイハニーッ! 遅かったじゃないか! 帰る途中ではぐれてしまって、私は何かあったのかと心配したよ!」

渾身の力でいきなり抱き付かれた明は、「ぐはっ」と呻き声を上げる。

「この腐れハンターッ! 俺の明に何をするっ!」

エディはすぐさま明を引き離し、長い足でチャーリーの腹を思い切り蹴った。

チャーリーはジャケットにエディの足型を付け、よろめきながらも言い返す。

「見苦しいぞ、ヘタレハンター。愛する者の幸せを願って身を引くのが男じゃねえのか?」

「どの口がそんなことを言うか! 魔物めっ! 自分で働きもせず、明に養ってもらっているヒモのくせに!」

「ヒモぉ? 貴族が労働するわけねぇだろっ!」

日本で暮らし始めて数ヶ月。チャーリーはイケナイ日本語をいっぱい覚えてしまったようだ。

鼻に皺を寄せて怒鳴るエディの前で「ヒモ魔物!」を連呼する。

「城も領地も領民も財産もない男が、貴族と威張るなっ!」

「うるさいぞ、チャーリー」

明は手刀でチャーリーの頭を叩いて静かにさせた。

エディは「さすがは俺の明!」と、嬉しそうに手を叩く。

「お前も大人しくしてろっ!」

明はエディにも手を上げたが、彼は素早く明の手刀を避けた。

「痛いよハニー……」

チャーリーは両手で頭を押さえ、上目遣いで明を見つめる。

「あのな」

明は片手を腰に当て、大きなため息をついた。

「なんだい？　ハニー」

「あんただって、もう分かってんだろう？　俺が誰を好きかってこと。いい加減、現実に目を向けろ」

「ハニー…？」

「確かにエディは、顔しか自慢できない。口うるさくて、縦のものを横にも動かさないし、時季外れなのにスイカを食わせろとわがままばかり言う。コウモリ姿で寝る時なんか、腹を丸出しにして動物としてどうよっつー寝相だ。おまけに布団に涎も垂らす。こいつのどこが高貴な伯爵様なのか、俺にはさっぱり分からない。けど、それでもエディのことが」

おい、明。俺をけなしてんのか？　それとも、ただノロケてるだけか？

エディは明の言葉に、僅かに眉を顰めて複雑な表情を浮かべた。

チャーリーは何を思ったのか、自分の手でいきなり両耳を塞ぐ。

「……何やってんだ？」

「私は今、なーんにも聞こえまセーン」

彼は真面目な顔でそう言うと、耳を塞いだまま自分の部屋に戻った。

「困ったもんだ」

「おい明。……俺は寝ながら涎を垂らしたことなんて、一度もねぇ」

「その姿の時じゃなく、コウモリになってる時の話だ。お前は知らないだろうが、いつも俺が拭いてやってるんだぞ？」

「明の愛を、ヒシと感じた瞬間」

「勝手に感じてろ」

明は呆れ顔でそう言うと、片手で胸を押さえて感動しているエディの襟首を掴んで、自分達の部屋に入った。


着替えを済ませて風呂から上がると、時計の針は午前一時を指していた。

バスタオルで頭を拭きながら部屋に戻った明は、ぐっしょりと濡れそぼったコウモリを片手に握りしめている。

「……この野郎。吸血鬼は水ものにも弱いんだって、前にも散々言って聞かせたじゃねぇか」

「吸血鬼は弱点が多いから忘れた」

「愛する夫を虐待すんじゃねぇ」

「虐待じゃなく、奉仕してやってんだろ？　ほら、ドライヤーで乾かすぞ」

「それはもっと嫌だっ！」

コウモリは明の手の中で闇雲にもがき、ボタリと床に落ちた。そしてすぐ人型に戻る。

「俺が人工の風で許せるのは、冷房だけだっ！」

エディは濡れた前髪を掻き上げ、明を睨んだ。

「……だったら、さっさとパジャマに着替えろ。素っ裸だと風邪を引く」

「何でパジャマを着る？　これから俺達は、夫婦の営みをだな」

「そのたびに血を吸われる俺の身にもなれ。いくら丈夫な俺でも、そのうち貧血で倒れる。それだけじゃない。体にだって負担がかかるんだぞ？　十日にいっぺんだな。アレは」

明は頬を染めて顔を顰めると、エディを押しのけて押し入れの戸を開けた。そして下段から下着とパジャマを引っ張り出し、素早く着替える。

「お前は『アレもダメ、コレもダメ』が多いから、んなこと言われても忘れる」

「は！　ならば、手のひらにマジックで書いておけ」

「可愛くねぇ」

「悪かったな。それでも俺は、お前の『ツマ』だ」

明は偉そうに言うと、エディからもらって左手薬指にはめているクレイヴン家の指輪を、はめた張本人にこれ見よがしに見せた。

エディはすぐさまコウモリに姿を変え、悔しさにジタバタと手足を動かす。小さな縫いぐるみが動いているようで、とっても可愛らしい。

「……お前が可愛くなってどーすんだ」

「セックスしてぇ」

「その姿で言う台詞かよ」

明は、腹を見せて駄々を捏ねるコウモリをそっと抱き上げ、苦笑した。

「だって俺達、夫婦だし！　愛し合ってる夫婦は、いつでもどこでもセックスだ！」

「だから、その愛らしい姿で性欲を語るな」

「三日もしねぇでいると、具合が悪く……」

「毎日してる方が、具合が悪くなると思うけどな」

特に俺が。

明は心の中で呟くと、つぶらな瞳で自分を見上げているコウモリを見つめる。

「ほれ、俺は人間じゃねぇし」

「俺は人間だと、何度言ったら分かる」

明は眉間に皺を寄せ、コウモリの愛らしく小さな耳を摘んで引っ張る。

「……ったく。地下鉄の構内で会った外国人の方が、お前よりよっぽど吸血鬼の貴族に見えたぞ?」

「構内で会った外国人……?」

「ああ。トイレの前で、お前が俺に聞いただろ? 金髪碧眼で、人形みたいに綺麗な顔した男だった。そいつが、この指輪を誉めてくれた」

ちょこんと首を傾げるコウモリの前に、明は左手薬指の指輪を見せた。

「……それを誉めた? もっと他に何か言ってなかったか? おい」

エディはいきなり人型に戻り、真剣な表情で訊ねる。素っ裸でもサマになるのは、やはり美形のなせる技か。

「ええと……麗しき……」

「麗しき花弁に集う小鳥と蝶、じゃねぇ?」

「おう。それにお前に雰囲気が似てたんだよな。でも、次から次へと日本に吸血鬼が来るわけないし」

普通ならここで「当然だ」と言う言葉が返ってくるはずなのだが、エディは何やら考え込んでいる。

「おい、エディ。どうしたんだ? 俺が会った外国人は、もしかしてお前の仲間か?」

「あ? んなことどうでもいい。それよりだな」

エディは気を取り直し、うっとりするような笑みを浮かべると、瞳の色を青から深紅に変えた。

「お前! それ反則…」

その瞳に見つめられただけで、明の体は熱く火照り、愛撫を望んで疼き出す。

「何とでも言え。俺はお前が欲しくてたまんねぇんだよ」

エディの指が、パジャマの上からでも勃っているのが分かる明の雄を、くすぐるように撫でた。

「んっ」

明はエディの首に両手を回し、唇を薄く開きながらキスをねだる。

エディはそれに応えながら、明の体を覆っている布を剥いだ。

「お前、セックスの時はすっげー素直」

言われる前に足を広げる明を見下ろし、エディは小さく笑う。しかし、すぐさま彼に叩かれた。

「なぜ叩くー」

「お前は、やる時に無駄口が多いんだっ!」

「俺は楽しさと嬉しさを表現してるだけだっての」

エディは呆れ顔で呟くと、既に形を変えかけている明の胸の突起を指先でくすぐる。

敏感な明は、それだけで大人しくなった。体をふわりと赤く染め、次の愛撫をねだるようにエディの背に両手を絡める。

「もっと欲しいか?」

低く囁かれる言葉は、吐き出される吐息と共に明の耳を愛撫した。

「バカ……」

「可愛がってって言えば、俺様、とっても頑張っちゃうんだけどな」

「う……」

エディの指は、相変わらず明の胸の突起をくすぐっている。片方だけ集中される愛撫に、明はもどかしそうに首を左右に振った。

「エディ…も」

明は、勃起して先走りを溢れさせている雄をエディのそれに擦りつけて哀願する。

エディは明の言葉を無視し、彼の首筋に顔を埋めてそこを舌で丁寧に舐めた。

明はびくんと体を震わせ、彼に首筋を差し出す。

二人が恋人同士、エディに言わせると「夫婦」になって数ヶ月。彼は決して明の首筋に自分の牙を突き立てることはしなかった。

ただ血を吸われるだけでは吸血鬼にはならないと教えてもらった明は、「食事のためなら仕方ない」と、首筋を噛むことを許しているのに、エディは頑として首を縦に振らない。

「ちくしょ……っ……エディ……動け……っ」

明はもどかしい愛撫に我慢できず、エディの背中を叩く。

「触って欲しい場所は? 希望を聞いてやる」

深紅に染まった瞳で見つめられた明は、目尻を真っ赤に染めたまま片手で自分の雄を握りしめて扱いた。

「バカ。自分ですんな。勿体ねぇ」

エディは、自分で雄を扱きながら喘ぐ明の唇に軽くキスを落とし、体を徐々にずらす。

そして、弾力のある肌にキスを繰り返しながら目的の場所に辿り着くと、先走りで濡れた明の指を舌で舐めた。

「エディ……」

明は扱くのをやめ、エディが愛撫しやすいように指を離す。

とろとろに濡れている雄を、彼の口で滅茶苦茶に愛してもらいたい。

「こんなに漏らして、明は本当に淫乱ちゃんだ」

エディは明の雄の先端をぺろりと舐め上げる。先走りで濡れた割れ目だけを何度も舐め、こじ開けるようにぐりぐりと舌で押した。

明はひくひくと腰を浮かし、足を大きく広げて喘ぐ。

「ひ…っ…あ、あ、あ…っ！　や、やだ……っ…エディ…そこ、いいっ、凄くいい……っ！」

体中が快感の塊となった自分の、もっとも敏感な場所だけを執拗に責め立てられ、明は涙を零して耐えた。

だが彼は、そこを責めるだけでなく、明の後孔を指で貫く。

徐々に指の本数を増やして肉壁を慣らし、何度も精を放出してしまうポイントを乱暴に愛撫した。

エディは、明の敏感な場所を前後から激しく責める。

「や、やだっ、エディっ……無理矢理は……、あ、ん、ん――――――っ！」

強引に快感を絞り出された明は、エディの口腔に精を放った。

エディはわざと音を立ててそれを飲み込むと、ぐったりとした明の腰をすくい上げる。

「まだ足りねぇだろ？　お前の体は、もう火がついちまった」

敏感な明の体は放出したにも拘わらず、体の奥が疼き、新たな愛撫を待って熱くなる。

「してくれ……」

明は掠れた声で呟くと、泣きじゃくりながらエディにしがみついた。


翌朝。

明はドアがノックされる音で目を覚ました。

布団の上で、エディの腕枕付き。

畳の上でいろんなことをしたのは覚えているが、明にはその後の記憶がなかった。きっとエディが布団を敷いて、明をそこに寝かせたのだろう。

「……妙なところがマメだよな、こいつ」

明はエディを起こさないようにそっと布団から抜け出ると、周りに散らばっている下着とパジャマを掻き集めた。

着替えて覗き窓から外を覗くと、二〇二の河山と一人の見知らぬ青年が、ドアの前に揃って立っていた。

「河山さん、どうしたんですか？　そっちの人は？」

明はパジャマ姿のまま、ドアをゆっくり開ける。

「通り向かいのコンビニから出た時、声をかけられたんだ。『桜荘はどこですか』って。だからここまで連れてきてあげた。新しく桜荘に入居する人でしょ？安倍さんの後釜が随分早く見つかってよかったねー」

河山は、ニコニコと笑って明と青年を交互に見る。

「私は桜荘の場所を聞いただけで、入居するとはひと言も言ってませんが」

「だって荷物持ってるし…」

スーツをきっちりと着た青年は、確かに片手にボストンバッグを持っていた。

「河山さん。俺も、不動産屋から入居希望者がいるなんて聞いてないんですけど…」

明の言葉に、河山の顔が笑顔から困惑した表情へと変わる。

日本人だと思うけど、一体この人は誰？

明と河山は顔を見合わせた後、揃って青年に視線を移した。

青年は咳払いを一つすると、ぺこりと頭を下げる。

「朝早くから押しかけて申し訳ありません。桜荘にチャールズ・カッシングが入居しているとのことで、伺ったのですが…」

「チャーリーの知り合い？」

「はい。私は宮沢雄一(みやざわゆういち)と申します」

青年はジャケットの胸元から名刺入れを取り出すと、明に名刺を差し出した。

カッシングホテルグループ・日本管理センターお客様係主任。

雄一の長ったらしい肩書きを見て、明は「会社の人間か」と呟く。

「チャーリーなら、そっちの一〇一号室だけど…」

「そうですか。……ところで彼は、みなさんにご迷惑をおかけしませんでしたか？」

その時、一〇二の大野と一〇三の橋本が、スーツ姿でブリーフケースを小脇に抱え、部屋から出てきた。

「昨日は披露宴と二次会、楽しかったですねー」

「次の日が仕事でなけりゃ、もっと楽しかったけどねー」

二人は、勤めている会社は違っても出勤時間は同じらしい。「おはようございますー」と元気よく挨拶しながら明達に手を振る。

明と河山は曖昧な笑みを浮かべて、彼らに「おはよう」と言った。

「あれ？　新しい人が入ったの？　比之坂さん」

「大野さん、違うんだ。この人はチャーリーの知り合いで……」

チャーリーの知り合い。

その言葉だけで、大野と橋本は頬を引きつらせて慌てて口を閉じた。

大野達の変わり様を素早く察した雄一は、冷や汗を垂らして彼らに近づく。

「あのバカが、ご迷惑をかけたんですか？　どんなことをしました？　呪文を唱えながら廊下を走り回ったりしましたか？　それとも、気味の悪いお札を建物の外壁に貼りまくりましたか？　得体の知れないツボを強引にプレゼントされたりは」

雄一の台詞に、その場は水を打ったように静かになった。

今までそんな気持ち悪いことをしていたのかっ！

明以下、その場にいた桜荘の住人は心の中で激しく突っ込むと、明が代表して「そういう被害はありません」と言い返す。

「そうですか、それは不幸中の幸い」

雄一はホッと胸を撫で下ろした。だが「不幸中の幸い」などと言われてしまった明達は、複雑な気分。

「……えーと、それじゃ、会社に遅れるとアレなので行ってきます」

「俺も行ってきまーす」

触らぬ神に祟りなし。大野と橋本は走るようにして、桜荘から出て行った。

「では私も、あのクソバカ…じゃない、チャーリーの部屋に行きます。朝からお騒がせして申し訳ありませんでした」

雄一はぺこりと頭を下げる。

「いえこちらこそ。大したお構いもしませんで」

明もつられて頭を下げた。

「チャーリーさんの知り合いなのに、普通の人じゃないか」

河山の呟きに、明は無言で頷く。が、「普通の人」とはいえ、チャーリーの知り合いだ。何をするのか大変気になる。二人は好奇心に負け、チャーリーの部屋のドアをノックする雄一をじっと観察した。

どうやらチャーリーは寝ぼけていたらしい。不用心にも訪問者の確認をせずにドアを開けた後、雄一の姿を確認して大きな悲鳴を上げた。

「この大バカ野郎っ！　俺が今までどれだけ苦労したか、お前に教えてやるっ！」

雄一は大声で怒鳴ると、すぐさまドアを締める。

チャーリーの部屋の中から、英語で怒鳴る声が響き始めた。

「……あれ、何て言ってるんですか？　河山さん」

「あれだけ早口だと俺にもよく分からない……。でも、あの宮沢さんって、比之坂さんと同じ匂いがするな」

河山の呟きに、明は「え？」と自分の体の匂いを嗅ぐ。

「そういう意味じゃなくてね」

「朝っぱらから、何の喧嘩だ？　猫又」

苦笑しながらの河山と、長袖Tシャツとパンツに着替えたエディの、眠たそうな声が重なった。

「桜荘の住人を妖怪名で呼ぶな」

桜荘の住人は、聖涼と結婚した早紀子も含めて全員が妖怪。桜荘は彼らの保護施設兼住居で、人間には絶対に知られてはならない秘密なのだ。

明は、自分を背中から抱き締めるエディに文句を言うと、「何喋ってるか分かるか?」と訊ねる。

「『家族に心配をかけるな』とか『会社に戻れ』とか『怪しげなことはするな』とか。腐れハンターが滅茶苦茶怒られてんぞ? 情け容赦がないってのは、あーいうのを言うんだな。すげぇすげぇ」

エディは明を抱き締めたまま、発達した犬歯を見せて意地悪く笑った。

「チャーリーさん、実家に連れて行かれるのかな」

いればうるさいが、いなけりゃいないでちょっと寂しい。

河山は複雑な表情で、怒鳴り声の鳴りやまない一〇一号室のドアを見つめた。

「……お? 怒鳴り声が止んだ」

エディがそう呟いた瞬間、一〇一のドアが盛大に開け放たれ、雄一が転がるように外に出てきた。

「比之坂さんっ! 比之坂さんはいらっしゃいますかっ?」

雄一は物凄い形相でこっちに向かって歩いてくる。その後ろを、パジャマ姿のチャーリーが追う。

「雄一っ! 君は会社に帰れっ! 私はここで、魔物ハンターとしての修行をっ!」

「寝言は寝て言えっ!」

雄一はそう叫ぶと、自分を掴まえようとしたチャーリーの脇腹に拳を一発お見舞いする。

「桜荘の大家さんっ!」

「は、はいっ!」

勢いに気圧(けお)され、明は大声で返事をした。

「ここには空き部屋がありますかっ!」

コクコクコク。明は首を縦に振る。

「是非入居させて頂きたい。私の身元は、会社が保証してくれます。ご安心を」

雄一は額に浮き出た汗を乱暴に拭うと、にっこり微笑んだ。最初は冷たい印象を受けたが、笑顔が妙に人懐っこく可愛らしい。明も思わずつられて笑った。

「二階の一号室が開いてます。後で一緒に、仲介をしてくれてる不動産屋さんへ行って正式な書類をもらいましょう」

「よろしくお願いします」

「こちらこそ。……不動産屋の営業時間まで、お茶でもどうですか?」

「ありがとうございます」

雄一はぺこりと頭を下げると、明に勧められて管理人室に入る。

「あの雄一とかいうヤツ、明と同じ匂いがする」

玄関先に残されたエディの呟きに、河山が「俺もそう思いました」と笑った。

明と雄一は早くも和気藹々と会話を交わしている。

「そうだ、猫又」

「ん？　何です？　吸血鬼」

「猫又にちょっくら頼みがある」

「吸血鬼のお願いなんて滅多にないから、できる限りは引き受けますよ」

エディは明に聞かれないように、コソコソと河山に何かを耳打ちした。

「それならお安いご用だ。夕方には分かりますよ」

「さすがは猫の親玉」

「しかし、もしそれが本当なら、比之坂さんに被害が及びませんか？　何せあの人は」

「明は俺のハニーだから、俺がきっちり守る」

エディは「チャーリー風」に言うと、青い瞳をキラリと光らせ不敵に微笑む。

「そうでしたね」

河山は肩を竦めると、廊下で腹を押さえて呻き声を上げているチャーリーを助けに向かった。


明は即座に身支度を整え、布団を押し入れに突っ込んで、宮沢に座布団を勧める。

「恐縮です」

一礼して座布団の上に正座をする姿は大変まともで、とてもチャーリーの知り合いには見えない。

話から、宮沢雄一は明より三つ年上の二十七歳で、チャーリーの幼馴染みだということが分かった。

それと、何とも都合がいいことに、チャーリーはエディの正体を雄一にバラしていなかった。もっとも、パニックを引き起こしていたチャーリーに、バラす余裕などなかったろうが。

「私は、両親の仕事の都合でイギリスに滞在していた時に、チャーリーと知り合ったんです。その当時の彼は、それは天使のように可愛らしくて。今は面影もありませんがね。大学卒業後は輝かしい未来が待っていたはずなのに、何をどう間違えたのか、修業先の会社を一年で辞め、『魔物ハンターになる』と言って日本に」

雄一はそこまで言うと、小さなため息をついて熱いお茶で喉を潤す。

「それでなんですが、宮沢さんはここに何をしにきたんです?」

明は、引き出物でもらったドライフルーツ入りのパウンドケーキを雄一用に、二つに切ったグレープフルーツをエディ用にちゃぶ台に置き、首を傾げた。

「カッシングホテルグループが、東南アジアに進出することになりまして……日本にはすでにホテルがありますので、そこを拠点として、チャーリーが責任者になることが決定したんです。そして、昔からあいつの尻ぬぐいをしてきた私が、当然のように補佐役に。系列会社に勤めていた両親の薦めもあり、安定している会社だからと、何の疑いもせずにカッシンググループに入社した俺が悪いのですが、どうやらその時、経営陣は『割れ鍋』に『綴じ蓋』が見つかったと、喜んでいたようです」

日本人が外国の大きな会社に就職し、トントン拍子に出世するなんてなかなかないことだ。本当なら大変喜ばしい。

だが明は、妙に彼が気の毒になってしまった。

「私の現在の仕事は、チャーリーのふざけた道楽をやめさせ、会社に復帰させることです。それが済むまでは、何があっても桜荘から出て行きません」

「いや、こっちは家賃さえ払ってくれれば、いつまでいてもらっても構わない」

にっこり笑う明に、よせばいいのに偉そうにあぐらをかいたエディが横から口を出す。

「俺の大事な明に手を出すのも、やめさせろよ? あの腐れハンターは、隙を狙っては明にちょっかい出しやがる」

「何ですとっ!」

雄一の大声と、明がエディの頭を拳で殴る音が重なった。

「バカエディッ! ここでいきなりカミングアウトするなっ!」

「ってーなっ! こいつが腐れハンターの保護者なら、言って当然だろうがっ!」

「そういう問題じゃないっ!」

明は顔を真っ赤にして、エディの襟首を掴んで前後に振り回す。

「他人様のものに手を出すなと、私はあれほど言ったのにっ! 申し訳ありませんっ! ええと、あなたは……」

雄一はエディの前に三つ指をついたまま、口ごもった。

「エドワード・クレイヴン。本当ならクレイヴン伯爵と呼んでもらわなくてはならないが、お前は明と同じ

匂いがする。だから、特別にエディと呼ぶことを許してやろう」

「申し訳ありませんっ！　エディさん！　あなたの大事な人に被害が及んでいたとはっ！」

　俺達は男同士のカップルなんだぞっ！　少しは疑問に思えっ！

　エディに平謝りする雄一に、明は心の中で、力の限り突っ込んだ。

「こうなったら、会社に連れて帰る前にチャーリーを更生させなくては。トップに立つ者のスキャンダルは絶対に避けたい。上流階級とはいえ、やっていいことといけないことがある」

「おう。俺と明の幸せのためにも頑張ってくれ。何なら、手伝ってやってもいい」

　チャーリーが桜荘からいなくなるのが嬉しくてたまらないエディは、尖った犬歯を見せて笑う。

「お前……あんまり偉そうな態度でいると、後できっと酷い目に遭うぞ」

　明はエディに釘を刺すが、彼は気にも留めない。

「しかし、しばらく離れていた間に、日本は随分とゲイに寛大な国になったんですね。男同士で結婚ができるなんて凄い。仏教国のなせる技ですか？」

「そんな技はいくら器用な日本人にもありませんし、宗教は関係ないと思います。……俺達はその……」

　何で俺が、顔を赤くしながら説明しなくちゃならないんだっ！

　明は心の中で地団駄を踏みまくった後、「世の中の裏街道をまっしぐらなので」と頬を引きつらせて言った。

　尋ねた雄一も、自分の失敗に気がついたようで、「すいません」と項垂れる。

「気にすんな。いずれは分かることだ」

「普通の人間は気にするんだよっ！　バカっ！」

　明は、偉そうに笑うエディの頬を指で摘んで引っ張った。

「あ、いや、その……たとえゲイであっても、チャーリーのようなふざけた生活をしていなければそれでいいかと……」

　チャーリーと比べたら、世界中の誰もがまっとうだと思う。

　明は心の中でそう突っ込むと、曖昧な笑みを浮かべて小さく頷いた。

「その、エディさんはどの国の貴族なんですか？　クレイヴンということは、イギリスでいいんですか？」

　話題を変えようと、雄一は、偉そうな態度でグレープフルーツを食べているエディに話を振る。

「そうだ、イギリス」

普通なら、上流階級である貴族と庶民はおつき合いしない。と言うか、わざわざ出会うきっかけを作らなければ会うこともない。世界中のセレブを相手に仕事をしてきた雄一は、決して埋めることのできない階級の溝があることを知っている。だから余計に、エディと明の仲を不思議に思った。

だがエディはお見通しだった。

ニヤリと、発達した犬歯を見せて雄一に笑いかける。

「世の中にはな、ごく希に、身分の関係ねぇ恋もあんの。覚えとけ若造」

自分よりも若い外見のエディに「若造呼ばわり」され、雄一は思わずムッとした。

「こらっ！　養ってもらってるくせに偉そうな口を叩くな」

しかし彼の代わりに、明がエディの耳を引っ張って反撃する。

「そうか。エディさんは称号だけの貴族なんですね。屋敷や領地の相続や維持は大変らしく、全て処分してアパートメントに暮らしてる貴族も結構多いですからね」

「貴族がアパート暮らし？」

明は、木造モルタルアパートの小さな一室で、ちゃぶ台でアフタヌーンティーをしているお貴族様を想像して、「ぷっ」と笑った。

「アパートと言っても、日本とは違います。小さいところだと2LDKぐらいですかねぇ」

「日本じゃそれ、マンションって言うぞ？」

眉を顰める明に、エディが「日本人がコンパクト過ぎるんだ」と呟く。

「小さな島だから、コンパクトでいいだろ。エディはさっさとグレープフルーツを食う！」

「だったら、蜂蜜か砂糖ぐらいかけろ。これ、酸っぱいじゃねぇか」

「デブになるぞ」

「コロコロ太って愛らしいって、俺に頬擦りしたのはどこの誰だ？」

それはコウモリ姿の時だろがっ！

……なんてここで言ったら、雄一にエディの正体がバレてしまう。それだけは避けなくてはならない。明は怒鳴りたいのを我慢して、「男なら『素材』を味わえ」とわけの分からない理屈をこねた。

「ゲイなのに、どちらかが女らしいというのがないんですね」

「宮沢さん、恐ろしいことを言わないでください」

「おう。俺のハニーは男らしい！」

雄一の言葉に、明とエディが揃って声を出す。

「いやはや、珍しい。お陰様で、こちらも気持ちの悪い思いをしなくて済みます」

グサリ。

気持ち悪いのひと言は、エディをスルーして明の胸に突き刺さった。

「チャーリーがアレでしょう？　もう私は、昔からあいつの尻ぬぐいで酷い目に遭ってきましたから。『だったらあんたがつき合って！』と、綺麗なお兄さんに迫られたことが一度や二度じゃ済まなくて。すみません、トラウマなんです」

雄一は「あはは」と笑って、パウンドケーキを一口食べる。

「あの腐れハンター、自分で後始末もできねぇのか？」

「違います。チャーリーは恋人にはそこそこ誠実でした。私はカッシング家にお願いされて、別れる交渉をしてきたんです。そのせいで、私は何度もチャーリーに呪われました」

彼は「でも、一度も不幸は起きませんでしたけどね」と付け足した。

基礎をしっかり学んでいない彼ならば、さもありなん。

エディと明は、海よりも深く頷く。

「そろそろ不動産屋の営業時間じゃありませんか？」

雄一は壁時計を見上げた。

「あ。そうですね。じゃ、行きましょうか。エディは留守番だぞ」

「当然だ。……あと、道恵寺のクソ犬を一緒に連れて行け」

聖涼の愛犬にして退魔のパートナーである、由緒正しき柴犬・弁天菊丸を、エディは「クソ犬」のひと言で済ませる。

「構わないが、なぜに？」

「お前に変な虫が付かねぇように、だ」

真面目に言うエディに、明は「はいはい」とおざなりに返事をして、ジャンパーを羽織った。

「冗談で言ってんじゃねぇからな？　ちゃんとあのクソ犬を連れて行け。分かったか？」

「分かったって。……宮沢さん、行きましょう」

明と雄一は、いそいそと玄関に向かう。

「曇ってりゃ、多少具合が悪くなろうが俺が一緒についてく。晴れてちゃ、あのクソ犬にお前を任せるっきゃねえんだ」

エディは、今まで明が見たことのない真剣な表情で、青い瞳を曇らせて小さく呟いた。

散歩が大好きな弁天菊丸は、くるんと丸まった尻尾を振り振り、嬉しそうに明の傍らを歩く。

遠山家の人々ほどではないが、弁天菊丸は「明は楽しい遊び相手」と認識しているので、そこそこ言うことを聞く。

商店街にある不動産屋まで歩いて二十分。

往復で四十分かかる距離だが、二人はやはり相性がいいのか、歩きながらの会話は尽きなかった。

「では私は、一度会社に戻って賃貸契約書を仕上げてきます。保証人欄の記入捺印もありますし」

「はい。入居はいつでも構いません」

「いいえ。明日から入居します。そしてチャーリーを更生させ、カッシング家の一員として恥ずかしくない職に就かせなければ」

歩きながら片手で拳を握りしめる雄一に、明が「あいつが更生ねぇ」とため息をつく。

「昔は素直でちっちゃくて可愛かったんですよ？『ゆうちゃん、ゆうちゃん』って、俺の姿が見えなくなると泣いてたんです。親鳥の後を追い掛けるヒナみたいで、それゃもう、ギュッて握りしめたいくらい可愛らしかった。あの頃よもう一度、です」

ふわりと頬を染めて語る雄一に、明は苦笑するしかない。

この人、自分で自覚がないだけでチャーリーに恋してんじゃなかろうか？

男とつき合っているとゲイセンサーが働くようになるのか。明は、以前なら絶対に思わないようなことをすんなり思い浮かべた。

「駅はここでいいんですよね？」

商店街のどん詰まりにある階段の前で、雄一が歩みを止める。

「ああ。JRの最寄り駅だとここ。でも地下鉄の方が近いから、こっちは殆ど使わない」

「分かりました。それでは比之坂さん。これからよろしくお願いします」

雄一は一礼すると、改札に向かう階段を上がった。

明は雄一を見送った後、行儀よくお座りしている弁天菊丸に呟く。

「さて、弁天菊丸。帰ろうか？」

まだまだ散歩したい弁天菊丸のために、明はわざわざ遠回りをして商店街の裏を歩く。

「布団を干そうと思ったけど、これじゃ無理だな」

明は、瞬く間に空を覆った雲を見つめ、小さなため息をついた。

布団が干せないどころか、このままだと雨が降りそうだ。

　そう思って、弁天菊丸のリードを軽く引いた瞬間、彼は物凄い勢いで吠え出した。

「おい！　弁天菊丸っ！」

　ある一点を見つめたまま、弁天菊丸は今にも飛びかかりそうな勢いで吠える。

「お前の大っ嫌いなエディは、桜荘にいるんだぞ？　こら……あ」

　明は弁天菊丸を押さえつけ、彼が吠えている方に視線を移す。

　向かいにあるのは、月極の屋根付き駐車場。その中に、誰かが具合悪そうに蹲っていた。

「お前は賢いな」

　明は吠え続ける弁天菊丸の頭を撫で、急いで駐車場に走る。

「大丈夫ですか？　救急車、呼びましょうか？」

「いや……これは私の不注意だから……」

　苦しそうに呟きながら顔を上げたのは、夕べ、明が出会った金髪の外国人さん。

「また、会えた……」

「そうですね……って！　呑気なことを言ってる場合じゃないっ！　顔色が悪い。俺、救急車を呼んできますからっ！」

　弁天菊丸は、明が青年に触れるたび、牙を剥きだして吠える。それだけでは飽きたらず、明のジャンパーを噛んで、無理矢理後ろに引っ張った。

「こら弁天菊丸っ！　賢いって誉めてやったばかりだろうが」

　弁天菊丸は外国人が嫌いなので吠える。エディも以前、物凄い勢いで吠えられた。だがこの態度は尋常ではない。明は顔を顰めて首を傾げる。

「……いや、その犬は賢いよ」

　青年は僅かに唇を歪めて微笑むと、額に浮かんだ汗をゆっくりと拭う。そして、明が左手薬指にはめている指輪に、ちらりと視線を移した。

「救急車は呼ばなくていい。……少し休めば、よくなるはずだ」

「本当に？」

「うん。大丈夫。……君は優しいね」

　彼はそろそろと立ち上がり、深呼吸した。

「困っている人がいたら、取り敢えずは声をかけろと、祖父から言われてたから」

「そうなんだ」

　夕べはトレンチコートを着ていたが、今はスーツ姿。素人が見ても高そうな素材に、明は「どっかのお坊ちゃんか？」と思った。

「ありがとう。私はジョセフ。……ジョセフ・ギルデア。最近近所に越してきたばかりなんだ。道に慣れようと散歩をしていたら、持病の癪(しゃく)が」

「ほう、持病の癪が」

んなわけねぇだろっ！　と、ここにエディがいたら、激しく突っ込んでくれただろう。

だが明は、真に受けて素直に頷いてしまった。

弁天菊丸は何が気にくわないのか、ジョセフに向かってギャンギャン吠えている。

「私はもう少しここで休むことにするよ」

「家まで送りましょうか？」

「ありがとう。でも大丈夫。……またね」

にっこり笑ってそう言われては、引くしかない。明はジョセフに向かって歯を剥き出す弁天菊丸のリードを強く引き、道恵寺に向かって歩き出した。

ジョセフは明と弁天菊丸の後ろ姿を一瞥して、小さなため息をつく。

「……本当に、憎たらしいほど賢い犬だよ。何もできやしない」

明は弁天菊丸を道恵寺に返し、すぐさま桜荘に戻った。

雨が降る前に、庭の掃除や花壇の手入れ、地域猫のフン掃除を終わらせたい。

「エディ。俺はこれから仕事に入るから、電話が鳴ったら知らせろよ？」

ドアを開けながら大声を出す明を、エディはいきなり部屋の中に引っ張り込む。

「バカっ！　靴を脱いでないっ！」

「お前、誰かに触ったろ？」

エディは明の抗議を右から左に聞き流し、険しい表情で彼に顔を近づけた。

「弁天菊丸を撫でたり抱っこしたりしたから犬臭いかもしれないが……それがどうかしたのか？」

「クソ犬のことじゃねぇ！」

「何をそんなに怒ってるんだ？　おい」

明はスニーカーを脱ぎながら、訝しげな表情で首を傾げる。

「俺以外の人間に自分から触んな」

「お前、人間じゃないだろうが」

「そういう問題じゃねぇ」

エディはそっぽを向いて、ため息をついた。

「……具合が悪そうな外国人に会って、肩とか触ったかもしれない。夕べ地下鉄の構内で会った人で、奇遇なもんだと思ったぞ？　綺麗な金髪で、どっかのお坊ちゃんみたいな上品な顔をしてた」

そっぽを向いていたエディが、目を丸くして顔を明に向ける。

「ど、どうした？　何をそんなに驚く？」

「その外国人……どこにいた？」

「商店街の裏通りにある屋根付き駐車場の中。弁天菊丸が吠えたんで気がついた。ジョセフ……ジョセフ・ギルデアって言ってたな。……相手が名乗ったのに俺、自分の名前を言うの忘れてた」

「言わなくて正解だっ！　こんちくしょうっ！」

エディは大声で怒鳴ると、明を渾身の力で抱き締めた。

「何かされなかったか？　おい！　あのクソ犬は役に立ったのかっ？」

明はエディの背中を拳で叩く。

「だから、俺にも分かるように言えっ！」

「…………吸血鬼」

「は？」

「ジョセフは吸血鬼だ」

「寝言は寝て言えと、何度言ったら分かるんだ？　お前」

明はエディから強引に離れると、眉を顰めて彼の頬を片手でペチペチと叩いた。

「寝てねぇっての！」

「吸血鬼が、真っ昼間から外をうろつくか？　あぁ？」

「屋根付き駐車場の中は、直射日光が当たらねぇ。それに……」

エディは窓の外を一瞥し、「今は曇り」と言葉を続ける。

「吸血鬼は太陽が出てなきゃ、昼間でも外を歩けんだよ。動きは鈍くなるし、あんま気分のいいもんじゃねぇけどな。多分ジョセフは、駐車場の柱にぶら下がってて、何かの拍子に地面に落っこちたんだ。そうに違いねぇ」

そんなバカバカしいことがあっていいのだろうか？

明は疑惑の眼差しでエディを見つめた後、軽く首を左右に振ってキッチンのシンクに向かった。

「おい、明」

彼はエディの問いかけに応えず手を洗うと、冷蔵庫の野菜室からいちごを一つ取り出す。

「いちごっ！」

話の途中にも拘わらず、エディは嬉しそうな声を上げる。

「いつもグレープフルーツやみかんじゃ可哀相だと思ってたら、道恵寺からお裾分けをもらった。檀家に果物屋がいるらしい」

　エディの主食は血液だが、燃費のいい彼は十日に一回ほどの摂取で足りる。その代わり、副食としてスイカをこよなく愛していた。

　だが世の中は無情。夏のスイカは「もってけ泥棒」的な価格だが、時期がずれると値段が跳ね上がる。スイカで家計を圧迫されたくない明は、エディの副食をスイカからグレープフルーツにシフトチェンジしたのだ。

　これ以上バカな台詞を聞いていられない明は、エディの口にいちごを一つ押し込んだ。

「旨いか？」

　エディはもぐもぐと口を動かしながら、首を激しく縦に振る。

「よし。……それじゃ俺は、管理人としての仕事を済ませて……」

　明は「くる」と言えなかった。

　エディが彼の腕をしっかりと握りしめて離さなかったのだ。

「何だよ」

「俺の話を本気にしてねぇな？」

「吸血鬼が、そう何体も日本にいてたまるか」

「けど実際いるんだから仕方ねぇだろ？」

「もし、仮に、万が一、お前の他にも吸血鬼がいたとして、俺にどんな関係がある？　関係があるのはそっちじゃないのか？」

「お前、自分がどれだけ危険なのか、全く分かってねぇ」

　エディはムッとした顔でそう言うと、ポンとコウモリ姿になる。そして明の腕にしがみついて、危機を訴えた。

「お前はすっげー旨いし！　俺好みのキレイな顔してるし！　抱き締め甲斐あるし！　セックスの時は可愛い淫乱ちゃんだし！」

「おい。……最後の言葉は撤回しろ」

　明は、コウモリの首根っこを摘んで顔の前に持ってくると、眉を顰める。

「淫乱ちゃんは淫乱ちゃんだ！　これからはもっと、俺好みにしてやる！」

　コウモリは小さくて可愛い足をワキワキと動かしながら、譲れない主張をした。

「潰すぞ？　こら」

「愛する夫を殺すのか？　この鬼嫁っ！　俺が死んだら、お前は若い身空で未亡人だぞ？」

「だったら、俺を未亡人にするような台詞を言うな！」

「…………あいつが吸血鬼なのは本当なのに。何で俺の言葉を信じねぇ。このバカー」

　コウモリは、つぶらな瞳に涙を浮かべてしゅんと項垂れる。

　可愛い。しょんぼりしたコウモリは、物凄く可愛い。あまりの可愛らしさに、怒る気が失せた。

「ジョセフとかいう外人さんとお前は、どんな関係なんだ？　それとももう一つ。俺にどんな危険がある？」

　明はその場に正座をすると、コウモリを片方の手のひらにそっと載せてやる。

　遙か昔、船に乗って「日本には美味しい人間がいっぱいいるらしい」と、日本を目指した仲間の一人だろうか。

　明は以前エディから聞いた話を思い出した。

「エディ。お前……どんなに探しても仲間は見つからなかったって言ったよな？」

「どっかに隠れてたに違いねぇ。とっ掴まえて、シメてやる」

「見知らぬ土地に来たなら、たとえ仲が悪いとしても連絡は取るだろうにな」

「アレはやるな、これもダメだって口うるさく言われるのが嫌だったんだと思う。あいつは日本を目指した吸血鬼の中で一番若かったから、いっつも誰かに怒られてた」

　コウモリは明の手のひらの上でモゾモゾ動きながら、小さなため息をつく。

「お前のそういう外見で、若いとか年寄りとか言われても困る」

　吸血鬼は一旦成人したら、死ぬまでその時の外見を保つことを知っている明は、コウモリの頭を指先で撫でながら苦笑した。

「あいつは、わがままで自分勝手で、俺達の言葉なんか聞きやしねぇ。すっげー迷惑なヤツだ」

「どの口がそれを言う。どの口が」

　明は「お前とそっくり」と言って、申し訳程度しかないコウモリの鼻を指先でつつく。

「似てねぇっての！」

「はいはい。……とにかく、またあの外人さんに会ったら、気をつければいいんだな？」

　こいつ、俺の話を半分しか信じてねぇな？

　コウモリは明を上目遣いで睨んだ。


　その日の晩から、エディは「夜のパトロール」をすることに決めた。

　何もそこまでムキになることはないと、明はそう思ったのだが、エディはジョセフを掴まえて自分が嘘をついていないことを証明したいらしい。

「寒くないか？　マフラー巻く？」

明は真っ赤なマフラーをコウモリに巻いてやりたくてウズウズしている。

その派手なマフラーは、聖涼の母・聖子が納戸の整理をした時に、「お人形が巻いていたマフラーを見つけたの。コウモリちゃんにピッタリじゃない？」と持ってきてくれたものだった。

「へーキ」

「このマフラーを巻いたら、凄く可愛らしいと思うんだが。そしたら俺は、何百回も頬摺りしてやる」

「う」

「お前の黒い毛皮に、物凄く似合うと思う。惚れ直すかも」

「巻いていい！」

エディは最後の言葉にヤラレタ。

「おお。可愛い可愛い」

そして彼は、真っ赤なマフラーを巻いて、窓から夜空に飛び立つ。

だがいきなりUターン。

「どうした？」

「ヘタレハンターが来ても、ドアを開けるなよ？」

「チャーリーは宮沢さんのダメージが大きいらしくて、一度も外に出てきてない。安心しろ。お前こそ、俺を悲しませたくなければ、朝日が昇る前に戻ってこい」

「おうよ！」

パタパタパタパタ。

真っ赤なマフラーを巻いたコウモリが、再び舞い上がった瞬間。

「エディさん！　ちょっと待った！」

二〇二の河山が、窓から身を乗り出してコウモリを呼んだ。


「そんじゃ比之坂さん。俺達は一ヶ月ほど旅行に行ってきますんで、留守中はよろしくお願いします」

「ユーラシア大陸を、行けるとこまで行ってきます。面白いお土産を待っててください」

数日後の、のほほんと暖かな午後。

伊勢崎と曽我部の「旅行大好きコンビ」が、大家兼管理人室を訪れた。

「今の世の中は何が起きても不思議じゃないから、気をつけて」

明は、鼻ちょうちんを膨らませて眠っているコウモリを肩に乗せて、二人に餞別(せんべつ)を渡す。

「聖涼さん手作りのお札だ。物凄く効くらしいから、持っていってくれ」

「ありがとうございます。でも、何かあったら俺達は変身しちゃいますから」

あははと笑う曽我部に、伊勢崎も「うんうん」と頷いた。

「狼男は、満月でなくても変身できるのか?」

「できますよ。力加減は月齢に左右されちゃうけど。……でも、嫁さん探しの旅ですから、滅茶苦茶頑張りますよ。な? 伊勢崎」

「そうそう。俺達の一族は世界各地に散らばってるから、嫁探しも壮大なんです」

明はあっけに取られ、「初めて聞いた」と呟く。

「もしかして、今までの旅行ってのも?」

「はーい。嫁さん探しです、いつか美人の嫁さんを連れて帰ってきますから、その時を楽しみにしててくださいね。比之坂さん」

伊勢崎はにっこり笑って、眠っているエディの頭を慎重に撫でる。

「チャーリーさんにバレないようにしないとな……って、ここんところチャーリーさん、物凄く静かですね」

曽我部の言葉に、伊勢崎も「嵐の前の静けさ?」と恐ろしい顔をした。


「二〇一に入った宮沢さんが、今、チャーリーに教育的指導をしてるからだろうな」

明は昨日の昼、こっそり部屋を出て遊びに行こうとしたチャーリーを掴まえ、彼の耳を引っ張りながら説教している雄一を目撃している。

それを思い出して、少し意地悪く笑った。

「桜荘に人間が三人も入ってるなんて、化け物荘になってから初めての出来事かも」

「まあイイじゃないの。チャーリーさんが大人しくなれば、比之坂さんもエディさんと心おきなくラヴラヴできるし。ね?」

伊勢崎に話を振られた明は、照れて顔を赤くし、「甘えは禁物だ」と訳の分からない返事をする。

「そろそろ時間なんで、行きます。桜荘の付近も最近物騒なんで、気をつけて」

曽我部の何気ない言葉に、明は引っかかった。

だが、「何が物騒なんだ?」と訊ねる前に、二人は手を振りながら行ってしまう。

「何か気になるんだよな。あの言い方……」

そう呟いた明は、肩に止まって寝ているエディに視線を移した。

「お前。……また涎垂らしやがって」

ている。

エディの夜遊び、もとい夜間パトロールはまだ続いている。

「毎晩飛び回っても見つからないってことは、日本にいる吸血鬼はお前だけだ」

明は皮を剥いたグレープフルーツを皿に山盛りにして、ちゃぶ台の上に置いた。

「んなこたねぇ」

あぐらをかいてテレビを見ていたエディは、すぐさまコウモリに変身すると、グレープフルーツの山盛りにダイブする。

「縄張り争いとかが関係ないなら、放っておけ。これからもっと寒くなるぞ？」

明は山盛りのカレーをちゃぶ台に置き、その前に正座をして「いただきます」を言った。

「俺は寒いのはへーキ。暑い方が困る」

「あ、そうか。体温低いしな。お前」

残暑厳しい頃のセックスは、冷たくて気持ちよかった。

明はカレーを頬張りながら、心の中で呟く。

「それとも何だ？　俺が毎晩いなくなるのが寂しい？」

「んー……」

寂しいと言うか手持ち無沙汰と言うか、二人で時間を過ごすのに慣れてしまった明は、どう時間を潰していいのか分からなくなっている。

「俺様がいなくて寂しい？」

体中をグレープフルーツまみれにして、コウモリは明を見上げた。

明はまた「んー…」と、肯定とも否定とも取れる声で唸る。

「お前が『寂しい』って言えば、ずっと側にいてやってもいい」

「その偉そうな台詞は何だ」

「超ラヴラヴになって何ヶ月にもなんのに、明は『愛してる』とか『側にいて』とかひと言も言わねぇ。だから俺は、お前が言いやすいように助け船を出してんだ。感謝しろ」

「寂しいと言われれば……寂しいのかもしれない。お前は一人で何人分も騒ぐから」

苦笑する明に、コウモリは羽をばたつかせて抗議した。

「可愛くねぇ！」

「今はお前が可愛い姿だからいい」

明は指先でコウモリの頭を優しく撫でる。コウモリは気持ちよさそうに目を細めて撫でられていたが、再び食事を始めた明に不満の声を上げた。

「食事中は静かにしろ。貴族のくせに躾がなってないな」

「俺は今すぐチュウがしてぇ！」

「食欲と性欲を一気に満たそうとするな、バカ」

明はカッと顔を赤くして、残り半分になったカレーを黙々と食べる。

「満たしたい時だってあんだろ？　チュウだ、チュウ！」

「デリカシーのないヤツは、俺は好かない」

彼はなぜそこにデリカシーが関係するのか分からず、「コウモリのグレープフルーツ合え」状態で「チュウ」を連呼した。

このままではうるさくて、テレビの音もよく聞こえない。

このバカ吸血鬼め。そこまで言うならしてやろうじゃないか……！

明はスプーンを皿に置いて両手でコウモリを掴むと、あるかないのか分からないほど小さい口に、自分の唇を押しつけた。

望みが叶ったエディは自分からもチュッチュと明に口づける。

だが一分ほど経っただろうか。エディはいきなり彼の腕の中でもがき、プルプルと首を左右に振った。

「ヒ…ヒリヒリする…っ」

「俺が食べていたのは、激辛のカレーだからな。動物にはさぞかし刺激が強いだろう」

「この鬼嫁っ！」

コウモリは大声で叫んだ後、目に涙を浮かべ、小さな両手で口を押さえる。

「吸血鬼のくせに、俺を鬼呼ばわりするな」

明はコウモリを片手に持って冷蔵庫の前まで行くと、おもむろに野菜室を開ける。

「いちごだっ！」

「今日、スーパーに行ったら、一番小さいサイズのいちごが特価だったんだ。きっとジャム用なんだろうけど、俺には一パックで五百円も六百円もするいちごは買えないから、取り敢えずこれを買った」

「いちご！　早くいちご！」

コウモリは口がヒリヒリするのも構わず、小さな手を精一杯伸ばして「いちご」を連呼した。

「ちょっと待て。今、洗ってやるから」

明はコウモリをキッチンシンクの横に置くと、野菜室からいちごを半分取り出して水洗いをしながらヘタを取る。それを小皿に盛り、コウモリと一緒にちゃぶ台の上に置いた。

「いちごーっ！」

「伯爵様は不埒なキスがお好き♥ 伯爵シリーズ1」読者アンケート

●この本を何で知りましたか？

A. 雑誌広告を見て［誌名 ］ B. 書店で見て C.友人に聞いて
D. HPで見て［サイト名 ］
E. その他［ ］

●この本を買った理由は何ですか？（複数回答OK）

A.小説家のファンだから B.イラストレーターのファンだから
C.好きなシリーズだから D.表紙に惹かれて E.あらすじを読んで
F. その他［ ］

●カバーデザインについて、どう感じましたか？

A.良い B.普通 C.悪い ［ご意見 ］

●今、注目している書籍化して欲しい作家さん＆作品は？

・小説家 作品名

・イラストレーター 作品名

●好きなジャンルはどれですか？（複数回答OK）

A.学園 B.サラリーマン C.血縁関係 D.年下攻め E.誘い受け F.年の差
G.鬼畜系 H.切ない系 I.職業もの［職業： ］
J.その他［ ］

●Dariaで利用したことのあるデジタルコンテンツは？（複数回答OK）

A.HP B.PCメルマガ C.携帯メルマガ
利用したことのない方は、その理由を教えて下さい［ ］

●この本のご感想・編集部に対するご意見をご記入下さい。

（感想等は雑誌に掲載させて頂く場合がございます）
A.面白かった B.普通 C.期待した内容ではなかった

ご協力ありがとうございました。

郵便はがき

173-8561

切手を
貼ってください

東京都板橋区弥生町78-3
（株）フロンティアワークス

編集部行
「伯爵様は不埒なキスがお好き♥
伯爵シリーズ1」
読者係

〒□□□-□□□□

住所 都道府県

電話 （　　）　－

ふりがな
名前

男・女

年齢 歳

職業
a.学生（小・中・高・大・専門）
b.社会人　c.その他（　　）

購入方法
a.書店　b.通販（　　）
c.その他（　　）

ご記入頂きました項目は、今後の出版企画の参考のため使用させて頂きます。その目的以外での使用はいたしません。

カレーの辛さはいちごの甘酸っぱさで相殺されるのだろうか。明は少々疑問に思いながらも、いちごにかぶりつくコウモリを見て「可愛い」と目を細めた。

いつもこれだけ可愛かったら、滅茶苦茶愛してやるのに。

そう思った次の瞬間、明は顔を酢蛸のように真っ赤にした。

愛してやるだなんて、恥ずかしい……っ！

だがコウモリは、明の変化を少しも逃さない。すぐさま人型に戻ると、いちごを口に銜えたままニヤリと笑う。

「何笑ってんだ？　早く……」

食え、と、明は言えなかった。

いきなりエディに押し倒され、キスされる。

エディが噛んだいちごの汁が、明の口腔内に流れ込んだ。

「んっ、ふっ」

甘酸っぱい味と香りが二人の口の中に広がっていく。明は飲み下しきれなかった汁を唇の端から零してしまった。

「愛してるって言えねぇお前の代わりに、俺が何度でも言ってやるからな」

エディは唇をそっと離し、微笑みながら囁く。

彼の瞳はいちごよりも赤く深い色になって、押し倒した男に欲情を伝えた。

「俺は、まだ……飯を……」

「ダメ。もう我慢できねぇ」

エディは明の着ているシャツのボタンに手をかけると、ゆっくり外していく。

「バカ」

明は悪態をついたが、抗わない。

エディが夜回りに出かけるようになってから、セックスをしてないんだよな。ええと五日？　六日？　毎晩ベタベタしてくるヤツが急に触ってこなくなると人肌が恋しくなるっていうか。はっ！　何を考えてるんだ？　俺は。エディは人じゃないぞっ！　いや、そういう問題じゃないっ！　抵抗しない俺は、欲求不満……？

頭の中でシャウトしていた明は、ひやりとする感触で現実に戻る。

「お前……なにやって」

「俺様は欲張りだから、旨い物はいっぺんに食うんだよ」

着ていたシャツはすっかりはだけ、下半身も下着ごとジーンズが膝下まで下ろされていた。その、何とも色っぽい明の体の上で、エディはいちごをやんわりと潰している。

　これじゃまるで、何かのプレイじゃないかっ！

　でも明は、体を這うエディの舌が気持ちよくて、何も言えない。

「やっぱこういうのは、生クリームとか蜂蜜とかの方が燃えるよな」

　どこでそんなことを覚えたっ！

　明は快感に体を震わせながら、心の中で怒鳴る。

「そうだ。確か冷蔵庫の中に……」

　エディは明の体から離れると、楽しそうに冷蔵庫に向かった。

　彼が何をするのか分からないが、これは絶対に阻止した方がいい。そう確信した明は、慌てて起き上がろうとしたが、エディに釘を刺されてしまった。

「動くなよ？　動いたら、すっげー酷いことすんぞ？」

　それがどんなに酷いことが想像できない明は、頬を引きつらせて動くのを止める。

　煌々(こうこう)と灯りがともる中、明はあられもない恰好でエディを待つ。

「これ、なーんだ」

　戻ってきたエディは、右手に小さな赤い缶を持っていた。

　明は酸素不足の鯉のように口をパクパクと開け、顔を真っ赤にする。

　エディが持ってきたのは、明が毎朝コーヒーに入れているコンデンスミルク。

「お前……っ！」

「ヌルヌルして甘くて、舐めても旨い。明の体にピッタリの食材だな。俺って頭イイ」

「俺は嫌だぞっ！　おいっ！」

　毎日口に入れているものをセックスに使うなんて、恥ずかしくてたまらない。

　明は猛烈に抗議するが、エディの優しいキス一つでフニャフニャに柔らかくなってしまった。

「うんと気持ちよくしてやっからな」

　ああもう。これでコンデンスミルクを入れたコーヒーは飲めなくなった…。

　明は諦めの境地でため息をつくと、自分の体にトロトロとコンデンスミルクを垂らしているエディを見上げた。

「……お前に触られてるみたいだ。冷たい」

「すぐにあったかくなる」

「お綺麗な貴族が、人の体にこんなものを垂らして喜ぶな。情けない」

「お前は俺のハニーだからいいの」

　六畳一間の部屋の中に、いちごの甘酸っぱい匂いとコンデンスミルクの甘ったるい匂いが混ざり合う。

「まさしく、スイートハニーだな。いや、蜂蜜を垂らしたわけじゃねぇから、ミルクハニー？　何てエロい響き。いい感じ」

「チャーリーみたいなことを……あっ」

　硬く勃起した雄にコンデンスミルクを垂らされ、明は恥ずかしさに両手で顔を覆った。

　コンデンスミルクは先走りが溢れる先端の割れ目に集中してかけられる。とろりとした白い液体が、敏感な割れ目を滑り落ちていく感触に、明は小さな声を上げて、雄をひくひくと動かした。

　コンデンスミルクは体毛や袋、後孔までを濡らしていく。

「それでは、いただきます」

　エディは、甘いミルクまみれになって切なげな吐息を漏らしている明を見つめて満面の笑みを浮かべ、改めて彼に覆い被さった。

「服が汚れる」

「俺様が洗います」

「畳だって……」

「俺様が拭きます」

「……こんなこと、癖になったらどうする気だよ」

　明はほんの少し手をずらし、潤んだ瞳でエディを睨む。

「楽しいじゃねえか」

　エディは明の頬にキスをして、コンデンスミルクで滑る彼の体に触れた。ほんの少し触れるだけで指先が滑らかに動く。エディはそれが面白くて、明の体をマッサージするように指を這わせた。

　予期せぬ動きを見せる指は、つんと勃ち上がった胸の突起を弾いたり、引き締まった下腹を焦らすように愛撫する。

　エディは味見をするように明の突起を舐め、チュッと吸い上げた。

「ひゃ……、んっ、あぁっ」

「いい声」

　深紅の瞳を輝かせ、エディは初めてのオモチャを手にした子供のように、明の体を弄り回す。

「いやだぁっ、んっ」

　体中をぬるぬると好き勝手に動くくせに、エディの指は明が触れて欲しくてたまらない場所には決して触れない。

　意地の悪い指先に翻弄され、明の雄は次から次へと先走りを溢れさせる。それはコンデンスミルクと混ざり合い、ねっとりと鈍く光りながら股間を流れ落ちた。

「すげぇ……全部、舐めていいか？」

エディはわざわざ口にして、明の羞恥心を煽る。

「お前のここは舐めてほしいってヒクヒクしてる。なぁ、明。舐めてもいいか？」

明は、エディの唇と指先で両方の胸の突起をいやらしく弄られながら、啜り泣くような声を上げて頷いた。

「言わなきゃ、分かんねぇ」

分かっているくせに、エディは意地が悪い。

彼は、明の膝に引っかかっていたジーンズと下着を足で脱がせると、自分の体で大きく足を広げた。

「な、舐めてくれ……っ」

明は目尻に涙を浮かべ、掠れた声でやっとそれだけ言う。

「舐めるだけ？　お前、それだけで足りんの？」

エディは舌で唇を舐めながら体を起こし、明を見下ろして、自分の膝で彼の勃起した雄をゆっくり擦った。

「あぁっ」

明は刺激の強い快感から逃れようと腰を捩るが、却ってエディの膝に雄を擦りつけることになってしまい、もどかしさに首を激しく左右に振る。

「俺はお前を愛してっから、何だってしてやりてぇの。言ってみ？　ほれ」

形のいい唇から、意地の悪い言葉が優しく囁かれた。

エディの発達した犬歯を指でなぞり、明は羞恥と快感に彩られた瞳で呟く。

「舐めて。いっぱい舐めて、弄ってっ……エディの指で俺の感じるところ、全部……っ」

「それから？」

「後ろに突っ込んで、滅茶苦茶に動いて……」

恥ずかしい言葉を全部吐き出した明の雄は、腹につくほど反り返り、興奮して膨らんだ袋をエディに見せつける。

「気持ちいい声、うんと出せよ？」

エディは意地悪く微笑みながら、明のふっくらとした袋をやんわりと揉んだ。

「やっ、出すから早く……っ」

焦らされて苦しい。明はボロボロ涙を流しながらエディにしがみついた。

二人の体が甘いコンデンスミルクでねっとりと濡れる。

「可愛い。俺の明は世界一だ」

エディは明の耳元にそう囁いて、ずるりと体をずらした。そしてはち切れんばかりの高ぶりをためらいなく口に銜える。

「んっ、あ、あ、あっ！　エディっ、優しくしなくていいから……っ！」

丁寧すぎる愛撫は、焦らしているのと変わりない。

明はエディの髪を両手で掴み、最も敏感な場所に乱暴な刺激をねだった。

「欲張りめ」

エディは股間から顔を上げると、滑りのよくなった彼の雄を扱き、すらりとした形のいい指で後孔をいきなり貫く。

「ん、ん…っ、エディ、もっと、もっとっ！」

いつもこう素直だったら、俺だってギャーギャー騒ぎゃしねえのに。この意地っ張りちゃんは、セックスの時しか素直になんねぇ。

エディはわずかに困惑した笑みを浮かべ、切なげな声を上げる明にキスをする。

「もっといいもん、欲しい？」

「ほしい、よぉ……っ」

コンデンスミルクでねっとりと濡れた後孔は、エディの指を締め付けながら奥へ奥へと誘う。彼は名残惜しそうにそこから指を引き抜き、代わりに自分の雄をあてがった。

明は鼻に抜ける可愛らしい声を上げて、体の力を抜く。

「エディ……」

「俺にしっかりしがみついてろよ？」

「ん」

指とは比べものにならない熱い塊を受け入れ、明は苦痛と快感の入り交じった表情を浮かべた。

エディの雄が敏感な場所を突き上げるたび、明は彼をきつく締め付け甘ったれた声を上げる。

潤滑油代わりになったコンデンスミルクは摩擦でくちゅくちゅと泡立ち、二人の体をいやらしく彩った。

「エディっ、も、俺っ、射精させてっ」

まだ後ろだけで達することのできない明は、エディの動きに合わせて自分の雄を扱こうと、片手を下肢に伸ばす。

「後ろだけでイかせてやっから、自分で弄るな」

「そんなこと……できない……っ」

明は力無く首を左右に振るが、エディの片手で両手を頭の上で封じられてしまった。

「できないってっ！　前も弄らないと俺、イけないって！　……あっ、そこだめ、だめ……っ」

角度を変えて何度も同じ場所だけを突き上げられ、電流を流されたような激しい快感に頭の中が真っ白になる。

「お前の体、俺の指が触れただけでイくくらい敏感に、変えてやっからな」

エディは、明の乱れる姿を見下ろすと、犬歯を見せてうっとりと微笑んだ。

二人は体から汗を滴らせ、荒い息をついて動きを止める。

エディが明の中から出て行くと、白濁した体液が開きかけの後孔から溢れた。

「あ……」

「辛ぇか？」

明の左手人差し指を丁寧に舐めた後、エディが心配そうな顔で訊ねた。

「大丈夫。……俺は、丈夫だから」

初めて後ろだけで達した明は、恥ずかしくて彼の顔をまともに見ることができない。

一度ならともかく、何度も同じ場所を責めてくるから、そのたびにイッてしまった。

明は、自分が最後に叫んだ台詞を思い出し、記憶喪失になりたくなった。

「すっげー色っぽかった。『お願いもっと』とか、『奥まで入れて』とか言っちゃうんだもんな。さすがは俺様の淫乱ちゃん」

ああむしろ、お前が記憶喪失になれ。

明は己の敏感な体を恨みながら、心の中でエディに激しく突っ込んだ。

「それにしても、いつも正常位じゃつまんねぇしマンネリになるから、今度は違った体位にするぞ。何がいい？　騎乗位かバック、駅弁、それとも、スリルを求めて青姦」

明の左手手刀が、エディの頭に炸裂する。

「マンネリどころか、最近やっと男同士のセックスに慣れたんだぞ？　違った体位なんていらん、いらん、いらんっ！　絶対に嫌だっ！」

彼は鋭い噛み痕の残った手を振り回し、「正常位で充分だ」と宣言した。

「バカ。まだ血が止まってねえんだから、手を振り回すな」

エディは明の左手首を掴むと、たらりと血が流れている人差し指を口に含む。

セックスのたびにエディが噛み付くので、明の左手の人差し指には犬歯の痕がある。

傷が癒える前に噛み付くので、きっとこの傷は一生消えないだろう。

「お前……何で俺の首筋を……噛まないんだ？」

明は、自分の指を丁寧に舐めるエディの頬を、優しく撫でて呟く。

だがエディは曖昧に微笑んで何も言わない。

「吸血鬼は本来、人間の首筋に噛み付くものだろう？」

明は体を起こして片手を伸ばすと、ちゃぶ台の上からいちごを一つ取って口に入れた。

「お前が考えることじゃねぇの」

エディは、明の額にへばりついた髪を指先で掻き上げ、キスをする。

二人の舌の上でいちごは徐々に柔らかくなり、甘酸っぱい汁を嚥下(えんげ)する頃には小さなカケラとなった。

チュッと音を立てて唇を離すと、明が楽しそうに笑う。

「このキス、気に入った？」

「ああ。甘くて旨い」

明の関心がいちごに移ったことに安堵したエディは、今度は自分がいちごを口に入れた。

「明、キス」

「ん」

二人の唇が再び触れ合おうとした、その時。

「助けてハニーっ！　雄一に殺されるーっ！」

「俺はお前を殺して人生を棒に振るほど、馬鹿な男じゃないっ！」

ドアを叩く激しい音と共に、チャーリーの悲鳴と雄一の怒声が桜荘いっぱいに響き渡った。

「とにかく五分待てっ！　ドアは開けるなっ！」

明は、今にもドアを蹴破りそうな勢いのチャーリーにそう怒鳴ると、慌てて後始末を始めた。

セックス後の、怠いけれど気持ちのいい幸せな時間を邪魔され、エディの額には怒りマークが二、三個ついている。

「エディ！　シャワーを浴びた方が早いっ！」

「この畳はどうすんだよっ！　ベッタベタじゃねぇかっ！」

「そっちはどうにでも言い訳ができるだろっ！　早くコウモリになれっ！」

何をどう言い訳すんだよ。このバカ。

エディは心の中で小さく突っ込んだ。

「久しぶりに、この姿で風呂に入る」

「狭い風呂場に、デカイ図体の男二人が入れるか！　それにお前は、風呂に入るだけじゃ済まないだろっ！」

白く汚れた畳をティッシュで覆いながら、明が赤い顔で怒鳴った。

「どうせまた、あのヘタレハンターが何かやらかしたんだろ？　待たせとけって」

「……他の住人に迷惑がかかる。俺は桜荘の管理人で大家なんだぞ？」

明は思いきり眉間に皺を寄せて、エディを睨む。

エディはため息をつき、コウモリに変身した。

いちごの汁とコンデンスミルクにまみれたコウモリは、いやらしいのか可愛らしいのか微妙なところ。

「よし！　ソッコーで体を洗ってソッコーで畳掃除だっ！」

明はパタパタと飛んでいたコウモリを片手で鷲掴みにすると、すぐさま風呂に入った。


やけに甘ったるい香りのする部屋の中で、チャーリーは雄一から離れた場所に座った。

「……一体何があったんですか？　こんな時間に」

パジャマに着替えた明は、人数分のコーヒーをちゃぶ台に置き、神妙な顔をしている雄一に尋ねる。

時計の針は夜の十一時を指していた。

「申し訳ありません。……私は、チャーリーが押し入れにしまっていた怪しげな道具の数々をゴミ袋に入れていたんです」

「捨てるのはいいけど、燃えるゴミの日は水曜と土曜。今日は木曜日だから、土曜日まで出さないでくださいね。自治会から怒られます」

「分かりました」

「ではなぜ、チャーリーが『殺される』って叫んだんですか？」

明は、席を移動して自分とエディを盾にしたチャーリーを一瞥した。

「だってね、ハニー。雄一は、私が自分の命より大事にしているクリスタルまで、ゴミ袋に入れようとしたんだよ？　握りしめていると気分が落ち着く、マイフェバリットアイテムなんだ！　私のもう一つの命と言っても過言じゃない。それを、『気色悪い』のひと言で、ゴミ袋にっ！」

チャーリーは、両手に大事に抱えていたテニスボールほどの大きさの丸い水晶を明に見せ、「こんな美しく清らかなものを捨てるなんて酷い」と、雄一の非を訴える。

「うわ。……綺麗だな。物凄く高そうだ」

「高かったよ。二千ポンドもしたんだ。でも、その値段の価値以上はある。苦しい時や悲しい時、このクリスタルに慰められた……」

あんたにも、苦しい時や悲しい時があるのか？

明とエディは心の中で即座に突っ込む。

だが、二千ポンドと聞いた雄一は違った。

「そんなわけの分からないものに二千ポンドも使うなっ！　このオオバカものっ！」

「宮沢さん。声が大きいです。大野さんと橋本さんは会社員だから、明日も仕事があるんですよ？　ゆっくり寝かせてあげてください」

「ですが、二千ポンドもどぶに捨てたと思うと」

唇に指を当てる明の前で、雄一は海よりも深いため息をついて項垂れる。

「……二千ポンドって、いくらなんですか？」

「一ポンドが約百八十七円、一ユーロが約百四十七円、一ドルが約百十九円……」

さすがは世界規模のホテルグループに所属する男。雄一は項垂れたまま、すらすらと通貨レートを呟く。

明が懸命に暗算をする横で、エディが「日本円で、三十八万ぐらいかな」と答えを出した。

「チャーリー……」

「なんだい？　スイートハニー」

「こんな石っころに三十八万円も払ったなんて……バカか？」

呆れた顔で呟く明に、チャーリーは「ノー！　その顔、ノー！」と首がもげるほど左右に振る。

「比之坂さんの言う通り。チャーリー。金持ちなら金持ちらしく、もっと有効に金を使え。ダイヤや金塊ならともかく、水晶じゃ投資にもならない」

「雄一。これは自分に投資したのも同じだ。このクリスタルのお陰で……」

「ちょっといいか、ヘタレハンター」

エディはチャーリーから水晶玉を奪い、じっと見つめた。

「邪悪な気が水晶に注ぎ込まれてしまうっ！　これは、お前が持っていいものじゃないんだぞっ！　化け物めっ！」

エディの正体が雄一にばれてしまうと焦った明は、力任せにチャーリーの頭に手刀をお見舞いした。

「これは……いつものより……強烈な……」

「宮沢さん、すまない」

明はチャーリーではなく、雄一に謝る。

「いいえ。たまには物理的な教育的指導も必要ですから」

雄一は雄一で、「いくらでもどうぞ」と顔に出してにっこり微笑んだ。

「何も悪いことはしていないのに…」

チャーリーが悲しそうに呟いたその時。

「これ、ニセモノ」

水晶を見つめていたエディが、衝撃の事実をさらりと言った。

三人は目を丸くして、言ったエディを凝視する。

「すっげーよくできてるけど、ニセモノ。ただの人工ガラス」

エディは、あっけに取られた顔をしているチャーリーに水晶を返すと、その顔を見て「ぷっ」と噴き出した。

明は肩を震わせて、笑いを堪えている。

「文字通り、どぶに捨てたな、チャーリー」

雄一は笑いを通り越して呆れた。

「そんなっ！　これがニセモノだなんてっ！　このクリスタルを握りしめていると安らかな気持ちになったのに……」

「思い込みのなせる業ということだ。これに懲りてだな……」

「ノーッ！　この凶悪化け物っ！　何を証拠にこのクリスタルをニセモノと言うっ！」

往生際の悪いチャーリーは、エディのパジャマを片手で掴んで叫ぶ。

エディは「失礼な」と、彼の手を叩いて離した。

「俺達は、宝石の真偽を見分ける力を持ってる。その水晶からは、何の力も感じねぇ。っつーことは、明らかなニセモノ」

これが人間なら、「また冗談言って～」で済むが、エディは吸血鬼なので、妙に説得力がある。

雄一は「この貴族は宝石鑑定もできるのか？」と素直に感心したが、全てを知っているチャーリーは、何も言い返せなかった。

「燃えないゴミの日に出すぞ、チャーリー」

「どうして君はそんなに意地が悪いんだろう」

チャーリーは上目遣いで雄一を睨む。

普通にしていれば「ちょっとバタ臭いが金髪の美形さん」なのに、こんな顔では女の子一人寄ってきやしない。

「は？」

「子供の頃は、『チャーリーちゃん、ずっと一緒だよ』って、いっつも私の手を握りしめて天使のように愛らしかったのに。……どこをどう間違えたら、こんな可愛げのない大人になるんだろう…」

この台詞って。

明はちらりと雄一を見た。

案の定、雄一は、顔を赤くして気まずそうにそっぽを向いている。

「あのな」

エディがコーヒーカップを片手に、渋い表情でチャーリーと雄一を交互に見た。

「お前ら、わざわざここに痴話喧嘩をしに来たんか？　あぁ？」

「お、おい。エディ」

「明だって分かってんだろ？　お前ら、自分で気がついてないだけで、立派な恋人同士」

またしてもエディの衝撃的な言葉に、チャーリーと雄一は頬を引きつらせて激しく首を左右に振る。

「俺はゲイじゃない。チャーリーの側で監視をしているのも、仕事のためだ」

「雄一は私の友人だ。友人をハニーにはできないだろう？　私には既に、心のワイフが……」

「誰がワイフだ。誰が」

自分を熱っぽく見つめるチャーリーの頭を、明は拳で殴った。

「ノー！　ハニー！　ドメスティックバイオレンス、ノー！」

「だったら、殴られるようなことを言うな」

「もっともだぞ、チャーリー」

両手で頭を押さえたチャーリーは、明と雄一から叱られて項垂れる。

「とにかくだな、さっさと自分達の部屋へ戻れ。俺達は、超ラヴラヴになってまだ数ヶ月。まだまだラヴを満喫するんだ。そんなラヴな俺達の夜を邪魔すんじゃねぇの」

エディは、「新婚なのは道恵寺の聖涼だけじゃない」と、偉そうに胸を張った。

「そうでした。ゲイとは言え、新婚には違いない。大変お邪魔しました。ほらチャーリー、帰るぞ」

雄一はエディにぺこりと頭を下げ、腰を上げる。だがチャーリーはムッとした表情のまま動かない。

「私のハニーは明だけだ」

「……日本にはな、チャーリー。『人の恋路を邪魔する奴は、馬に蹴られて死んじまえ』という言葉がある。お前は馬に蹴られて天国へ行きたいのか？」

雄一は腰に手を当てて、大きな体を小さく丸めているチャーリーを見下ろした。

「それは嫌だ」

「だったら、いい加減現実に目を向けて、新たな一歩を歩め。世界は広いんだぞ？　お前のハニーは、きっとどこかにいるはずだ」

チャーリーはおもむろに明を指さし、「ハニー見つけた」と呟いたから、さあ大変。

雄一は形のいい眉を片方ぴくりと動かし、次の瞬間、問答無用でチャーリーの腹に拳を一発お見舞いした。

チャーリーはそのままキュウと倒れ、微動だにしない。

「い、今のは少し……やりすぎでは？」

一連の素早い動きに、明は頬を引きつらせながら呟く。

「わがままなこいつが悪いんです。いずれはカッシング家を背負っていかなければならない男なのに、他人のハニーに横恋慕するなんて恥ずかしい」

「あんたが」

ずるずるとチャーリーを引きずる雄一に、エディがニヤニヤと笑いながら言った。

「あんたが、『俺を好きになってくれ』って一言言えば、済む問題だろ？　違うか？」

複雑な表情で口を閉ざす雄一に、明が助け船を出した。

「エディ。人様の問題に口を挟むな」

「バカか明。俺達にもとばっちりが来てんだぞ？　ったく、人間ってのは何でこうまどろっこしいんだ？　イライラを通り越して呆れるぞ」

「……人間って、ここにいるのはみんな人間でしょ」

雄一は気絶したチャーリーの腕を掴んだまま、訝しげな表情でエディと明を見る。

「そ、そうですよ！　こいつは貴族だからって、たまにムカつくことを言うんです！　気にしないでください！」

チャーリーはポロッと「化け物」と言うが、まだエディが吸血鬼だというのはバレてないぞ！　バレたらきっと、近所中を巻き込んで大騒ぎになる。マスコミが来て、エディは見せ物になってしまう。それは絶対に避けたい！

明は勢い余って立ち上がり、両手の拳を握りしめて「みんな人間です」と力説した。

「比之坂さん。そんなにムキにならないで。今の世に化け物や魔物がいないのはよく知ってますから」

そうは仰(おっしゃ)いますが、あなたの目の前にいるのは、世にも珍しい吸血鬼なんです。

なんて言えない明は、頬を引きつらせて「そうですよね」と愛想笑いを浮かべた。

「では。お騒がせして本当に申し訳ありません。どうぞ超ラヴ期間を思う存分楽しんでください。お休みなさい」

雄一にズルズルと引きずられるチャーリーの、なんと哀れなこと。

それをバカにしたように見つめるエディの瞳を、明は両手で覆った。

「間抜けなヘタレハンターが見えねぇ」

「武士の情けだ。見ないでやれ」

「あんな面白いもん、滅多に見られねぇんだけど」

「チャーリーを自分に置き換えてみろ」

「明はあそこまで凶暴じゃねぇし」

エディがそう言ったところで、ドアが閉まる音。

「……やっと静かになった」

「そーだな。そんじゃ俺は、いつものように夜間パトロール」

ポンとコウモリ姿になったエディだが、明にいきなり両手で握りしめられ、「ぐは！」と悲鳴を上げた。

「あ、悪い」

「あと少し力を込めてたら……俺様の口からは消化途中のいちごが……」

「だから悪かったって」

けれど明は、コウモリを握りしめたまま離さない。

「ん？　どした？　早く窓を開けろ」

「その…今夜は昨日より冷える」

「んじゃ、マフラーを巻け。お前に俺様の愛くるしい姿を見せてやる」

「だから、その、部屋の中も寒くなると思うんだ」

明の奥歯に何か挟まったような言い方に、コウモリは小さな頭をちょこんと傾げた。

「でも、ストーブを出すほど寒くなってるわけじゃなく、だな」

明の顔が段々赤くなる。

「あ」

コウモリは分かった。明が何を言いたいのか、すっかりバッチリ分かってしまった。

「俺様に添い寝してほしいの？」

コウモリはさっさと人型に戻り、明の頬を指先で優しく撫でた。

明は赤い顔のままそっぽを向き、しばらくしてから小さく頷く。

「俺にゃ体温、ねぇぞ？」

エディは明のおねだりに、美形だというのにだらしなく鼻の下を伸ばした。

「俺がしがみついていれば体温が移る。その温かさが気持ちいいんだ」

「俺様は優しいダーリンだからな。ハニーの可愛いおねだりはちゃんと聞いてやる」

ああ、なんて新婚さんらしい会話なんだ！　新婚最高っ！　こうなったら、順序は逆だけど、絶対に結婚式を挙げてやる！　当然、俺の故郷でだ！

ますます顔を赤くして俯く明を抱き締めながら、エディは心の中で決心した。


のんびりと家計簿をつけていたところに、道恵寺から呼び出しの電話。

明は押し入れの中で眠っているエディを起こさないように、静かに部屋を出た。

「いらっしゃい、明君。……あら、エディさんは一緒じゃないのね」

母屋の玄関で彼を出迎えたのは、聖涼の母・聖子。

可愛らしいコウモリ姿を見たかった彼女は、あからさまに残念そうな表情を浮かべ、明を見つめる。

「エディは押し入れで眠ってます。ところでおばさん、用は何なんですか？　力仕事なら任せてください。働きますよ！」

明の曾祖父が道恵寺の広大な敷地内の端に桜荘を建ててから、住職一家に公私ともに大変世話になっている明は、トレーナーの裾をまくって笑った。

「そうじゃねえんだよ、依頼人から『ありがとうございました』って物凄いもんをいっぱいもらっちまってな。うちじゃ食い切れないから、エデーにどうかと思ってよ」

そう言いながら、着物姿で奥から現れたのは、道恵寺の住職にして「狙った獲物は絶対に逃がさない」退魔師の高涼。

道恵寺は退魔で超有名な寺で、そっち方面で知らない人間はいない。警察でさえ、不思議な事件の時には高涼や彼の息子の聖涼に打診する。冗談のようだが本当の話。

近所でも、「不思議現象で困った時は道恵寺」と合い言葉があるくらいだ。

「あなた。エデーじゃなくエディだって、何回言ったら分かるんですか？」

聖子は高涼の肩を叩いて訂正する。

「もらったって、何を？」

「スイカだ、スイカ。この時季にゃ珍しいが、十個ももらっちゃ飽きる。だから何個か持ってけ」

高涼は帯に手を当てて豪快に笑うと、「ついでだから、上がってお茶でも飲んでいけ」と明を誘った。

道恵寺の好意で仏間に置かせてもらっている両親と祖父の仏壇に手を合わせ、明は勝手知ったるキッチンに足を向けた。

「桜荘に、珍しく人間が入居したそうじゃないか」

一足先にお茶を飲んでいた高涼が、キッチンにやってきた明に尋ねる。

「はい。チャーリーの友人だそうで、今、必死にチャーリーを更生させてます」

明は向かいの席に腰を下ろした。

「あの外国人の若造か。……聖涼じゃないが、退魔をする気ならちゃんと基礎から学ばねぇとな。いつか反対に取り殺されるぞ」

「大丈夫じゃないですか？　桜荘の周りには河山さんがバリア張ってるって言ってたし」

お茶請けのせんべいを片手に笑う明に、高涼は「バリアじゃなく結界って言うんだよ」と苦笑する。

「道恵寺もそうなんだけど、どうせなら人間用の結界の方がいいと思わない？　魔物とか幽霊用の結界は、空き巣には効かないし」

夫や息子と違い、霊感の「れ」の字もない聖子は、大きなポリ袋にスイカを何玉も入れながら、明に同意を求めた。

「警備会社のセキリテーがあるだろが」

「セキュリティーです。あれは宝物殿用でしょ？　母屋に泥棒が入ったら、どうするの？」

「俺と聖涼、それにこれからは早紀ちゃんがいる」

遠山早紀子。旧姓安倍早紀子は、上ランクの狐の妖怪で、聖涼と結婚する前は桜荘の住人だった、切れ長の瞳が色っぽい純日本風美人。

「あ、そうね。早紀ちゃんがいてくれるんだわ。うちの可愛いお嫁さん」

「そうだ。……あの尻尾をコレクションに加えたいんだが、切ったらダメだろうなぁ」

「おじさんはまた、そんなことをっ！　聖涼さんに怒られますよ！」

明は頬を引きつらせて大声を出す。

「俺より先に、聖涼が言ってる。『このフサフサの尻尾、一回くらい切っても平気かい？』って。早紀ちゃんに怒られてた」

この親にしてあの子あり。

あっけらかんと笑う高涼に、明は心の中で切なく突っ込む。

「……そう言えば、少し前に境内の隅っこで盛大な猫集会が開かれてたわ。明君、何か知ってる？」

「猫集会って、近所の猫が集まってのんびり時間を過ごすものですよね？　そういうのはどこでも見られるものじゃないんですか？」

自分に切り分けたカステラを勧める聖子に、明は「それって異常ですか？」と問い返す。

「昼間だったらそうかも知れないけど、夕方よ？　物凄い数の猫が集まって、河山さんに何かを言ってたわ」

「さあ。俺はちょっと分からないです」

「事件の匂いがするな。久しぶりに大物の魔物退治があるかも知れん」

高涼はお茶を一口飲むと、楽しそうに笑った。

明の脳裏に、金髪の美青年・ジョセフの顔が浮かぶ。

だがそれはすぐに消えた。

「もしそういう事件が起きても、聖涼さんに任せておけばいいですよ」

「そうよ、あなた。もういい年なんですから、危ないことは聖涼に任せちゃってください」

二人に真面目な顔で言われた高涼は、「俺を引退させたいのか？」とムッとした。


明は小玉のスイカが三玉入ったポリ袋を片手に提げ、荒れ放題、否、自然なままの境内の横道を通って、桜荘に戻った。

「外壁も、そろそろ再塗装した方がいいな」

明の、一番幼い頃の記憶だと、桜荘の外壁は美味しそうなチョコレート色だった。それが今は、牛乳を大量に入れたココアのような色になっている。

今はすっかり葉を落とした桜の巨木の前で、明は曇り空と桜荘を見上げた。

自分の部屋の窓がカツンカツンと鳴っているのに気づく。

「あのバカ」

今日は曇り。太陽の光を気にしなくていいので、窓のカーテンは開け放たれている。

その窓に、小さくて黒い物体が、体当たりしていた。

「窓が割れたらどうするんだ？　怪我をするだろうがっ！」

明は部屋に入って来るなり、コウモリを大声で叱る。

「窓の外に明が見えた。儚げに空を見上げてたから、是非とも抱き締めてやろうと思って」

コウモリは物凄い勢いで明の胸にへばりついて、熱い思いを語った。

「あ、そー」

「明。スイカの匂いがするっ！　スイカ、スイカ！」

「あ、ああ。道恵寺のおばさんからもらった」

明はポリ袋に入ったスイカをコウモリに見せる。

「おお。道恵寺のマダムからか！　……って、小せぇ。ホントにスイカか？」

「育ちがいいなら、もらい物に文句を言うな。いらないなら戻すぞ」

「貢ぎ物は喜んで食ってやる！」

コウモリはパタパタと飛んで、ぺたりとちゃぶ台の上に着地した。

明はポリ袋を床に置くと、その中からスイカを一玉取り出す。

コウモリは、ちゃぶ台の上に腹這いになってワクワクと待った。

「時季外れのスイカだからな。心して食え。感謝して食え」

ちゃぶ台の上。大きな皿の中には、コウモリ用に小さく切り分けられたスイカが無造作に並べられている。

コウモリはスイカと明を交互に見つめ、ピクリともしない。

「食べないのか？　甘くて旨かったぞ？」

先に一かけ頂いた明は、あぐらをかいて腰を下ろすと、首を傾げてコウモリを見る。

「黄色い」

「こういうスイカもある。いらないなら、俺が食べるが」

「これは俺様のものだっ！」

コウモリは素晴らしい跳躍を見せ、スイカの上に乗った。

「……旨いか？」

「おう！　色は変だが、旨い！」

「そうか。……俺はちょっと商店街の工務店に行ってくるから、留守を頼む」

明はコウモリの頭を指先でそっと撫で、立ち上がる。

「だったら、あのクソ犬を連れて行け」

「弁天菊丸は、今頃獣医さんのところだ。何とかの予防接種とか言ってた」

「だったら、俺が一緒に行く。今日は曇ってるから、外に出てもへーキ」

「途中で晴れたら困るだろ？　すぐに戻るから、それまでスイカを食べてろ。な？」

コウモリは、ついていきたくてたまらない顔をしたが、明にチュッとキスをしてもらったので、「行ってこい」と上機嫌になった。


馴染みの工務店で外壁塗装の見積もりを頼んだ明は、主婦達で混み始めた商店街を避け、一本奥の裏通りを歩いた。

そう言えば、ここでジョセフとかいう外国人に会ったんだよな…。

のんびりそんなことを思っていたら、向こうからその「ジョセフ」が歩いてきた。

彼はエンブレムつきのブレザーにスラックス、首にはマフラーを巻いて、まるで外国映画の学生のような出で立ち。ジャンパーにジーンズの自分とは偉い違いだと、明は思わず苦笑した。

「ここを通れば、君に会えるような気がしたんだ」

ということは、毎日この通りをウロウロしてたのか？

なんて明の突っ込みは、ジョセフの上品な微笑みに消されてしまった。

「この間はありがとう。声をかけてくれたのに、私は君の名を聞くのを忘れてしまって」

「俺は比之坂明。……ここから二十分ほど歩いたところにある桜荘というアパートの大家兼管理人だ」

「明、か。いい名前だね。これ、受け取ってもらえるかな？　お礼のつもりなんだけど」

ジョセフは、可愛らしくラッピングされた一輪の白バラを明に差し出す。

「え？　俺に？」

「誰かに優しくされたのなんて、久しぶりだったから嬉しくて………。迷惑だったかな？」

「いや。迷惑じゃないけど」

もしかして、毎日コレを持って、この通りをウロウロしてたのか？

ああ、声にして突っ込みたくて仕方がない。明はひたすら我慢した。

「私達……これで三度目の再会だよね？」

地下鉄の構内、屋根付き駐車場の中、裏通りの道端。確かに三回目。

明はバラを受け取ると、軽く頷いた。

「神様って本当にいるんだね」

さあどうだろう。俺はキリスト教徒じゃないし。

明はお口にチャックをして、心の中で呟いた。

「今日ここで明と再会できたら、言おうと思っていた言葉があるんだ。会えなかったら、諦めようと思っていた。でも神様は、私達を三度出会わせてくれた」

チャーリーが言いそうな台詞だが、彼のように大袈裟でないので、明はつい聞いてしまう。

「君のことは何も知らないのに、どうやら私は…君に恋をしてしまったみたいなんだ」

「は？」

「……あ、申し訳ない。いきなり同性からこんなことを言われたら困るよね？　もし不愉快だと感じたら、忘れてくれると嬉しい」

そう言いながら、ジョセフは物凄く悲しげな表情を浮かべた。

「そんな泣きそうな顔をしなくても」

ゲイになって数ヶ月。ちょっとやそっとの告白では、明はもう驚かない。

それどころか、「なんて礼儀正しいゲイなんだ！」と、逆に感動した。

エディは強引で言葉よりも行動で示すタイプだったし、チャーリーはチャーリーで素っ頓狂なことを言って明を悩ませた。

だがジョセフは、ゲイとは言え礼儀正しい。

古き良き少女マンガの王道を行く、「どこの誰とも分からないのに、気になってしょうがないの。今も胸がどきどきするわ。これって恋？　いやん私ったら一目惚れ？」だ。

おまけに、嫌だったら忘れてくれとは、何とも奥ゆかしい。

「この人の爪の垢を煎じて、エディに是非とも飲ませたい」

「……何か言った？」

「あ、いや何でもない。独り言だ」

明は慌てて言うと、改めてジョセフを観察した。

エディは、この外人さんは吸血鬼だと言ったよな。だが、俺を襲ってくる気配はないし、どこから見ても普通の外国人さんだ。他の吸血鬼と比べようにも、俺はエディしか知らない。

さてどうする。明は小さく唸って考えた。

「あの、返事は聞かせてもらえないのかな？」

ジョセフは、不安そうな顔で明を見つめる。

「申し訳ない。……俺には既に」

「その指輪をくれた人とつき合ってるの？」

ジョセフは、明の左手に視線を落とし、ますます悲しそうな表情を浮かべた。

「そう……なるかな」

ここにエディがいたら「曖昧に答えんじゃねぇ！お前は俺のハニー！」と怒鳴っただろう。

「私ね、その指輪と同じものを持っている人を知ってるんだ」

この指輪は、クレイヴン家の紋章を模したものだとエディは言った。…ということは、この外人さんはエディの言っていた通り…吸血鬼？

明はジョセフの言葉に、一歩後ずさる。

「私の婚約者を奪った男も、それと同じ指輪を持っていた」

何ですと？

目を丸くする明の前で、ジョセフは過去に辛いことがあったのか、片手で左胸を押さえ、切なそうに顔を背けた。

「あの、ギルデアさん」

「ジョセフと呼んでください」

「ジョセフさん。……もう少し歩くと、旨い紅茶を飲ませる店があるんですけど、一緒に行きませんか？」

これは「エディの恋人」として聞いておく必要があ

くら

るぞ。吸血鬼が持っている特注の指輪なんて、この世にそう何個もあるもんじゃない。気になる。猛烈に気になる。

明の誘いに、ジョセフはパッと表情を明るくして頷いた。

「嬉しいです。私、紅茶が大好きなんです」

「そりゃよかった」

一足先に歩き始めた明の背中を見つめ、ジョセフは意地悪くニヤリと笑った。


窓際の席に向かい合って座り、注文した紅茶と薄いビスケットがテーブルに並べられたところで、ジョセフは愁いを帯びた表情で語り始めた。

「明に恋を告白した私が言うのもおかしい話なんだけど、私には以前、婚約者がいたんです。彼女の名はマリーローズ・グラフィド。とても美しくて素敵な女性でした」

またカタカナ名前か。

明はビスケットを一枚囓り、黙って話を聞く。

「そこに現れたのが、クレイヴン伯爵。彼は私からマリーローズを奪い、一族のパーティーで、彼女との婚約を発表したんです。その頃の私は、クレイヴンからマリーローズを奪い返すだけの力はなくて。屈辱でした……」

「クレイヴン？　今、クレイヴンと言ったな？」

「はい。彼の名は、エドワード・クレイヴン。私のいた地方で、もっとも力を持つ伯爵でした。クレイヴン家の紋章とあの冷徹な青い瞳は、きっと一生忘れられないでしょう」

ジョセフは明がはめている指輪に視線を落とし、緑色の瞳を暗く輝かせる。

「そしてある日、クレイヴン伯爵を含めた四人が、とある島を目指して船で旅立つことになりました。私は伯爵に頭を下げ、そのメンバーに入れてもらったんです。ほんの少しでもいい。マリーローズの側にいたい。そのためだけに。けれど船は難破し、メンバーの生死は不明に。愛しいマリーローズも、ずっと行方不明のまま現在に至ります」

クレイヴン家の紋章の指輪。

エドワード・クレイヴン伯爵。

とある島というのは日本のことだろう。

エディ達は日本を目指して航海したと言った。

そして、美しい婚約者。

そうか。これだけ共通事項があるということは、ジョセフはエディの言った通り、吸血鬼なのか。でもジヨセフは、俺とエディの関係を知らないから、何百年も前のことをベラベラ喋っているんだな。って問題かっ！ 違うだろっ！ 婚約者って何だ？ 俺は今知ったぞっ！

明は、エディが言った通りジョセフは吸血鬼だったということよりも、彼に美人の婚約者、しかも女性がいたことに衝撃を受けた。

「明？ どうしたの？ 目を開けたまま寝てる？」

「い、いや、何でも」

「……そういう事故が起きたから、暫くは何も考えずに暮らそうと思ってたんだ。そして、心の傷が大分治った頃、君に出会った」

ジョセフは綺麗に整えられた指でティーポットの取っ手を掴み、優雅に二人分のティーカップに注ぐ。

「いい匂い。……しかしね、クレイヴン伯爵は本当に酷かった。尊大で横暴で、権力を使えばそれで何もかもが済むと思っていたんだ。彼に手酷く裏切られて涙を流した女性も大勢いた。女性だけじゃなく、いたいけな美少年達も」

クソ吸血鬼っ！ いくら人間でないとは言え、犯罪まがいのことをするなっ！

明の、ティーカップの取っ手を掴む手が、プルプルと震えた。

「だから私は物凄く心配なんだ。君の指輪は、クレイヴン家の紋章入り。もしかして、あの極悪非道なエドワード・クレイヴンと関わりを持ってしまったのかと……」

関わりどころか、俺はそいつの「恋人」ですっ！ ああ言いたい。言って何もかもスッキリしたい。

「他の貴族から聞いた話によると、どうやら彼は、気に入った相手を自分好みに仕立て上げ、散々遊んだ挙げ句捨てるらしい。……全く酷い話だよね」

「ジョ、ジョセフ、さん……」

「ジョセフ、と、呼び捨てにしてください」

「あの、ジョセフは、吸血鬼というものを信じる、か？」

我慢しきれなくなった明がそう囁いた途端、ジョセフの緑色の瞳が、ふわりと赤くなった。

「信じるも何も……」

ジョセフは、やけに発達した犬歯を見せて微笑む。

「そうか……」

「驚かないんですか？ 明と一緒にお茶を飲んでいるのは、魔物なんですよ？」

小首を傾げて呟くジョセフの髪が、照明に当たって不思議な色に光る。

「今の世の中、何が起きてもおかしくないからね。そうか。ジョセフも吸血鬼か」

すっかり魔物と妖怪に慣れた明は、いいのか悪いのか、「ええっ？」と驚けない。

「でも私は、むやみやたらに人は襲いません。そんな下品なことをするのは、クレイヴン伯ぐらいです。彼は、誰の言うことにも耳を貸さない。もしや明は、クレイヴン伯と関わりがあるんですか？ だったらすぐに彼から逃げなさい。何をされるか分かったものじゃない。ヘタをすると、殺されるかも」

ジョセフは最後の言葉だけ低く呟き、明の反応を見た。

「出会って間もない私の言葉を信じて頂けないかもしれませんが、明を思う気持ちは真実です。私は君をクレイヴン伯の魔の手から救い出したい。マリーローズの時はできなかったが、今ならきっと……」

彼はテーブルの上にあった明の左手を優しく握りしめ、切ない表情を浮かべる。

「ジョセフ」

彼らの席はカウンターの死角になっているので、店員に気づかれることはなかった。

明は迷った。心底迷った。

エディの言ったことを信じないわけではない。だが彼は、「俺には美人の婚約者がいた」と、明にひと言も言ってないのだ。

その婚約は一体どうなったんだろう。まだ有効なんだろうか？ 吸血鬼は殺されない限りいつまでも生き続けるものだから、有効期限は「生涯」の可能性がある。何で言わなかったんだ？ ちゃんと婚約は破棄したのか？ それとも、子孫繁栄とセックスは別物で、マリーローズとかいう女性と俺を、まとめて手に入れようとしてるのか？

考えれば考えるほど、段々腹が立ってきた。

明はすっかり濃くなった紅茶をティーポットからカップに入れて一気に飲むと、ジョセフの手を握り返す。

「俺のことを心配してくれてありがとう。ジョセフは優しいな」

「愛しい人のためだもの。当然だと思うよ？」

言っていることはチャーリーと大差ないのに、どうしてここまでスマートに言えるんだろう。明は心底感心する。

「私が魔物でも、たまにこうして会ってくれる？」

「構わない。……あ、連絡先は？」

「君が私に会いたいと思ってくれれば、きっとまた会える」

本当に、言っていることはチャーリーと……以下同文。

「少しキザだったかな?」

「はは。そうかも」

明は笑いながら首に手を当てる。傷一つない綺麗な首筋が、一瞬顕わになった。

「じゃ俺は、管理人としての仕事があるから帰る」

彼はレシートを持とうとしたが、ジョセフが手のひらで覆ってしまう。

「ここに誘ったのは俺だから」

「いい場所を教えてくれたお礼だよ。また会おう、明」

「そうか。またな、ジョセフ」

明はふわりと微笑むと、彼からもらった白バラを片手に店を出た。

「比之坂明、か。……私の話を信じちゃって。素直で可愛いな。それにとっても美味しそうな匂い。行儀よくしているのが辛かった」

ジョセフはぬるくなった紅茶を一口飲むと、ニヤリと笑う。

明の首筋には、噛まれた傷痕はどこにも見あたらなかった。

吸血鬼は、他の同族が間違って血を吸わないように、決して消えない噛み痕を「自分の餌」に刻みつける。

だが明には、「所有の印」が、まだ刻まれていなかった。

ということは、誰の餌にもなっていないということになる。他人の「餌」に手を出すと、吸血鬼の掟(おきて)によ り厳しく罰せられるが、そうでない人間は、誰が襲ってもいい。早い者勝ち。「明は、誰の餌でもない。ならば私が奪っても構わないわけだ。エドワード・クレイブン、明を私に奪われた時の君の顔を、早く見たいものだね」

ジョセフは手のひらに残っていた明の匂いを嗅いで、尊大な表情で微笑んだ。


とにかく、エディの口から真実を聞かなければ。

明は急いで桜荘に戻ると、鍵のかかっていないドアを乱暴に開けてエディを呼んだ。

「おい! エディ! 話があるっ!」

当の本人はコウモリ姿のまま、ちゃぶ台の上で仰向けになって気持ちよさそうに眠っている。

物腰優雅で上品なジョセフと別れたばかりの彼は、エディのだらしなさに、いろんな意味で目頭が熱くなった。

「こら! 起きろ! おーきーろーっ!」

明はコウモリを両手で掴むと、シェーカーを持ったバーテンダーのように、前後左右に激しく振り回す。

「んあ？　な、なんだっ！」

コウモリは驚いて目を丸くした。

「人型に戻れ。その可愛らしい姿じゃ、どうにも言いづらい」

「どした？　昼間っからやりたくなったのか？」

コウモリはポンと人型に戻り、畳の上にあぐらをかく。明は姿勢正しく正座をした。

「エディ、お前は……」

「ちょっと待った。その前にだな、俺もお前に聞きてぇ」

寝ぼけていたエディは、表情を真剣なものに変えて、明を見つめる。

「お前……吸血鬼臭い」

「エディの側にいるからな」

「俺の匂いじゃねぇ。……お前、ジョセフと会ったな？」

エディは、ついと窓の外を一瞥し、「今日は一日曇りか？」と忌々しそうに呟いた。

「偶然だ、偶然！　それにジョセフは、お前と違って、いきなり俺に襲いかかることはなかった。とても礼儀正しくて、俺は感心したぞ」

「あいつは外っつらがいいんだよ。ったく、綺麗に騙されやがって。それに、アレは何だ？　アレは」

エディが指さしたのは、キッチンシンクに置かれた、ラッピングされた一輪の白バラ。

「頂き物だ」

「おい明。……お前は俺と言う男がありながら、ジョセフともつき合うつもりなのか？」

「は？」

ジョセフは、具合が悪い時に優しく声をかけてくれたお礼だと言った。

それがどうして「おつき合い」に繋がるのか、明には分からない。

「花束だったらどうってことねぇ。一輪ってのが問題なんだ。俺達の風習じゃ、一輪のバラを渡されて快く受け取るっつーことは、バラをくれた相手の想いを受け止めるって意味があるんだ」

「俺はお前から、バラなんてもらってないぞ！」

「バラよりもっとイイモンをやったじゃねぇか！」

エディは、自分の左手薬指にはめてある、明とお揃いの指輪を見せた。

「そんな……『自分ちルール』みたいなことをされても、俺に分かるはずが」

「だから、外に出る時はあのクソ犬を連れて行けって言ったのに。全く、この可愛いオバカちゃんは」

愕然とする明の頬を指先で優しく撫でて、エディはため息をつく。

「人をバカ呼ばわりするな。……お前なんか、重要なことを俺にずっと秘密にしていたくせに」

明はエディの手を叩くと、キッときつい瞳で睨み付けた。

「秘密？　俺はお前に秘密なんてこれっぽっちもねぇけど……？」

「マリーローズって誰だ？」

「へぇ……懐かしい名前を聞いた。百年ぶりか？　彼女は、一緒に日本を目指した俺の仲間だ」

「それだけか？　その、マリーローズという人は、エディの婚約者じゃなかったのか？」

明の発した「婚約者」という言葉に、エディは眉を顰め、顎に手を当てて考え始める。

その表情が「あ、バレちゃった。どうしよう」に見えた明は、両手の握り拳が真っ白になるほど固く握りしめた。

「ジョセフは、マリーローズに関して何か言ったのか？」

「言った。マリーローズはとても綺麗な女性で、最初はジョセフの婚約者だったと。だがエディが彼女を横取りしたので、ジョセフはとても悲しい思いをしたそうだ」

「それ、半分合ってて半分間違ってる」

「どこが合っててどこが間違ってるんだっ？」

何でそう、冷静に言える？　こっちはどえらいショックを受けたんだぞ？　今まで黙っててごめんなさいぐらい言えないのか？　俺はお前の何だ？　ただの餌か？

怒りのボルテージが徐々に上がっていく明の前で、エディは苦笑しながら呟いた。

「マリーローズは、『クレイヴン家の直系の方が、強くて綺麗な子孫を残す確率が高い』ってことで、ジョセフとの婚約を破棄して俺と婚約したんだ。強くて美形の子孫に関しては、俺も異議がなかったからノッたと」

強いオスとしか交尾しないメスってのは、野生動物の話じゃないのかっ！

明はそっぽを向いて小さく呟く。

「そもそもジョセフは、性格に難有りだったからなぁ。マリーローズも、子供を作る相手を俺に変えたのは正解だったと思うぞ。うん」

「何が『うん』だっ！　美人の婚約者がいるくせに、俺に手を出しやがってっ！」

「へ？　……何でそこで怒る」

「俺はお前のせいでゲイになったんだぞ？　人間は、気持ちよければ性別は関係ないという吸血鬼とは違うんだ……。なのにお前は、美人の婚約者がいるという重大事項を俺に話そうともせず、あまつさえ変態プレイを……」

「セックスは、合意の上でしかしてねぇだろがー。それに、明みたいな敏感な淫乱ちゃんの相手ができるのは、俺しかいねぇ」

何を怒っているのか分からないエディは、明を抱き締めて宥めようと両手を伸ばした。

だがその手は、手酷く払われる。

「吸血鬼は一夫多妻が許されるのか？　それとも、愛人を持つのが普通なのか？　俺は人間だから、そんなのはごめんだ！　愛人にだってならない！」

「俺の話をちゃんと聞けって」

エディはあぐらを崩すと、明の手首を掴んで自分に引き寄せた。

「俺達の一族は情が深いって言ったろ？　結婚するまでは滅茶苦茶好き勝手すっけど、結婚したら最後、伴侶だけしか愛さねぇ。愛人なんて、絶対に持たねぇの」

「だったら……何で……美人の婚約者のことを言わなかった……？」

掴まれた手首がじんじんと熱くなる。

明はエディの青い瞳を見つめて、顔を歪めた。

「忘れてた」

「忘れてた、だと？　大事なことじゃないかっ！　ここに美人の婚約者が現れたらどうするんだ？　俺に彼女と対決をしろと？　できるか！　バカ野郎！」

一人ボケ突っ込みをする明に、エディは「妬いちゃって可愛い」と唇を綻ばせる。

「笑うなっ！　こっちは真剣なんだぞ？　美人の婚約者のことは黙ってるわ、いつまで経っても俺の首筋を噛まないわ、お前は謎が多すぎるっ！」

「一気に全部言っても、覚えきれねぇだろ？」

「お前が吸血鬼のしきたりを教えないから、俺はジョセフのバラを受け取ったんだぞ？」

「あー……そうでした」

「俺は餌か？」

「んなわけねぇだろ？　俺はお前のこと、滅茶苦茶愛してんだぞ？　すっげー大事。俺にできることなら、何だってしてやりてぇ」

エディは明の額に自分の額をコツンと当てて、安心させるように微笑む。

「だったら……吸血鬼らしく俺の首筋を噛めよ。俺だって、エディのためにできることなら何だってしてやりたいと思ってるんだ」

可愛いっ。マジ可愛い。どうしようもないくらい、激可愛いっ！　俺はお前が望むなら、直射日光を浴びてもいいいっ！

エディはいたく感動し、ふるふると体を震わせる。

「……マリーローズは、船が遭難した時から行方不明だ。それに、今更ここに現れたとしても、どうでもいい。俺には立派なハニーがいる」

「美人の婚約者なんだろ？」

「明の方が、もっと美人」

「男に美人って言うな、バカ」

「だってホントのことだし」

やっとハニーの機嫌が直ってきた。ったく。あのクソジョセフめ、明にあることないこと吹き込みやがって！　必ず見つけ出して、ボコボコにしてやるっ！

エディは明の目尻や頬にキスをしながら、物騒なことを思った。

「ならば、もしマリーローズが見つかったら、ジョセフの元に戻るんだな？　あのままじゃジョセフが可哀相だ」

明は大人しくキスを受け、呟く。

「俺様の前で、ジョセフの名を出すな。ムカつく」

「だが。あ、受け取ったバラのこともちゃんと説明しなければ。他意なく受け取ったと言わないと、彼に思わせぶりな態度を取ったままだと申し訳ない」

「それは俺が言う。お前はもう、あいつと会うな」

「こういうことは、本人同士で話し合わないと」

「今度あいつに会ってみろ。五分後には素っ裸にされて、あいつの前で足を広げてアンアン喘ぐことになるぞ？」

「な……っ！」

品行方正なジョセフがそんなことをするとは信じられない明は、真っ赤な顔でエディを睨んだ。

「そんで、やらしいことを散々された挙げ句に血を吸われるんだ。だから、絶対に会っちゃダメ。俺が許さねぇ」

「エディ」

「お前があいつに何かされたら、同族を殺してはならないっつー吸血鬼の掟を破る」

エディの言葉には、いつものようなふざけたニュアンスはなかった。

彼は真剣な表情で明を見つめる。

「その掟を破ったら……どうなるんだ？」

「俺達は動物と意思の疎通ができるってのは、前に話したよな？　その動物達が、伝令係になって世界中に散る仕組みになってる。……今の世の中にどれくれぇの吸血鬼が残ってるか知らねぇけど、全ての吸血鬼に追われる」

淡々と語るエディに、明の顔が徐々に強ばった。

「追われる……？」

「ああ。同族殺しは罪が重い。掴まったら日光で焼き殺される」

明は、エディが日光で左手を火傷した時のことを思い出した。

火傷の範囲が小さかったにも拘わらず、エディは物凄く苦しんでいた。ほんの少しの火傷で、あれほどの苦痛なのに……。

「そ……そんな……惨いことが」

「俺をそんな惨い目に遭わせたくなかったら、ジョセフと会うな。これっぽっちも触らせるな」

「わ……分かった」

「素直でよろしい」

エディは明の唇に、触れるだけのキスをする。

「……噛まないのか？」

「んじゃ、セックスしてもいいの？」

「あ、その、そうじゃなくて……、目に見えるところにエディの付けた痕があれば、ジョセフも近寄って来ないかと思ったんだ…」

それはつまり、「俺の体にエディの印を付けて」ってことか？　あーもー！　俺様、今すぐ死んでもいいくらい幸せっ！

だが。

エディは断腸の思いで首を左右に振る。

「何でだ？　……俺の首筋は硬くて噛みづらいと思うが、力を入れればどうにかなるだろう？　もしアレなら、コウモリ姿になって噛み付いてもいいぞ？」

「クレイヴン家の指輪をはめてんだろ？　それで十分だ」

「硬くて筋張った肉は噛みたくない、と？」

「そうじゃねえの！」

明はエディからゆっくりと離れ、冷ややかな視線で彼を見た。

「だったら噛めるだろ？　それとも、俺の血はまずいのか？」

「お前の血は極上だ！　今まで吸った血の中で一番旨い！」

「だったら、何で噛まない？」

エディは犬歯を隠すように片手で口を覆い、低い呻き声を上げる。

大事な大事な俺のハニーに、餌の印を付けられるかよ。それに俺は、クレイヴン家の直系だから、愛しまくってるヤツを本気で噛んだらヘタをすっと、とんでもないことに……。

「お前、まだ何か俺に隠してることがあるだろ？」

ギクリ。

エディの背中に、嫌な汗がたらりと流れた。

「な、なんも隠してねぇ！」

「隠してるんだな。……それを俺に言う気はないのか？」

エディは無言。答えを待っている明も無言。

どれくらいそうやっていただろう。

「分かった」

明は、左手薬指にはめていたクレイヴン家の指輪を外すと、ちゃぶ台の上にそっと置いた。

「え……？　おい、明」

「俺はお前に秘密なんてこれっぽっちもない。なのにお前は、俺に言えない秘密を持ってる。秘密を持ったままじゃ、恋人でいられない」

「けどな」

「別居だ」

「はい？」

「別居だっ！」

「バカッ！　俺はそんなん許さねぇ！」

「俺はお前と一緒になる覚悟をしたんだぞ？　人間が吸血鬼の恋人だ。しかもゲイ。これだけ覚悟をした俺に、お前はなんて不誠実なんだっ！」

明はそう怒鳴ると、くるりときびすを返して部屋を出る。

「別居って……不誠実って……」

エディは呆然と、その場に立ち尽くした。

「言えるわけ、ねぇだろ。俺がお前の首筋を噛んだら、お前が死んじまうかもしれないなんてよー」

吸血鬼の中には、愛した人間を同族に変えた者もいる。

だがそれは、互いのラヴゲージが最高値であると同時に、吸血鬼になる人間の覚悟も必要なのだ。吸血鬼だけが一方的に「吸血鬼になーれ」と願っても、人間は吸血鬼にはならないどころか、ヘタをすると死んでしまう。

いつでもどこでも「明ラヴ。俺様の愛を全て注ぎ込んでやる」のエディが、明の首筋に噛み付いてしまったら、吸血鬼になる覚悟をしていない明は「グッバイこの世」になってしまう確率が高い。そんな恐ろしいこと、エディにはできなかった。

かといって明に「お前、吸血鬼になれ」とも言えない。

人間としての自分と、自分に今まで関わってきた全てを捨て、全く違う時間の中を永遠に生きることになるのだ。

「餌だったら、こんなに悩む必要なんかねぇんだ。お前は俺の妻だから。自分の意志で、俺と一緒にずっと生きるって覚悟してくれねぇと、俺は安心してお前の首筋に噛み付けねぇんだよ……」

エディはそう呟くと、キッチンシンクに置かれていた白バラを片手で握り潰した。


「宮沢さん！　宮沢さん、いますか？」

別居だと宣言した明は、二〇一号室のドアをノックした。

「はい？　……ああ比之坂さん。何かあった……」

ドアを開けた雄一は、世の中の不幸を全部背負ったような明の表情に、言葉を続けることができない。

「中……入ってもいいですか？」

「どうぞ。少し散らかってますけど」

雄一はにっこり笑って、明を部屋へ招いた。

「……あれ？」

整理整頓された部屋の真ん中に、ちょこんと鎮座する小さなテーブル。その上には裁縫箱と布の切れ端が散らばっていた。

「今、片づけますね」

「いえ。いいんです。何か作ってたんですか？」

小さなキッチンでお茶の用意をしていた宮沢は、「チャーリーに渡すものです」と苦笑する。

「チャーリーに？　……そう言えばあいつ、めっきり大人しくなって…」

「毎日小言を言った甲斐があったのか、自分のしていることは世間的には結構恥ずかしいことかもと、分かってきたようです。今は部屋のノートパソコンで、世界のホテル状勢でもチェックしてるんじゃないかな」

雄一は「はいどうぞ」と、お茶の入った渋い色目の湯飲みを明に渡した。

「へえ。……チャーリーが」

「人様のものに手を出してはいけませんという約束も、ちゃんと守ってますよ。安心してください」

雄一は明の横に座ると、裁縫を再開する。

丸く切った黄色のサテンを二枚合わせ、チクチクと縫っていくさまは、随分と手慣れていた。

「器用なもんだ」

「独身が長いからですかね。中に綿と石を入れて、端にビーズで作ったヒモをつけるんです。そうすると、首からぶら下げられる可愛いお守りになる」

「もしかして、ニセ水晶の代わり？」

「ええ。酷く落ち込んでたから、代わりになるものを作ってやると約束したんです。そしたら、コレを使ってくれと」

雄一は、綿の上に置いていた小さな石を摘んで、明に見せる。

「綺麗な緑色…」

「エメラルドです。彼が、祖母から譲り受けた宝石の中で一番小さな石だと言ってました。最初は巾着でも作ろうかと思ったんですが、零れ落ちたら大変なので、お守りに」

「チャーリーのハニーは、こんな側にいたんだな」

明は両手で湯飲みを包み、ぼそりと呟いた。

「比之坂さんまでそんなことを言う」

「でも、チャーリーのことを大事に思ってんじゃないですか？」

雄一は曖昧に笑うと、三分の二ほど縫い合わせた布の中に、綿と宝石を丁寧に詰める。

「で、比之坂さんはどうしたんですか？　エディさんと喧嘩でもしたんですか？」

「別居しました」

「そう。別居……って！　一体何が……？　いや、他人の超ラヴ生活に首を突っ込むのはよくないな。すいません」

慌てる雄一に、明は首を左右に振って「いいんです」と唇を尖らせた。

「あんな不誠実な男だとは思わなかった。あーもーっ！　考えると、余計に腹が立つっ！」

明は、湯飲みに残っていたお茶を一気に飲むと、いきなり立ち上がる。

「ひ、比之坂さん？」

「トイレ、借ります」

「ど、どうぞ」

窓から飛び降りたらどうしようかと焦った雄一は、ホッと胸を撫で下ろして頷いた。


「雄一ー。ミッディ・ティーブレークにしないかい？」

勝手知ったる幼馴染みの部屋、チャーリーは大皿にホットサンドをいくつも載せてやって来た。

だが雄一はそれに応えず、唇に人差し指を押し当てて「静かに」のサインを出す。

「……どうかしたのかい？」

「比之坂さんがお昼寝中だ」

「おやー。……明の可愛い寝顔。思わずキスがしたくなる」

「そんなことをしたら、どうなるか分かってるんだろうな？」

布団の中ですやすや眠っている明を覗き込んだチャーリーに、雄一は右手の拳をキュッと握りしめて呟いた。

「冗談だよ。……でも明の頬には、なめくじが這った後のような湿り気が」

チャーリーは雄一に頭を殴られたが、必死に悲鳴を堪える。

「涙の痕と言え。寝付くまで大変だったんだぞ？」

「喧嘩でもしたのかな？　可哀相に。キュートな寝顔に切ないアクセント★」

「お前の頬にも、素敵なアクセントをつけてやろうか？」

歯の浮くような台詞が大嫌いな雄一は、チャーリーの頬に自分の拳をグリグリと押しつける。

「いりませんから、早くホットサンドを食べよう。冷めたらまずい」

「ミッディ・ティーブレークにホットサンド？　もっと軽いものでいいのに」

「ホットサンドを作る機械を買ったから、作ってみたくて」

「新し物好きなだけだろう？　……で？　具は何だ？」

テーブルの上を片づけながら、雄一が訊ねた。

「ハムとチーズとトマト。もう一つは、コンビーフとキャベツの千切り」

「旨そうだ。ちょっと待て、今、紅茶を淹れる」

「どこの紅茶？」

「フォートナム・アンド・メイソンとウェッジウッド、ロイヤルコペンハーゲンにハロッズ。全てブレックファーストとロイヤルブレンド。マダム・カッシングに持たされたものだ」

「お母様がねぇ。……フォートナム・アンド・メイソンで、ひとつよろしく」

「ミルクの種類まで選べないぞ？　ここはイギリスじゃなく日本だ」

「そんなの、分かってます～」

チャーリーはテーブルの上に皿を置いて体育座りをすると、明の寝顔を改めて見る。

「どんな喧嘩をすれば、泣きながら眠ることになるんだろう」

「別居とか言ってたぞ？　最後には離婚って言葉も口走ってたな」

「事実婚で離婚？」

「相手は貴族だ。いろいろと複雑な問題があるんだろうさ」

淡々と呟きながらお茶の用意をする雄一に、チャーリーは「あのお貴族様は化け物なんだけど」と言いそうになった。

だが、すんでの所でやめる。

雄一は化け物や幽霊の類を絶対に信じない。

なぜなら、物凄く恐がりなのだ。だから、そんなものは絶対に存在しないと自分に言い聞かせている。

学生時代、幽霊が出没することで有名な寄宿舎に入ることになった時も、両親とカッシング家の口利きで、チャーリーと同じ部屋になったぐらいの恐がりだった。

そんな恐がりの雄一に、「エドワード・クレイヴンは吸血鬼」と言ったら、卒倒してしまうに違いない。それは可哀相なので、チャーリーは口を噤むことにした。

「身分違いの恋なんて、今時流行らないと思うんだけどなぁ」

「上流階級の人間がそんなことを言っても、真実味がないぞ」

雄一は、トレイに載せたティーセットをテーブルに置き、「三分ほど待て」と念を押す。

「でも、上流階級の人間は、こんなコンパクトでアンティークなアパートに住んだりしないだろ？」

「チャーリーは変わり者で通ってるから、大丈夫」

「変わり者につき合ってる君も、充分変わり者だよ。……でも、今まであんなに仲が良かったのに、何がきっかけで離婚なんてことになったのか気になる」

何気ないチャーリーの呟きに、雄一はニヤリと笑った。

「ほう。今の発言は、比之坂さんとクレイヴン伯爵の仲をしっかりと認めたということでいいのか？」

「…………仕方ないだろう。私のハートは、滅茶苦茶ブロークンだよ。どこかに新たなハニーが転がってないかな」

「商店街の百円ショップで売っていたから、あとで買いに行けばいい」

「雄一。……私は本気で言ってるんだけど」

「だったら、『転がってないかな』なんて、非常識なことを言うな。それと、新しいハニーは中流階級以上にしろとの、社長からのお達しだ。よかったな。ゲイには目を瞑ってくれるそうだ」

雄一は二人分のティーカップに紅茶を注ぎ、「召し上がれ」と偉そうに言う。

「なにそれ？　また差別的なことをお父様は……」

「社長は、お前とハニーに、仕事上でもパートナー関係を結んでくれればと思っているらしい。もちろん、パーティへも出席させる。そういう場での立ち居振る舞いを考えて、中流階級以上と言ったんじゃないか？」

慎重にミルクを注いでいたチャーリーは、「仕事でのパートナーなら、雄一がいるし」と呟いた。

雄一は眉間に皺を寄せ、ティーカップに角砂糖を三個も入れる。

「ああ旨い。やっぱり、雄一が淹れてくれるお茶が一番だ」

「そうですかい。……あ、そうそう。比之坂さんが落ち着くまで、この部屋に泊めるからな？　変なちょっかいは出すな」

「分かってますよ」

チャーリーは「信用ないな」と言って、自分が作ったホットサンドを一口囓った。


その日の夕方。

カラコロと、大きなスーツケースを転がして、聖涼と早紀子が新婚旅行から戻ってきた。

嬉し恥ずかし新婚オーラを出しまくっている二人に、愛犬の弁天菊丸も照れ臭そうに吠える。

「冬場は日の入りが早いねぇ。……疲れたかい？　早紀子」

「ううん。平気よ。あ・な・た」

「いいねぇ。その響き。子供の三、四人、一気に作っちゃいそうだ」

「恥ずかしいこと言わないで！　聖涼さんのバカ」

早紀子は頬を真っ赤に染めると、聖涼の背中を思い切り叩いた。

「痛いぞ～。早紀子～」

叩かれてもだらしない笑みを浮かべる聖涼に、普段の凛々しい面影は微塵もない。

「このバカ息子が。玄関先でみっともない顔をするんじゃない」

「早紀ちゃん！　尻尾、尻尾！　尻尾が出てるわよ！」

弁天菊丸の声を聞いて玄関の戸を開けた両親は、ニヤニヤ笑っている息子と、幸せボケでフサフサの尻尾を出している嫁に呆れた。

「あらいやだ！　私ったら…」

早紀子はすぐさま尻尾を消したが、その尻尾にじゃれついて遊びたかった弁天菊丸は、悲しそうに鼻を鳴らす。

「とにかく、何事もなく無事帰ってきてくれて嬉しいわ。疲れたでしょう？　早紀ちゃん。早く上がって！」

「はい。お義母(かあ)さん」

いそいそと家に入っていく早紀子の背中を見つめ、聖涼は「桜荘にお土産を置いてくるよ」と、デューティーフリーのビニールバッグを片手で振った。

「何で君一人しかいないの？」

管理人室を訪れた聖涼は、しょんぼりと体育座りをしてテレビを見ていたエディに、首を傾げる。

「明君は買い物？　それとも……」

「別居だって言って、出て行った」

「出て行くって、どこに？」

明が出て行く先は、道恵寺の母屋以外心当たりがない。だが聖涼の両親は、そのことにはまったく触れなかった。

「二〇一号室。音と匂いで分かった」

「新しい人が入ったのか。よかった。で、人間かい？それとも妖怪？」

「人間。ヘタレハンターの幼馴染みとかいうヤツで、凄くマトモな人間だった」

「チャーリー君の知り合いなのに、マトモなんだ…。これは是非とも会っておかなくては」

部屋を出て行こうとした聖涼に、エディが声をかける。

「明の様子、見てきてくんねぇかな？」

「自分で行かないのか？」

「会いたくないって言われるのがつれぇ」

一体何があったんだ？　自信が服を着て歩いているようなヤツが、ここまでしょぼくれるなんて。明日の天気は嵐だな。

聖涼は心の中でそう呟くと、静かに管理人室を後にした。


聖涼は二〇一号室のドアをノックしようとして、ドアが完全に閉まっていないことに眉を顰めた。

「いくら妖怪アパートと言っても、物騒だと思うんだけど……」

そう言いつつも、彼は「お邪魔します」と呟いて、部屋の中に入る。

そして彼は、頬を引きつらせた。

「びっくりした。心中かと思った…」

部屋の真ん中に置かれた布団の中に一人、その布団の端に頭を乗せて眠っているチャーリーと、チャーリーの腕枕で眠っている青年。

隅に追いやられたテーブルの上には、ティーセットと食べかけのパンのような物が散乱している。

知らない顔はその青年だけだったので、彼が新しい入居者だとすぐに分かった。

「お邪魔します」

聖涼の声に最初に反応したのは雄一。急いで起き上がると、目を擦りながら「どちら様ですか？」と訊ねる。

「初めまして。道恵寺の住職の息子で、遠山聖涼と言います」

「ああ、道恵寺さんの。私は宮沢雄一。桜荘に新しく越してきました。チャーリーの友人です。よろしくお願いします」

雄一は聖涼にぺこりと頭を下げ、片手でチャーリーの頭を叩いた。

「な、な、何？　何が起きた？　雄一！　……あ、聖涼さん。グッモーニン」

「バカモノ。今は夜だ。夜」

ベチン。

チャーリーは、また雄一に頭を叩かれる。

「何か宮沢君って、明君と同じ匂いがするね……」

「え？　明君？　比之坂さんなら、布団の中に」

「そのようだね」

聖涼は布団を跨いで枕元にしゃがみ込むと、熟睡している明の頭を優しく撫でた。

「エディさんと喧嘩をしたようですよ。それで、この部屋に来た」

聖涼は頷き、「明君、起きなさい」と、彼の頬を軽く叩く。

「寝かせておいた方がいいんじゃないかなぁ？　無理矢理起こすのは可哀相だと思うけど」

チャーリーが言ったその時、腫れぼったい目で明が起きた。

「あ……聖涼さん。お帰りなさい」

「ただいま。これ、桜荘にお土産。後で皆さんで分けて食べて」

「わざわざすいません」

「エディ君が、今にも死にそうな顔でテレビを見てたよ？」

その言葉に、明はピクリと片眉を上げる。

「あいつは、ちょっとやそっとじゃ死んだりしないから、平気です」

「またそういうことを言う。指輪まで外してる」

聖涼はため息をつくと、チャーリーと雄一に視線を移した。

二人は揃って肩を竦め、首を左右に振る。

「あいつ……俺が部屋を出た時、追い掛けても来なかったんですよ？　外は曇ってたから、出歩けたはずなのにっ！　どう思いますか？　俺はあいつの何なんですか？　自分の恋人が家を出るっていうのを止めない男がいますか？　それにあいつは……俺に重大な秘密を隠してる！　紆余曲折を経てやっとのことで恋人同士になったのに隠し事があるなんて、そんなの俺は嫌だっ！」

「分かったから、鼻水を垂らしながら怒鳴るんじゃないの」

聖涼は明の頭を乱暴に撫でて、側に置いてあったティッシュケースごと布団の中に押し込んだ。

「申し訳ありませんが、宮沢さん。この子をしばらくこの部屋に置いてやってくれませんか？　うちに連れて行ってもいいんだけど、うちの両親には彼とエディ君のことは秘密にしているので。バレたら大騒ぎになってしまう」

「私もそのつもりでいましたので、気にしないでください」

にっこり笑う雄一の横から、チャーリーが笑顔で口を挟む。

「だったら私も、ここで寝泊まりしよう。賑やかにしていれば、明の気も紛れるかもしれない！」

「それはダメだ」

「それはちょっと」

雄一と聖涼が、揃って声を出した。

「ホワイ？」

好意から出た言葉なのに、なぜ二人とも反対するんだ？　私にはサッパリ分からない。

チャーリーは何度も「ホワイ」を繰り返す。

「いや、何となく」

「強いて言えば、本能が言わせた言葉、かな」

雄一の言葉に、聖涼は「上手いなぁ」と感心した。

「恐縮です」

「雄一！　君は私と聖涼さんの、どっちの味方なんだ？」

「今は聖涼さん」

「昔は『チャーリー、恐いから一緒に寝て』って、私のベッドに潜り込んでくるほど可愛らしかったのに、なぜそんな小憎らしく成長してしまったんだ？」

「昔のことをいちいち口にするなっ！　恥ずかしい！」

「『チャーリーが一番好き』って、頬を染めながら抱き付いてきてくれたのに…。あの頃を思い出してごらん？　そうしたら、少しは素直に……」

ドスッ。

雄一は顔を真っ赤にして、チャーリーの腹に重い一発を決めた。

「容赦ないね、宮沢さん」

「教育的指導です。ったく。恥ずかしい過去をいつまでも覚えてんじゃない」

チャーリーは呻き声を上げてその場に蹲る。

「それじゃ私は、一旦エディ君のところに戻ろうかなー」

　聖涼はそう言って、ゆっくりと立ち上がった。

「はいはい、お邪魔しますよー」

　聖涼は再び管理人室に戻った。

　エディはというと、今度はだらしなく畳の上に寝転がってテレビを見ている。

「貴族のくせに、だらしがない」

「うっせぇな。ところで明はどうだった？　機嫌直ってたか？」

「取り付く島もない。君が追い掛けて来なかったことに、物凄く怒っていたよ。それと」

「それと、何だ？」

　エディは急いで起き上がると、あぐらをかいて聖涼の言葉を待った。

「君、あの子に重大な秘密を隠してるんだって？」

　聖涼はため息をつきながら正座をする。

「……隠してるわけじゃねぇ。言えねぇだけだ」

「もうすぐ死ぬとか？　そしたら是非、死体をいただきたいな」

　聖涼は、「吸血鬼のミイラを持っている人間なんて、私ぐらいだ」と、うっとりした。

「人を勝手に殺すなっ！」

「君は人じゃないし」

「そうでした……って、今は言葉遊びで和めるような状態じゃねぇっての」

「それで、秘密ってどんな秘密なの？」

「あんたに言ったら、明に筒抜けになる」

「おや。これでも口は堅い方なんだけどな」

　聖涼は「心外だ」という顔をして、エディを見つめる。

　テレビには巷で人気のバラエティ番組が放映されている。エディにはどこが面白いのかさっぱり分からないが、静かな部屋に一人でいたくない彼は、仕方なくテレビをつけていた。

　沈黙したまま、どれくらい経っただろう。

「言ってごらんよ。明君には絶対に言わないと約束する」

「ホントか？」

「仏に誓う」

「何だそりゃ」

「私は坊主なので、神に誓うとは言えないだろう？」

　思わず苦笑するエディに、聖涼も微笑んで応えた。

　そして十数分後。

　立て板に水のように、別居騒動となるまでのいきさつを語ったエディの前で、聖涼はお辞儀をするように畳の上に突っ伏した。

「おい、聖涼。どうした。どうした？」

「どうしたもこうしたも……」

彼は顔を上げると、「バカバカしい」と呆れ顔で呟く。

「こちとら真剣に悩んでるってのに、バカバカしいのひと言で片づけるなっ！」

エディは拳でちゃぶ台を叩くと、聖涼を睨んだ。

「明に全部言ってしまえば済むことじゃないか。それを何で悩むかなぁ」

「バカか？　あんたんとこは人間と狐の結婚ってだけだが、俺んとこは種族を変わるか否かの問題なんだぞ？　簡単に言うな」

「簡単に言ったつもりはないよ。それに私達だって、結婚をしても互いに流れてる時間は違う。私が老いて死んだとしても、早紀子は大して年も取らずに生き続けるんだぞ？」

聖涼はキリリと真面目な顔で呟くと、偉そうに腕を組む。

「早紀子が人間になれる術か、私が狐の妖怪になれる術があるなら、二人で話し合って考えて、きっとどちらかを選ぶだろうよ。でも私達にはそれができない。どんなに相手を愛していたとしてもね。同じ時間を生きる術がある君達が羨ましい」

エディは、青い瞳を驚愕で丸くした。

そういやそうだ。こいつらは年を取れば否応なく別れなくちゃなんねえんだ。吸血鬼や妖怪にゃ、人間の一生なんて大した時間じゃねぇけど……。

「申し訳ねぇ」

エディは聖涼に向かってちょこんと頭を下げる。

「いいえ、こちらこそ」

「自慢じゃねぇが、人間に頭を下げたのは、あんたが初めて」

「そりゃ光栄だ」

肩を竦める聖涼の前で、エディはポンとコウモリになった。

「なぜその姿になるんだい？　可愛いけど」

「この姿なら、明はきっと俺様の話を聞いてくれるに違いねぇ。あいつは俺の、この愛くるしいコウモリ姿が大好きだからな！」

パタパタとドアに向かって飛んでいこうとしたコウモリを、聖涼は慌てて片手で掴む。

「ぐへっ！」

「あ、ごめん」

強く握りしめられて、声が出る。

聖涼の手の中で、コウモリは体を震わせた。

「俺がここで死んだら、明は未亡人……」

「だから悪かったよ。でも今、彼のところに行くのは控えた方がいい。まだ気分が高ぶっているからね。明日にしなさい。明日に」

「思い立ったが吉日と、日本人は言う」

「急がば回れ、だ」

コウモリは聖涼を見上げ、「待てば海路の何とかってヤツと同じか？」と呟く。

「ちょっと違うけど……ニュアンスは合ってるのかな？　う～ん……」

「分かった。明には明日会う」

「花束を手に、もう一回プロポーズするつもりで」

聖涼はコウモリをちゃぶ台の上に置くと、管理人室を出た。

「もう一回プロポーズか……」

コウモリはころんと仰向けになると、小さな手で顔を擦る。

今夜は夜間パトロールに行く気がしない。

明日、どんな顔をして明を迎えに行こうか。怒らず、泣かずに、自分の話を聞いてくれるだろうか。

コウモリは、「明日も曇りでありますように」と呟いて目を閉じた。


空はどんよりと曇って太陽を覆い、風は寒いを通り越して痛い。

季節はまだ冬の初め頃なのに、翌日は真冬のように寒かった。

「グッモーニン、雄一。お腹が空いた」

雄一が鍵を開けた途端、大きな体を寒さで縮こませたチャーリーが部屋に入ってきた。

「おう。ちょうどマフィンが焼けたところだ。比之坂さんと一緒にバターを塗ってくれ」

「はいはい。……明、気分はどうだい？」

チャーリーは明の向かいに腰を下ろすと、バターナイフを掴みながら微笑む。

「昨日よりは、どうにか。その、迷惑をかけた」

「ノーノー。私達の間で、そんな他人行儀なことを言わないの」

「そう言ってくれると……嬉しい」

いつになく、いや、こんな素直な明を初めて見たチャーリーは、驚くやら嬉しいやらで、マフィンにバターだけでなくジャムまで塗った。

「げっ！　マフィンにはハムと目玉焼きを挟んで食べるんだぞ？　ジャムを塗ったのは、お前が責任をもって食べろ」

「ノーッ！」

雄一はチャーリーの声を無視すると、三人分のカップにたっぷりとミルクティーを注ぎながら眉を顰める。

「ではなぜ、ジャムが食卓に？」

「…………いつもの癖」

「それって、私だけが悪いのかなぁ」

情けない顔でミルクティーを飲むチャーリーを見て、明が「プッ」と噴き出した。

「やっぱり明は、笑った方が可愛いね」

「二十四歳の男に、可愛いなんて言うな」

「可愛いものは可愛いんだからしょうがないよ。明も雄一も可愛い」

いきなり自分に振られた雄一は、顔を赤くして「俺は二十七歳なんだが」と眉間に皺を寄せる。

「今朝の私は、なんて言うのかなぁ。両手に花だね。素敵な朝だ。曇ってて凄く寒いけど」

「ほんと。寒いな……」

明はいい香りのするミルクティーを一口飲んで、エディのことを思った。

吸血鬼は体温が低いが、こんなに寒かったらどうだろう。そう言えば、エディのマフラーを巻いたコウモリ姿は、頬摺りしてキスしたくなるほど可愛かった。

「比之坂さん、温かいうちにマフィンを食べてください」

「あ、ああ。ありがとう」

「雄一。私は久しぶりにスコーンが食べたいな」

先にバクバクと食べていたチャーリーは、故郷の菓子をリクエストする。

「あれはオーブンがないと作れないからダメだ。ホテルのカフェで注文しろ」

「だったら、敵情視察がてらに、食事が終わったらいろんなホテルを見学に行こう」

「魔物ハンターという怪しげな仕事はやめて、家業に勤しんでくれるのか？」

チャーリーはジロリと雄一に睨まれ、「んー、難しい」と呟いた。

「だと思った。ホテル見学につき合えるのは午前中だけだ。午後から、中途採用者の面接に立ち会わなければならないからな」

雄一はチャーリーのティーカップに二杯目のミルクティーを注いで言う。

「代表者の私が行かなくてもいいのかな？」

「そう思うなら、一緒に来い。社員の殆どはロンドン本社で研修していた連中だから、歓迎してくれると思うぞ。ついでに、経営者としての自覚も芽生えるかもしれない」

「んー……、そういうのはちょっと」

「わがままを言うな」

明の前で、チャーリーと雄一は楽しそうにポンポンと会話を交わしている。

どう見ても、仲の良い恋人同士にしか見えなくて、明は何だか寂しくなった。

「比之坂さん。食が進んでないですよ？　ご飯にみそ汁の方がよかったですか？」

「そんなことは……。ただ、二人とも仲が良くていいなと思って」

慌ててミルクティーを飲む明に、二人は顔を見合わせる。

「もしかして私達は、自覚がないだけで既に恋に落ちているんだろうか？　雄一」

「『私達は』って、一括りにするな。バカモノ」

「いや……でも、ずっと側にいると、見えなくなるものもあると思うんだよね、雄一」

「俺はお前の幼馴染みで、友人だろ？　それ以外の何が……」

「それはそうだけど、友情が愛情に変化するのは自然なことじゃないのかな？」

そんな自然、どこにあるっ！　あるなら見せろ、今すぐ見せろっ！

雄一は心の中で激しく突っ込み、チャーリーの頭を拳で殴った。

「ノォォォォー………」

チャーリーの悲しい声と、明の笑い声が重なる。

「比之坂さんが元気になってくれてよかった」

「何か、チャーリーを見ていると、悩んで落ち込んでいるのがバカらしくなってしまった」

「でしょう？　さあ食べなさい。飲みなさい。お代わりはたくさんありますから」

にっこり微笑む雄一に、明は深く頷いてマフィンにかぶりついた。


その頃。

道恵寺には高涼・聖涼の退魔師親子に、とんでもない依頼が舞い込んでいた。

「それって……聖涼が生まれるちょっと前に、あなたが受けたお仕事と同じじゃない？」

聖子は後片づけをしようと、座敷にひょいと顔を出しながら呟く。

その後ろには嫁の早紀子も、不安そうな表情で義父と夫を見つめていた。

「だな。あの時退治しなかったヤツだ」

高涼は正座からあぐらに変えると、銜え煙草で腕を組む。

「だったら、エディ君にも協力してもらった方が早いんじゃないか？　同じ吸血鬼だし」

「バカ息子。それはできない相談だ。魔物に手伝ってもらって退魔をするなんて、同業者に知られたら笑われる」

その前に、協力してくれる魔物がいるなんてと、羨ましがられると思うけど。

聖涼は喉まで出かかった言葉を飲み込むと、「はいはい」と頷いた。

「依頼人さん、物凄く怒ってたわね」

「そうですね」

聖子と早紀子はそう言いながら、飲みかけの湯飲みやお茶菓子を片づける。

「嫁入り前の自分の娘が、得体の知れない化け物に血を吸われて入院したんだ。そりゃ怒るだろう。しかも、血を吸われたのが一度や二度じゃないときた！」

「依頼人が独自で調べた報告書を見ると、他にも同じ事件が起きてるね。しかも、全てうちの近所だ。これは退魔師に対する宣戦布告かなぁ」

聖涼は、依頼人が探偵を使って調べ上げた類似事件の書類に目を落とし、肩を竦めた。

「桜荘もあるのに、よくウロウロできるもんだ」

高涼は綺麗に剃り上げた頭を片手で撫で、神妙な顔をする。

「桜荘に住んでいる妖怪は全て上ランク。下手な魔物は近づけない。少し気分が悪いわ。ムカつくわ」

自分達のテリトリーを汚されたような気がして、早紀子は眉を顰めた。

「早紀ちゃん。尻尾！　尻尾が出ちゃってるわよ」

「あ、すいませんお義母さん。妖怪の本能が……ちょっと」

早紀子は照れ臭そうに尻尾を触ると、すぐに消した。

「とにかく、罠を張るぞ。引っかかったら、ソッコーで封じ込める。これ以上事件が増えたら、きっと警察が関わってくる。そしたら退魔料はパーだ」

今回の事件は嫁入り前の娘さんが関わっているので、くれぐれも内密にとのこと。

警察が介入したら、内密もなにもあったものじゃない。マスコミも面白おかしく騒ぎ立てるだろう。そうなったら、娘さんの将来に傷が付く。

ということで、依頼人は破格の退魔料で高涼達に依頼してきたのだ。

「資産家の檀家さんを一人失うことにもなっちゃうの

よね……」

　聖子もため息をつく。

「ごめんね、早紀子。うちの両親は魔物退治にロマンのカケラもなくて」

「ううん。これくらい現実的な方がステキ。道恵寺の未来がかかってるんですもの」

　早紀子はにっこり笑ってそう言った。


　一日経ってほとぼりが冷めたかと思いきや、エディは一向に明を迎えに来なかった。

　そして明は、あまり気の長い男ではなかった。

「俺がこうして待っててやってるのに、どうしてあいつは迎えに来ないんだ？」

「きっと言葉を探してるんですよ。こっちは比之坂さんにいつまでいてもらっても構いませんから、のんびり待ちましょう」

　雄一は、キラキラと輝くベネチアンビーズでネックレスを作りながら、棚の上に置いてある目覚まし時計を一瞥する。

「それより雄一。寒いからガスストーブか電気ストーブを出してくれないか？」

　チャーリーは、一人で毛布にくるまっていた。

　彼はホテル見学をしようと思ったが、あまりに寒いので外出を取りやめたのだ。

「暖房器具はまだ買ってない。……と言うか、これくらいの寒さが我慢できなくてどうする。ロンドンの冬はもっと寒いだろ？」

「……明、私の湯たんぽにならないかい？」

　チャーリーは毛布を広げて明を抱き締めようとして、逆にペチンと叩かれる。

「別居中だが、俺は浮気はしない」

「身持ちが堅いんだね。いいことだよ。ホント」

「お前が柔らかすぎるんだろうが。早いところハニーを探して落ち着け。そして、家業に戻れ」

　雄一は器用にネックレスを作ると、前もって作っておいた黄色い布に丁寧に縫いつけた。

「よし。できた。チャーリー、こっちに来い」

「ん？　何だい？」

「新しいお守りだ。大事にしろ」

　雄一はチャーリーの首に、手作りのお守りをぶら下げてやった。

「雄一っ！」

　チャーリーはいきなり雄一に抱き付き、そのまま畳に押し倒す。

「あたっ！　このバカっ！　重いっ！」

「私のために作ってくれたんだね！　素晴らしい愛を感じるよっ！　マイハニーッ！」

「ちょっと待て――――――――――――っ！」

いきなりの出来事に呆然としていた明だが、すぐさま素に戻った。

「俺のアパートで強姦はやめろっ！」

明は、雄一にキスをしようと頑張っているチャーリーの首根っこを掴み、渾身の力で引き離す。

「ノーッ！　明、ノーッ！」

「ノーじゃないっ！」

明は頬を引きつらせて怒鳴った。

「これはもともと、お前に頼まれて作った物じゃないかっ！」

乱れた前髪を掻き上げて怒鳴る雄一に、「でも愛を感じた」とチャーリーは言い返す。

「ふざけるなっ！」

「君が私のマイハニーだったとはっ！　あまりに身近すぎる幸せは見えないものなんだね。まるで『青い鳥』だ」

チャーリーは両手で自分の体を抱き締め、「ハレルヤ～、グローリィ～」と意味不明の言葉を呟きだした。

「……ダメだこりゃ。比之坂さん、私はこれから長い説教時間に入りますから、自分の部屋に避難していてくれますか？」

ポキポキと両手の指を鳴らす雄一に、明は冷や汗を垂らしながら頷いた。


抜き足差し足で二〇一号室を出た明の前に、栄養ドリンクを手にした河山がノホホンと立っていた。

「あんまりうるさいから、苦情を言おうとしたんだけど……。ちょっと無理そうだねぇ」

彼は、二〇一号室から聞こえてくるマシンガンのような怒声に肩を竦め、小さなため息をつく。

「……すいません。河山さん」

「まだ修羅場前だからいいけど。……そういやエディさんは元気？　あの人、毎晩パトロールに出て、ヤバイ仲間を捜してるんでしょ？　比之坂さんのために頑張るよね、エディさんも。今度、小説のネタにしていい？　人外と人間のラブストーリー」

「勘弁してください……って、俺のため？」

きょとんとする明に、河山は苦笑した。

「エディさんが探してるのは、見境なく人間を襲う吸血鬼なんだって。『明は最高の血を持ってるから、餌にされねぇようにしねぇと。俺もいろいろ調べるけど、お前も近所の猫を全部集めて情報収集してくんねぇか？　猫又』って言われたんだ」

「エディがそんなこと……」

「うん。それに最近、桜荘に張った結界を破ろうとする魔物が現れてね。この結界、そんな柔じゃないから簡単には破られっこないんだけど、何度も攻撃されるのはムカつくんだよね。比之坂さん、外を歩く時は気をつけてね。できれば弁天菊丸を連れて行った方がいい。あのワンちゃんは魔物を攻撃できるから」

　そういえばエディは、出かける時は弁天菊丸を連れて行けと言っていた。

　明は「ハッキリ言えばいいのに、勿体ぶった言い方をするから」と、掠れた声で呟く。

「え？　どうしたの？　比之坂さん」

「何でもないです。仕事、頑張ってください」

「あ、うん。頑張るよ」

　河山の声を背中に聞き、明は走って管理人室を目指した。

「エディ！　話があるっ！」

　物騒なことに鍵のかかっていないドアを力任せに開け、明は靴を放り投げるように脱いでエディを呼ぶ。

　だが、六畳一間の狭い部屋の中は空っぽ。

　押し入れかと思い、布団を引きずり出してまで中を探すが、やはりどこにもいない。

　トイレと風呂場も確認したが、誰もいなかった。

「外に出たのか……？　いや、今は曇っているから、外に出ても平気か。でも…どこに行ったんだ？　その前に俺を迎えに来るのが筋じゃないのか？　それとも」

　彼は明に愛想をつかして出て行ってしまったんだろうか。

「いや。それはあり得ない。俺はあいつから指輪をもらって……外したんだった」

　明は、指輪をはめ続けて細くなった左手薬指に視線を落とし、ガクリと項垂れる。

　ちゃぶ台の上は綺麗に片づけてあって、夕べ、彼が外した指輪もなかった。

「お、落ち着け、比之坂明。エディは散歩に行っているだけかもしれない。ここにいれば、いずれは帰ってくるはずだ。それよりも管理人としてやらなければならない仕事が山ほどあるんだから……」

　明の頭の中から「エディが自分を迎えに来るまで、宮沢さんの部屋に住まわせてもらう」ということが、消えている。

「エディが出て行ったとか、いきなり決めつけるのはよくない」

　彼は自分にそう言い聞かせると、シャワーを浴びてすっきりしようと風呂場に向かった。


その頃エディは何をしていたかというと、花屋という花屋を片っ端から見て回っていた。

「一輪だぞ、一輪。たった一輪でいいのに、何でこう、見つからねぇんだ？　日本の花屋はどうなってんだよ。全く」

厚手のジャケットとマフラーは、明の物を失敬している。

彼は、「別居だ！」と部屋を出て行ってしまった明に再プロポーズするべく、赤いバラを探していた。

「仕方ねえ。もう少し遠出すっか」

……とは言うものの、情けないことに明に養ってもらっているエディは、電車に乗る金もバスに乗る金も持っていない。

無一文でどうやってバラを手に入れるつもりなのかは定かでないが、彼は人通りのない狭い路地に入ると、ポンとコウモリに変身する。

曇り空とはいえ、夜行性の吸血鬼が真っ昼間に長距離を飛ぶのは、かなり体力を消耗するのだ。しかしエディは構わない。

チャーリー風に言えば、「全ては愛のなせる業」なのだ。

「よっしゃっ！」

コウモリは気合いを入れると、どんよりとした空に飛び立った。


敷地内の掃除を済ませた。桜荘内の掃除も終わった。聖涼からもらった新婚旅行のお土産も、「聖涼さんからです」とメモをつけてポリ袋に入れて、各部屋のドアノブに吊した。そうなると、明にはもうやることがない。

外はもう暗く、公道の電柱には照明が灯っている。

「……一体どこに行ったんだろう」

明はエディの好物であるスイカをちゃぶ台に置き、その前に正座をしてため息をついた。

「もしかして俺は、本当に……エディに捨てられたのか？」

あんなに愛してるとか好きだとか言ったくせに。言葉というのは、頼りにならないものだな……って俺っ！　そこで悟ってどうする！

切ない一人ボケ突っ込みをした後、明はハタと気がついた。

「宝物殿だ」

道恵寺の宝物殿には、高涼と聖涼が集めた古今東西の怪しげな物体が収められている。そしてそこには、エディの大事な棺桶もあるのだ。

棺桶が道恵寺にある限り、エディはどこかへ行ってしまうことはないだろう。もしかしたら明に会わせる顔がなくて、棺桶の中でしょんぼりしているのかもしれない。

明は、いてもたってもいられず部屋を飛び出した。


鮮やかな町の通りを歩き、イルミネーションの洪水の中、エディは少々途方にくれていた。

「さーてと。どうやってこっから桜荘に帰っかな」

真っ赤なバラを探し続けて飛び回った彼は、随分遠くまで来てしまった。

会社帰りのＯＬ達は「ステキ過ぎ」と、頬を染めて、うっとりとした瞳でエディを見つめていく。塾帰りの学生達や、これから遊びに繰り出す年齢不詳の女性達も、「綺麗」と呟いてエディに注目した。

視線の集中砲火は慣れているのでなんとも思わないが、一挙一動まで見つめられるのは勘弁してほしい。このままでは、コウモリに変身もできやしない。

「でも、ま。目当ての物は手に入ったことだし」

エディの手には、ラッピングされた深紅のバラが一輪、握られている。

久しぶりに「眼力」を使って花屋の店員を虜にし、無料で手に入れたバラ一輪。

それは花開く寸前の蕾で、ビロードのような花弁は艶々と滑らかに光っていた。

「これを渡して、秘密にしてたことを全部話して、もう一度指輪を明の薬指にはめてやる。そうすれば明も、機嫌を直してくれるはず。俺様、頭いい」

聖涼のアドバイスがあったからこそ、今こうしてバラを手に入れたというのに、エディは自分の都合のいいように物事を運んでいる。

随分遅くなっちまったな。とにかくおねぇちゃん達の視線をすり抜けて、人気のないところでコウモリに変身しねぇと。

エディはしっかりとバラを握りしめ、路地裏を探して歩き始めた。


「弁天菊丸。お手。……よし。次はお代わり。……よし。伏せ。……よし。そのまま、待て」

聖涼の命令を次から次へと難なくこなした弁天菊丸は、くるんと丸まった尻尾を嬉しそうに振って、ドッグフードの入った器を前に、行儀よく我慢する。

「……よし。食べなさい」

「聖涼さん」

弁天菊丸の気持ちの良い食べっぷりを見ていた聖涼は、背中に声をかけられてゆっくりと振り返った。

「ん？　どうした？　明君。寒くないの？　その恰好」

ジャージの上に半纏（はんてん）を着ていた聖涼は、薄っぺらい恰好の明を見て寒そうに両手を擦る。

「平気です。あの……」

「うちで夕飯を食べていくかい？　母さんと早紀子が、二人がかりでちらし寿司を作ってるんだ」

「あ、頂きます。その前に、宝物殿の鍵を貸してもらえませんか？」

「いいけど、どうするの？」

「エディがいるかもしれないので」

「相変わらず捜しているのか」

「はい」

明は項垂れて、サンダルを履いた足元に視線を落とした。

「ここで待ってなさい。今、鍵を持ってくる」

聖涼は自分が着ていた半纏を脱いで明に着せると、母屋に向かって走る。

物凄い勢いで食事を終え、水をたらふく飲んだ弁天菊丸は、明を見上げると、ピスピスと鼻を鳴らして甘えた。

「ごめんな、弁天菊丸。今は遊べないんだ」

それでも弁天菊丸は、明の足に冷たい鼻先を押しつけ、「遊ぼう」と甘える。

明はその場にしゃがみ込み、弁天菊丸の体を抱き締めた。

「お前、散歩で裏庭を転げ回ったろ？　草の匂いがする」

弁天菊丸は小さく鳴いて、明の顔を舐める。

「俺が落ち込んでるの、お前にも分かるのか？　ホントに賢い犬だな」

明がため息混じりに呟いた時、聖涼が戻ってきた。

「うー、寒い。さっさと中を確認して、夕飯にしようね」

「はい」

二人は本堂脇の宝物殿に向かって、早足で歩き出した。

一輪とはいえ、ラッピングされたバラを持って空を飛び続けるのは辛い。

コウモリは見知らぬ民家の屋根で一息つくと、星の見えない暗い空を見上げた。

「今頃、俺がいなくて心配してんだろうな…」

物凄く大事で、可愛くて、最高に美味しい愛する明のことを思い、コウモリは胸を切なくする。

「そもそも、ジョセフが明に接触しなけりゃ、こんなことにはならなかったんだ」

いやそれは違うんじゃないか？

コウモリは、聖涼が苦笑しながら即座に突っ込みそうなことを呟いたが、次の瞬間、バラを銜えて民家の軒下にぶら下がる。そして、気配を消した。

カツンと小さな音がして、血腥い匂いと共に何者かが屋根に舞い降りる。

「ああ疲れた。やはり人型の方が楽でいいや」

同じ民家の屋根に舞い降りたのは、ジョセフだった。彼はコウモリから人型に変身しそのまま腰を下ろすと、ハンカチで口元を丁寧に拭う。

このやろう。どっかで人間を襲ったな？　物凄く血腥い。……一人の人間から大量に血を吸うんじゃないと、何度言ってもわかんねえヤツだ。

コウモリは気配を消したまま、心の中で舌打ちした。

「早く明が食べたいなぁ。凄く美味しそうな匂いをさせていた。エディに独占なんて、絶対にさせないから。今に見てろ」

ジョセフの大きな独り言に、コウモリの顔に怒りマークが一気に五個ほど現れる。

俺様の明を食うだとぉ？　ふざけんなっ！　そんな偉そうな台詞、百万年早いわっ！　彼は飛び出して怒鳴りたいのを我慢して、ジョセフの独り言を聞き続けた。

「……エディより私とのセックスの方が楽しいってことを教えてやらなくちゃ。やっぱり、セックスは楽しく気持ちよく、だもんね」

このやろう！　俺より何歳年下だと思ってんだ？　そういうことを言ってると、マジ殺すぞっ！

なかなか我慢強いコウモリは、怒りでぷるぷると体を震わせる。

「さてと。あの退魔師と結界をどうにかしないとなぁ。明の側に近寄れないよ」

ジョセフはそう呟くと、トンと屋根を蹴ってコウモリに変身し、夜空に飛んでいった。

「話す相手がいねぇのに、よくも一人でダラダラ喋るもんだ」

我慢して話を聞いていたコウモリは、軒下から屋根に移って人型に変わる。

別居中とはいえ、明は俺のスペシャルゴージャスハニーだ！　俺が必ず守り抜くっての！　お前なんかに渡さないっての！

「俺は明を愛しまくってんだからな！」

　エディは片手にバラを握りしめ、夜空に向かって宣言した。


　薄暗い宝物殿に足を踏み入れ、明はエディを呼んだ。

「電気、つけようか？」

「つけなくていいです！」

　明るくなったら、殿内に陳列されている見たくもない不思議な物を見てしまう。それが嫌で、明は慌てて言った。

「……エディ？　いるなら出てこい。話をしよう」

　明は手探りで奥へ奥へと向かう。

「あのねぇ……明君……」

　優秀な退魔師である聖涼は、宝物殿に入る前から、ここには「吸血鬼の気配」が全く感じられないことを知っていた。

「何ですか？　聖涼さん。……おい、エディ。お前がスイカを食べなくて、一体誰が食べるんだ？　早く出てこい」

「ここにエディ君はいないよ」

「……え？」

「気配が感じられない。ここ数時間、いた形跡もない」

「だとしたら、エディは本当に桜荘から出て行ったんですか……？」

　今にも泣き出しそうに顔を歪める明を前に、聖涼は「まさか」と言い返す。

「でも……」

「大丈夫だって」

「何で聖涼さんがそんなことを言えるんですか？」

「私も妖怪の女の子と結婚したからね」

　あっけらかんと笑う聖涼に、明は首を傾げた。

「実際難しいんだよ。異種族との結婚は」

「あの、聖涼さん？」

「明君、君ね、エディ君とずっと一緒にいられる方法があるって言ったら、どうする？」

　彼は何を言いたいんだろう。

　明は薄暗がりの中、聖涼の顔をじっと見つめる。

「どうする？」

「聖涼さんは、エディが秘密にしてたことを知ってるんですか？」

「ううん。知らない」

　これは男の約束だから、申し訳ないけど言えない。

聖涼はいつもの穏やかな顔で首を左右に振った。

「ずっと一緒にいられるなら、いたいよねぇ」

「それは……そうですけど。そんな方法……」

「エディ君は、君が死んだらどうするのかなぁ。人間には寿命があるからねぇ」

「そんなことを今言われても」

「困るよね？　ごめん。……さて、母屋に戻ってちらし寿司を食べよう」

「俺、もう少し外を捜して来ます。エディが俺に何も言わずにいなくなるなんて、一度もない」

明はそう言うと、聖涼を押しのけて宝物殿から外へ駆け出す。

「今は外に出るんじゃないっ！」

得体の知れない魔物が徘徊しているのだ。エディが「この世の美味」と賞賛する血を持った明がうろついて、無事でいられるはずがない。

けれど彼の頭はエディでいっぱいらしく、聖涼の声に振り返ったりしなかった。

いくら半纏を着ているとはいえ、部屋着のパーカー。おまけに足元は素足にサンダル。寒くないわけがない。

明は、桜荘前の通りから商店街へと続く裏路地まで行ったところで、盛大にくしゃみをした。

「さぶっ」

蝿のように両手を擦る明を、帰宅途中の会社員やOLが奇異の目で見つめる。

「着替えてくればよかった……」

人通りの少ない通りとは言え、パジャマ姿で外をうろつくのは恥ずかしい。

夜だから、堂々と歩き回れるんだよな。一体どこに行ったんだ？　吸血鬼が行きそうな場所なんて、俺は知らないぞ？　こんな時にジョセフがいれば、吸血鬼が行く場所を教えてくれたかも。

そんなことを思いながら、明は「コウモリ姿のままだったら、どこかにぶら下がってるかも」と、民家の軒下や電柱の陰を見て回る。

「そんな恰好で何をしてるの？　明」

後ろから声をかけられて、明は慌てて振り返った。

「ジョセフっ！」

「こんばんは。今日は冷えるね」

ロングコート姿でふわりと微笑む彼に、明は猛烈な勢いで近づく。

「吸血鬼が行きそうな場所、知ってるか？　ええと、ここいら周辺限定で！」

「それって?」

「エディがいないんだ! エドワード・クレイヴン!」

明はジョセフのコートを掴み、真剣な表情で大声を出した。

目ざといジョセフは、明の左手薬指にクレイヴン家の指輪がないのに気づく。

「あんな奴、放っておけばいい。物凄く危険な吸血鬼なんだよ?」

「だが俺の……っ!」

「俺の、何? 私だったら、愛する人をこんな恰好でうろつかせたりしないけど?」

ジョセフはコートのボタンを外し、明を包み込むように胸に抱き締めた。

「ちょ、ちょっと待てっ!」

世間様の視線を気にした明は、ジョセフの腕の中で猫のようにもがいて離れる。

「私が嫌いかい?」

「そういう問題じゃないっ!」

明はキョロキョロと辺りを確認し、低い声で言った。

「たとえ別居していても、俺はエディの恋人だ。他のヤツとどうこうなろうなんて、これっぽっちも思わない」

「別居? ……それは好都合だ。私のところへおいで。エディより私の方が、君をうんと大事にしてあげる。君が私に食料を提供してくれる限りね」

ジョセフは発達した犬歯を剥き出して笑う。

「忌々しい退魔師があちこちに罠を張っていたから、どうしたら君と会えるか考えていたところなんだ。そんな時に、私のこんな近くまで、君の方からやってきてくれるとは…。嬉しいね」

ジョセフが一歩踏み出すたび、明は一歩後ずさる。

「退魔師? おい、ジョセフ。お前」

「君をからかって遊ぶのは楽しかったよ。でも、美味しそうな匂いを撒き散らしてる餌の前で、行儀よくしているのにも限界がある。君の首筋に、『餌の印』をつけさせておくれ。私の餌だという印をね。…そうしたらエディも、君を諦めるだろう。吸血鬼は、餌を共有したりしない。絶対に」

緑色の綺麗な瞳を深紅に染め、ジョセフがニヤニヤと意地の悪い笑みを浮かべた。

「エディが噛んだ痕なら、ここに残ってる」

明は左手人差し指のくぼんだ傷を見せるが、ジョセフは笑ったまま首を左右に振る。

「そんなもの、何の印にもならない。首筋への噛み傷だけが、餌の証」

「それは……本当か?」

明はジョセフと距離を取りながら、逃げる隙を窺った。

「嘘は言わない。吸血鬼の複雑なしきたりの一つだ。おいで、明」

「そうか。……だからエディは」

俺の首筋に絶対に噛み付かなかったのか。俺は餌じゃなく、あいつの「恋人」だから。

「礼を言うぞ、ジョセフ」

「え？」

「誤解が解けた。別居も白紙に戻す」

「何を言ってるの？　明」

ジョセフは眉を顰めて訊ねる。

「俺は、お前の餌になるくらいなら、死んだ方がましだ」

「死んではダメだよ。死体の血はまずいんだ」

「そういう問題か？　とにかく、俺を餌にすることは諦めろ」

明は半纏のポケットに両手を突っ込んで、偉そうに答えた。指先に何かが触れたので、気になって引っ張り出してみる。

「はいそうですかと、引き下がると思う？」

「引き下がってもらうさ……っ！」

明はジョセフの懐に飛び込むと、右手を彼の胸に押しつけた。

次の瞬間、ジョセフは声にならない悲鳴を上げて後ろに飛ぶ。彼の胸から白煙が立ち上り、辺りに髪の焼けるような嫌な匂いが立ちこめた。

「な、なんだっ！　熱い……く、苦しい……っ！」

「物凄く効くだろう？　退魔のお札だ。素人の俺が使ってもこれだけ威力があるんだ」

半纏のポケットに入っていたのは、聖涼お手製の退魔札。退魔師の癖なのか、彼はどんな服を着ていても、必ずこのお札を身につけていた。

それが今、偶然にも明の身を救う。

「二度と俺に近づくな！」

胸から白煙を上げ、苦しげな呻き声を上げて蹲るジョセフに、捨て台詞を吐いて、明は一目散に桜荘へと走った。


外灯に照らされた桜荘は、近所の子供達から「お化け荘」と呼ばれるほど古ぼけているのに、今の明には妙に頼もしく映った。

あと少しで、桜荘の門をくぐることができる。

そうしたら、いくらジョセフが追い掛けてきても結界に引っかかり、河山や大野、橋本達に即座に知れるだろう。

サンダル履きで全速力は苦しいが、とにかく明は走った。

が、突然黒く小さなものが顔にへばりついたため、「ギャーッ！」と悲鳴を上げる。

「何かあったんですかっ！」

数人の声と、窓を急いで開ける激しい音が同時に響いた。

帰宅したばかりらしい大野と橋本はスーツ姿、執筆中だった河山は栄養ドリンクを片手に、チャーリーと雄一は二人仲良く、みんな窓から身を乗り出す。

「黒くて生暖かいものが、顔にっ！」

明は闇雲に首を振り、顔にへばりついた「何か」を鷲掴みにすると、渾身の力で地面に叩き付けた。

「ありゃあ～……」

大野が頬を引きつらせて奇妙な声を上げる。

橋本は「痛そう」と呟いた。

「……よく見えないが、アレは鳥か何かか？……」

何も知らない雄一に、チャーリーは「明のペットだよ」と慌てて言う。

二階から見下ろしていた河山は、「比之坂さ～ん、それをよく見て～」と、黒い塊を指さした。

「え……？」

明は桜荘の住人を順番に見た後、恐る恐る地面に視線を移す。

そこには、小さな足にしっかりとバラを握りしめた愛らしいコウモリが、目を回して気を失っていた。

「お前が悪いんだぞ？　いきなり俺の頭にへばりついたりしたから……」

明はコウモリの頭に氷嚢（ひょうのう）をそっと載せ、申し訳なさそうな怒ったような顔で呟いた。

「もう少し強い力で叩き付けられていたら、俺様は内臓破裂で死んでいたかも」

「だから、悪かったと言ってる」

自分にへばりついた黒くて生暖かいものがエディコウモリだと分かった明は、住人達に「お騒がせしました」と深々と頭を下げ、慎重に手で掬い上げて自分の部屋まで持ってきた。

「今日は踏んだり蹴ったりだ」

「俺は昨日から踏まれっぱなしだ」

明がため息混じりに言ったかと思うと、ちゃぶ台の上のコウモリはすかさず言い返す。

「あのな……エディ……」

「ん？」

「ジョセフにあやうく食われるところだった」

「そっか……って！　おいっ！」

「聖涼さんのお札を、あいつの体に貼ってやった。物凄い威力だった」

明は、半纏のポケットから残っていたお札を取り出すと、コウモリに見せた。

コウモリは頭に氷嚢を載せたまま、嫌そうな顔をしてずるずると後ずさる。

「バカ。お前の体に貼りつけるわけないだろ」

明はお札をポケットに戻して半纏を脱ぎ、部屋の隅にポンと放った。

それを確認したコウモリも、ポンと人型に戻る。

「俺はお前に言わなくちゃなんねぇことがある」

「俺も……お前に言うことがある」

「おう。何でも言ってみろ。聞いてやる」

「その前に、だ。エディ」

「ん？」

「ちゃぶ台の上から下りろ。行儀が悪い」

明は僅かに眉間に皺を寄せ、エディの足を軽く叩いた。

エディは改めて畳の上にあぐらをかき、明と向き合う。

明が何かを言おうと口を開いたが、彼は片手を伸ばして「待て」のポーズをした。

ちゃぶ台の上には、少々くたびれてはいるがラッピングされた一輪のバラ。

彼はそれを仰々しく両手で持つと、すっと明の前に差し出した。

「もうお前に秘密なんて持たねぇ。約束する。……だから、俺のハニーになれ」

この、綺麗な顔をした吸血鬼は、頭に氷嚢を載せたままなんてことを言うんだ？

明は目を丸くして、深紅のバラとエディの顔を交互に見た。

「俺はお前を愛しまくってんの。だから、お前が頷いてくれるまで、何度だってプロポーズする」

「そ、そうか……」

「で？　これを受け取るのか受け取らねぇのか、どっちだ？」

「偉そうに言うな」

「受け取ってちょうだい」

すぐに言い直すエディに、明は「ぷっ」と噴き出す。

「笑うなー」

「悪い。……でも俺は、バラじゃなく、もっと別のものが欲しいんだ」

　言ってから恥ずかしくなったのか、明の顔は段々と赤くなった。

「それって、よ？　もしかして」

　エディはバラをちゃぶ台に戻し、足を崩して身を乗り出す。

　その拍子に、頭から氷嚢が落ちた。

「もう一度、指輪……はめてくれるか？」

　それを聞いたが早いか、エディは物凄い勢いで明の体を抱き締める。

「やべぇ。マジやべぇ。俺は今、お前の首筋に噛み付きたくて仕方ねぇ…っ！」

「か、噛んでもいい」

　餌の印でも何でもいい。体にエディの印をつけてほしい。

　明はエディの背中に手を回し、彼の体を抱き締め返す。

「お前、俺の仲間になるか？」

　明の返事を聞かねぇで噛んだら、絶対に死なせちまう。俺はそんなの、絶対に嫌だ！

　愛するハニーに秘密は持たない。エディは心に決めて、そう呟いた。

「俺はお前を滅茶苦茶愛してる。いつでもどこでも愛しまくってる。噛み付く時でもこの気持ちに変わりはねぇ」

「そ、それで？」

「その気持ちのままお前の首筋に噛み付くと、お前はもれなくあの世行きに」

「餌の印が付くだけじゃなかったのか？」

　明は、抱き締め合っていた腕をほどくと、愕然としてエディを見る。

「餌に愛はねぇ。腹は膨れるけど。……それ、もしかしてジョセフから聞いたんか？」

「お、おう」

「俺だけがお前を好きって気持ちで首筋に噛み付くと、お前は死ぬ確率が物凄く高い。俺がお前にずっと言えなかった秘密が、これだ」

　エディはそう言って、真剣な表情で明を見つめた。

「お前が好きってことは、ずっとお前と一緒にいたいってことだ。そうすっと、『俺と同じ吸血鬼になって、同じ時間を生きよう』って想いで心の中がいっぱいになる」

「人間の俺は、好きになってもらえないってことか？」

「違う。お前が人間でも、俺は滅茶苦茶愛してる。けど首筋に噛み付くと、俺の心の奥底にある想いは止められなくなる」

つまり、俺も吸血鬼になりたいって思わないと、首筋を噛まれたら死ぬってことか？

たしかにこれは、とんでもない秘密だ。やたらと口にしていいものではない。

明は返答できずにいた。

「俺は……」

「ほれ、自分が吸血鬼になるかどうかで悩むだろ？だからって言うか、吸血鬼になる覚悟はねぇだろ？　だから俺は、わざわざ言わなかったんだ」

ほんの少し寂しそうに微笑むエディに、明は首を左右に振る。

「俺がエディを好きなことに変わりはない。これは本当だ」

「知ってる」

「だから……もう少し、時間をくれ。このまま、うやむやになんかしない。俺だっていずれは真剣に考えなくちゃならないことなんだ。……俺が年を取って死んだら、エディは一人きりだ」

明は、背中を丸めたエディが、薄暗い部屋の中で一人寂しくスイカを囓っている場面を想像してしまい、「物凄く可哀相」と思わず涙ぐむ。

「バカ。一人は慣れてる」

「恰好つけるな」

「好きなヤツの前で恰好つけなくて、いつ恰好つけんだよ。バカ」

「俺はバカじゃない」

「安心しろ。バカでもうんと愛してる」

わがままで自分勝手で、時季外れにスイカを食べさせろとうるさいくせに、何でこんなに優しいんだ？

こんなの、反則だ。

明は鼻をすすりながら、乱暴に目を擦った。

「お前がどういう覚悟をすっか、いつまでも待ってやる。どんな覚悟でも、黙って聞いてやる。俺は育ちがいいから寛大だ」

「そういう……問題か」

一生懸命擦っているのに、涙が次から次へと溢れて止まらない。

「何で泣くんだよ。俺はそんなに酷い男か？」

何と言っていいか分からない明は、いつもの癖でエディの頭に手刀をお見舞いする。

「いてぇ」

「悪い」

「俺様のハニーは、なんでこう乱暴なんだ？」

口から出るのは悪態だが、エディは嬉しくてたまらないように笑う。そして、自分の首の後ろに両手を回してネックレスを外すと、ペンダントヘッドにしていたクレイヴン家の指輪を手のひらに転がした。

「これ、欲しいか?」

「欲しい」

「もう二度と外さないと誓うか?」

「誓う」

「よし。改めてお揃いだ」

エディは明の左手をそっと掴み、その薬指にクレイヴン家の指輪をはめる。

「明は俺のもんだ。他の誰にも、絶対に渡さねぇ」

「お前もな、エディ。お前は俺のものだ」

鼻をすすりながら宣言する明に、エディは照れ臭そうに微笑んで優しいキスをした。


迷惑をかけた謝罪と世話になったお礼を言いに、明はエディを伴って二〇一号室の雄一を訪ねた。

朝っぱらから申し訳ないとは思ったが、いろいろと良くしてもらった彼に頭を下げたかったのだ。

「雨降って地固まるとは、こういうことを言うんですかね」

雄一は四人分の紅茶を淹れながら、感心したように呟いた。

朝は濃いめの、ブレックファーストブレンド。

「おお。懐かしい香りがする」

エディは、ミルクティーの匂いを嗅いで微笑んだ。

「俺もたまに作ってやってるじゃないか」

「マグカップにティーバッグを入れて、お湯を注いで出来上がりっつーもんじゃねぇの。と言うか、マグカップで紅茶を飲まされてる俺様って、凄く可哀相」

「中身に変わりはないだろう? そんなに本格的なものを飲みたければ、自分でやれ。自分で」

「ティーセットがねぇ」

「だったら、紅茶を飲みたくなったらうちに来たらどうですか?」

雄一の善意に、チャーリーが頬を引きつらせた。

「ノーッ! 雄一、ノーッ!」

「朝っぱらから大声を出すな。うるさい」

「他の誰かと密室で二人きりだなんて…っ! 私が許さないぞっ! 雄一は私のスイートハニーなんだからっ!」

「ほう。だったら、ハニーの可愛いお願いを聞いてくれるよな?」

「イエス! オフコース!」

「家業に戻ると宣言しろ」

「私のハニーはとってもビター」

魔物ハンターを廃業できないチャーリーは、返事ができずに黙ってティーカップを持つ。

「ちょっとの間に、随分と進展したみてぇだな。よかったよかった」

チャーリーの変貌には驚いたが、明にちょっかい出されることがなくなったので、エディはとっても嬉しい。

「エディ。宮沢さんが気の毒だから、そういうことは言うな」

「けどな、明。こいつらは、誰がどう見てもラヴラヴじゃねぇか」

「いや、それは俺も分かっているが」

こそこそと話をするエディと明に、雄一がわざとらしく咳をした。

「そんなことを言う暇があったら、はやく紅茶を飲みなさい。冷めた紅茶はまずい」

三人は雄一に睨まれ、大人しく紅茶を飲む。

「そう言えば、道恵寺の住職さんと聖涼さんが魔物退治を始めたね」

片手にティーカップ、もう片手にビスケットを持ったチャーリーが、「何か話題を」と、今朝見た光景を口にした。

「え？　おじさんと聖涼さんが？」

「うん。朝の散歩で道恵寺の境内を歩いていた時に、二人が弁天菊丸を連れて車に乗るのを見たんだ。住職さんは法衣に錫杖持ってて、聖涼さんはスーツを着てた。あれって、魔物退治の時の恰好だろう？」

数ヶ月も桜荘に住んでいれば、彼らが魔物退治や悪霊調伏（ちょうぶく）に行くことを見る機会がある。

チャーリーは、「朝っぱらから縁起がいいのか悪いのか分からないものを見てしまったよ」と言って、肩を竦めた。

「相変わらず商売繁盛だな」

エディはそう呟いて、雄一にお代わりを要求する。

「魔物退治か。……まさか、な」

明は、発達した犬歯を見せてニヤリと笑うジョセフを思い出し、ぴたりとエディにくっついた。

「どした？　恐いんか？」

「恐いというか、どんな魔物なんだろうと思って」

「魔物なんて、この世にいません」

神妙な顔をする明に、雄一はキッパリハッキリ言い切る。

「魔物や妖怪、幽霊の類は、気の迷い。そんなものがこの世に存在するなんて、考えただけで恐ろしいです」

雄一の言葉に、チャーリーとエディ、そして明は顔を見合わせた。

「宮沢さんって、恐がり？」

「う……」

図星を指された雄一は、言った明のティーカップに無言で紅茶を注ぐ。

「へぇ。魔物がこの世に存在しない、ねぇ……」

いっぺん、こいつの前でコウモリに変身してやろうか？　すっげー面白そう。

エディは良からぬことを考えてニヤリと笑うが、察した明に頭を叩かれた。

「一体どんな種類の魔物を退治しに行くんだろう。魔物ハンターとしては、物凄く気になるところだ」

「チャーリー。いい加減、現実に目を向けて家業に戻れ。この世に魔物は存在しない。そうでしょう？　エディさん、比之坂さん」

話を振られた二人は、頷こうとして頷けない。

俺様、魔物なんだけど。

俺の恋人は魔物なんですけど。

彼らは心の中でひっそりと呟き、「紅茶のお代わりをもらおうかな」と、すぐさま話題を変えた。


桜荘の庭にある桜の巨木の下。

周り近所の野良猫や飼い猫が、足の踏み場もないほど集まっていた。

その中心に河山が立ち、渋い表情で頷いたり首を左右に振ったりしている。

「エディ。凄い光景が見られるぞ？」

部屋に戻った明は、窓にへばりついて呟いた。

「何が凄いって？」

エディは、背中から抱き締めるように明の後ろに立つと、彼が指さす方向を見つめる。

「巨大猫集会か…」

そう言って、エディは窓を開けた。

「今日は、曇りのち晴れだぞ。あんまり体を外に出すな」

「まだ大丈夫」

エディは明をギュッと抱き締め、猫達の鳴き声に耳を傾ける。

彼らに気づいた河山は、軽く手を振ってこちらに向かってきた。

「よお、猫又。あのバカ野郎の居場所はまだ分からねぇようだな」

「ええ。……ただ、彼から『お遣いを頼まれてくれないか？』と言われた猫が何匹かいたそうですよ。けれど、断ったら……」

河山は残念そうに首を左右に振って、ため息をつく。

「あのバカって、もしかしてジョセフのことか?」

「それ以外の誰がいる?」

エディは眉を顰めて呟いた。

「聖涼さん達も動き出しましたね」

「おう」

「……エディさんは退治に参加しないんですか?」

河山は、あんたが行けば、すぐに片づくだろうという表情をする。

「エディに同族殺しはさせないですよ、河山さん」

慌てて口を挟む明に、河山も何か思い当たる節があったのか「そうか、同族殺しになったらヤバイですね」と神妙な顔で言った。

「おじさんと聖涼さんに任せれば大丈夫です」

明の言葉に、河山も「そうですね」と頷く。

「聖涼達が、ジョセフを生きたまま掴まえることができたら、棺桶に詰めて地面に埋めてやる」

エディは鼻に皺を寄せて、忌々しそうに呟いた。


その日の夕方。

頭と左腕に包帯を巻いて文句たらたらの高涼と、体のところどころに絆創膏をいっぱい貼った弁天菊丸、そして父の錫杖を肩に担いだ聖涼が道恵寺に帰宅した。

たくさん作りすぎたからと、雄一からシチューの入った小さな鍋を渡された明は、嬉しそうにちゃぶ台の上に載せる。

「一家に一人宮沢さんがいると、こんなに旨い物が毎日食べられるのか。チャーリーが羨ましい」

明は小さな食器棚から皿とスプーンを出しながら呟く。

「俺様は、明が旨いから幸せだ」

エディは、道恵寺からもらった黄色いスイカにかぶりついて笑った。

「はいはい。俺はエディのゴハンです」

「ただのゴハンじゃねぇ。大事で愛しい妻だ。妻ゴハン、妻ゴハン」

明は、飯粒にまみれた自分の姿を想像し、「気持ち悪い」と眉を顰める。

「今夜からは、もう夜間パトロールはしねぇ」

早くも二切れ目のスイカを手に取ると、エディはカーテンを見つめて言った。

シチューに舌鼓を打っていた明は、「何で?」と首を傾げる。

「お前を一人にする方が危険」

「桜荘にいて危険か？　犬や蛇の化け物に猫又までいるんだぞ？　オオカミ男達は旅行で留守だが」

「吸血鬼の力を甘く見るな。俺が本気を出したら、桜荘の妖怪達なんざ瞬殺」

「それはお前の話だろ？　と言うか殺すんじゃない！　大事な店子だぞ！」

「譬(たと)えだっての、譬え」

「物騒な譬えはするな」

「……だから、俺は明の側にいる。絶対に離れねぇ。安心して守られろ」

「偉そうに」

「返事は？」

「はい」

　明が照れ臭そうに返事をした時、電話のベルが鳴った。


　エディと明を出迎えたのは、聖涼の新妻・早紀子。

「聖涼さんが、二人揃って来てくれって……何かあったんですか？」

「お義父さんと弁天菊丸が怪我をしちゃったの。お義父さんは額と腕。しかも腕は骨折。弁天菊丸は……傷の部分をバリカンで刈り取られたから、今現在まだらハゲ……」

　深刻な顔で「まだらハゲ」と呟かれ、不謹慎とは思いつつも明は「ぷっ」と噴き出してしまった。

　エディに至っては、「しばらくクソ犬は大人しいな」と悪態をつく始末。

「笑い事じゃないんだけれど」

　困惑した顔の早紀子に、明は「すいません」と頭を下げる。

「とにかく座敷に来て。聖涼さんが比之坂さんとエディさんに話があるそうなの」

「話？」

「俺は何となく分かった」

　首を傾げる明の横で、エディは偉そうに微笑んだ。


「してやられた。あの野郎、昔より強くなってやがった」

　彼らが座敷に入ったと同時に、頭と左腕に包帯を巻いた高涼が、ムッとした表情で呟いた。

「おじさん！　だ、大丈夫ですかっ？」

　目を丸くして駆け寄る明に、高涼は笑いながら頷く。

「腕を一本折られただけだ。後は大したことない」

「父さん。額を四針も縫ったのに、大したことないなんて言うんじゃないの」

ため息混じりの聖涼に、聖子と早紀子も「そうですよ」と声を揃えた。

「アレか？　俺にジョセフ退治に加われってことか？　聖涼」

エディは聖涼の向かいに腰を下ろし、あぐらをかいて尋ねる。

「ジョセフって言うのか？　あの吸血鬼は」

「どんなに美形でも、うちの大事な人に怪我をさせるなんて酷いわ」

「私もそう思います、お義母さん」

ますます顔を顰める高涼の横で、聖子と早紀子が真顔で言った。

「自慢じゃねぇが、吸血鬼に不細工はいねぇ」

「威張ることか？　おい」

「大事なことだっての」

「申し訳ないが静かに」

聖涼はそう言ってテーブルを叩くと、勝手にしゃべり出したエディを黙らせる。

「吸血事件がこれ以上増える前に、ジョセフという吸血鬼を捕らえなければなりません」

「俺も何かやるんですか？　聖涼さん」

「明君には、エディ君の貸し出し許可をもらいたい。希少価値の不思議議生物を保護して育成してるのは君だからね。君の承諾無しには、エディ君を連れて行けない」

にっこり微笑む聖涼に、明は「どうぞ使ってやってください」とさらりと言った。

「俺様の意思はどーなる！　俺様の意思はっ！」

「あいつは俺を食おうと狙ってんだぞっ！」

「聖涼、是非とも捕獲に参加してやる」

エディは明の頭をポンと軽く叩いた後、偉そうに腕を組んでニヤリと笑う。

「それじゃ……」

「ジョセフ坊やに、ちっとお灸を据えてやらねぇとな。『人様のものに手を出しちゃいけません』と、『食事は上品に』ってな」

「よかったよ。『珍しいから是非とも剥製に』って想いが頭の隅にあってね、今ひとつ本気を出せなかったんだ」

それを聞いたエディと明の頬が、たちまち引きつった。

そう。聖涼は退魔師としては超一流。魔物を倒せないからエディに手助けを頼んだのではなく、「魔物を生きたまま捕らえたいがため」に、エディの手助けを必要としていたのだ。

「なんだと？　そのお陰で、俺はこのざまだ。親不孝な息子め！」

「あれは父さんが、勝手に突っ走ったんでしょう？　もう若くないんだから、もう少し慎重に動かないと。私がいなかったら、今頃、道恵寺で住職の葬儀だよ？」

「縁起でもないことを言うな！」

　高涼は怒鳴った後に、「あいたた」と左腕を押さえる。

「ほらほら。後は若い人達に任せて、私達は向こうでお茶でも飲みましょう。ね？　あなた」

「そうですよ、お義父さん。孫の顔を見る前に何かあったらどうするんですか？」

　彼は、妻の小言には耳を貸さなかったが、嫁の言葉には素早く耳を傾けた。

「お！　そうだそうだ。孫の顔を見るまでは、死んでも死に切れん」

　物騒なことを楽しそうに呟いて、高涼は聖子や早紀子とともに座敷を後にする。

「……んで？　どうやってジョセフを掴まえるんだ？」

「ただいろいろな場所に罠を張るだけじゃ、どの罠に引っかかるか分からない。私達が駆けつけるまでに逃げられたら、悔しいだろう？　だから、一つの罠に全てを賭ける」

　聖涼の言葉に、エディと明が頷いた。

「ジョセフを確実におびき寄せるには、ただの罠じゃだめだ。『吸血鬼まっしぐら』ってくらい、上等で旨い餌でないと。それを……」

「おい、聖涼。俺はその『上等の旨い餌』ってのに、物凄く心当たりがあるんだが」

「奇遇だね。実は私も、心当たりがあるんだよ」

　眉間に皺を寄せて神妙な顔をするエディをスルーすると、聖涼は微笑みながら明を見る。

　穏やかな笑みだが、有無を言わせない妙な迫力があった。

「俺が……餌。ということは……囮(おとり)」

「ふざけんなっ！　大事なハニーを囮に使えっかよ！」

　エディが怒るのはもっとも。彼は明とお揃いのリングを彼に見せつけ、「俺達の仲を引き裂くな」と抗議した。

「ごめんごめん。必要なのは本体ではなく、明君の匂いのついたもの。その匂いにつられてやって来たところを、捕縛。言うことを聞かない場合は、剥製、ミイラ、宝物殿へレッツゴー」

　ああ、そう言うと思った。

　エディと明は、揃ってため息をつく。

「別にいいだろう？　吸血鬼は既に、エディ君がいるんだし。他の一体ぐらい、私がもらってもバチは当たらないと思うよ？」

「バチじゃなく、何か別のもんが当たるぞ？　お前」

「いや、その時は避けるから」

「そういう問題じゃねぇってのー。それと、俺は捕縛までは手伝うが、同族の命を奪うところまでは関わらねぇ。面倒な掟があるからな」

「分かった。深くは聞かずにおこう。……それでは早速、餌の準備をしようか。できれば、ジョセフにとってインパクトのあるものがいいんだけど。……下着とか」

脱ぎたてホヤホヤの下着が路上に落ちていたり、木の枝からぶら下がっていたりしたら、ジョセフでなくともインパクトは絶大です。聖涼さん……。

彼らのために一肌脱ごうとは思った明だったが、まさか下着を脱ぐとは思ってもみなかった。

「それ、猛烈に却下。靴下かTシャツでいい。明の股間をしっかりと包み込んだ、しっとりほんわかした下着を、ジョセフの餌にするのは勿体ない。むしろ俺がもらうっ！」

エディの頭に、顔を真っ赤にした明の手刀が炸裂した。

「お、お前というヤツは……っ！」

「いてぇ……」

「聖涼さんの前で何を言うかっ！　恥ずかしいじゃないかっ！」

「愛の深さを口にしただけなのに……鬼ハニー」

情けない顔で唇を尖らせるエディを見て、聖涼が呆れたように笑う。

「エディ君の意見を尊重して、Tシャツでいいよ。今脱げる？」

「あ、は、はい！」

明はその場で、トレーナーとその下に来ていたTシャツを脱いだ。

「こんなものが役に立つのなら…」

これは自分が持って当然だと、エディは腕を伸ばしたが、聖涼にペチンと手のひらを叩かれる。

「何すんだ！」

「君が持ったら、吸血鬼の匂いがつく。これは、人間である私が持っていくよ」

「このクソ坊主。………いつか食ってやる」

「できるものならやってごらん。そしたら明君は、もれなく未亡人に」

「それはダメっ！」

愛するハニーを独りぼっちにさせられないエディは、彼の言葉に渋々頷いた。

「しっかり戸締まりして寝ろ？　もし不安だったら、道恵寺に泊めてもらえ。お前にもしものことがあったら、俺は日光を浴びて自殺する」

コウモリは、大きな瞳で不安そうに明を見つめて何度もそう言った。

「大丈夫だ。桜荘は妖怪だらけだから、何かあったら俺より先にみんなが気づく。……それより今夜も冷えるから、ちゃんと聖涼さんのコートのポケットに入ってろ？　いいな？」

明はコウモリに真っ赤なマフラーを巻いてやると、小さな頭を指先で優しく撫でる。

「え？　ポケットの中に入るの？　ちょっと待って。今お札を抜くから…」

聖涼は、コートの左ポケットからお札の束を取り出すと、急いで右ポケットに移した。

「はい、エディ君。入っていいよ。その代わり、ジョセフが現れたら、すぐ人型に戻ってくれないと困るよ？」

「任せろ」

コウモリはパタパタと羽ばたいてコートのポケットに入ろうとしたが、何を思ったのか、いきなりUターンする。

「どうした？　エディ」

「行ってらっしゃい、気をつけてのキス」

「バカ」

人型の彼にキスをするのは恥ずかしくても、コウモリなら平気らしい。明はコウモリを両手で掴み、その小さな口にチュッと自分の唇を押しつけた。

「そう言えば、君達もまだ新婚期間なんだよね」

「おうよ！　俺がダーリン、明がハニー。でもときどき鬼ハニー」

コウモリは上機嫌で飛んでコートのポケットにすっぽりと収まり、顔だけちょこんと外に出す。

「訳の分からないことを言ってないで、さっさと働いてこい！　聖涼さん。そのバカコウモリのこと、くれぐれもよろしくお願いします」

「誰がバカだ！　誰が！」

「了解。君も早く部屋に戻りなさい。風邪をひく」

聖涼は、ポケットから出ようとするコウモリを力任せに押し戻し、明に手を振った。

「俺のTシャツが役に立てばいいけど」

散歩に行くように、のんびりと桜荘から遠ざかる聖涼の背中を見つめ、明は心配そうに呟く。

同じ吸血鬼でも、エディの方が強いんだよな？　ところで吸血鬼同士は、どうやって戦うんだ？　魔法か？　いや、エディが魔法を使っているところなど、一度も見たことがない。あいつの性格から言って、そんな凄いモノを使うことができれば、絶対に俺に見せびらかすはずだ。

明は体が冷えるのも構わず、難しい顔で「吸血鬼同士の戦い方」をしばらく考えていた。

「三十七度八分。……微妙な体温ですね。風邪のひき始め？」

明から渡された体温計に視線を落とし、雄一は心配そうな声で呟いた。

「酷くなる前に病院へ行こう。歩けないなら連れて行ってあげるから」

チャーリーは微笑み、明の頭に氷嚢を載せる。

「いや、病院に行くなら一人で大丈夫」

「途中で倒れたらどうする？　今日は晴れているから、アレは役に立たないだろう？」

チャーリーは、押し入れの中に入ってこちらを窺っているコウモリを指さすと、神妙な顔で言った。

「こらチャーリー。ペットに何をさせる気なんだ？　可愛いコウモリじゃないか」

「あれが可愛い？　雄一、今度一緒に眼科へ行こう。君の目はおかしい」

「おかしいのはお前の頭の中だろ。な、コウモリ」

話を振られたコウモリは、嬉しそうにコクコクと小さく頷く。

「随分と人間に馴れているんだな。ますます可愛い。こっちにおいで」

「ノーッ！　雄一、ノーッ！」

「病人の前で騒ぐな！」

ガツンッ！

雄一の拳がチャーリーの頭で炸裂した。

「随分賑やかだねぇ」

勝手知ったる管理人の部屋。新妻が作ったプリンを持って、聖涼が現れた。

「エディ君から電話をもらった時はびっくりしたよ。熱があっても、こういうものなら食べられるだろう？ところで、病院には行ったの？」

キッチンにプリンの入った容器を置いた聖涼は、雄一に席を空けてもらい、彼の枕元に腰を下ろす。

「そこまで酷くないです。一日寝ていれば」

「明日になっても体温が下がらなかったら、病院だよ？」

「はい」

「今日は一日、ゆっくりしていなさい」

「でも、桜荘や庭の掃除が……、それに町内会の集まりも……」

「掃除なら、ここにいるみんなでやればいい。町内会の会合は道恵寺でやるだろう？　早紀子が代わりに出席してくれるから」

聖涼の後ろで、雄一やチャーリーがコクコクと頷いた。

コウモリまで押し入れから飛び出し、パタパタと低空飛行で明の枕に着地する。

そして、「どこにも行くな」と言うように小さな頭を明の額に擦りつけた。

「カーテンが開いていても、部屋の中に日が差さなければ動けるのか。ふむ、なるほど」

「本当に可愛いですよね。こんなに人懐っこいコウモリなら、俺も飼いたいです」

雄一はコウモリの背中を優しく撫で、「ふわふわで柔らかい」と目尻を下げた。

「ノーッ！　雄一っ！　コウモリを撫でずに私を撫でなさいっ！」

「病人の前で騒ぐなと、何度言ったら分かるんだ？」

「私がコウモリにジェラシーを感じるのは当然だろう？　君は私のハニーなんだから」

「ほほう。……ついにチャーリー君にも、遅まきながら春がきたか」

しかめっ面の雄一と必死なチャーリーを前に、聖涼は呑気に笑う。

「あ、あの聖涼さん。私はですね……ゲイではないんですが……」

「明君もね、最初はよくそう言っていたよ」

聖涼のコメントにチャーリーは表情を明るくし、雄一は渋柿を食べたような顔になった。

「そっちはそっち、こっちはこっちでしょう？　というか、エディさんはどこに行ったんですか？　比之坂さんが風邪をひいて寝込んでいると言うのに」

雄一の言葉を聞いたコウモリは申し訳なさそうに、明の布団の中に潜っていく。

「あ、ああ。エディ君なら、さっき外ですれ違ったよ。熱のある明君にアイスを買ってやるんだと言っていた」

こういう嘘ならついていても問題ないだろう。

聖涼はそう思い、にっこり笑って出任せを言った。

「そうなんですか。それはよかった。私は『なんて薄情な人なんだ』と思ってしまいました」

頭を掻いて苦笑する雄一に、「彼は誤解されやすいからねぇ」と、聖涼は余計なことまで言う。

「では俺とチャーリーは、桜荘の掃除に行ってきます。ほらチャーリー、動け」

「ハニーの言葉なら従うよ」

「だから誰がハニーなんだ？　俺が蜂蜜なら、お前はハチか？」

「そう。ハニーのハートを一刺しだね」

雄一は顔を真っ赤に染めてチャーリーの頭を殴ると、そのまま一人で管理人室を出て行ってしまった。

「ノーッ！　雄一っ！　今のはほんのジョーク！」

その後を、頭を押さえたチャーリーが追う。

「いいコンビじゃないか〜」

聖涼は彼らが去った後を見つめて感心した。

「うるせぇだけだ。……ったく、人型に戻ろうとした途端に部屋に押しかけやがって」

コウモリはモゾモゾと布団から出てくると、ポンと人型に戻る。

「押しかけてきたのはチャーリー君じゃないか？」

「おう。ユーイチは、『朝っぱらから他人の家を訪問するなっ！』って言って、あのヘタレハンターの腰にへばりついてた」

「ふうん。で？　何で君はコウモリになってたの？人型の方が、明君の世話をしやすいと思うんだけど」

「日光に驚いて、慌てて押し入れに避難したんだ」

その時の失態を思い出し、エディは眉間に皺を寄せた。

「日光ねぇ。……やっぱり灰になったりするの？」

「当然だ」

「もし万が一、君が灰になったら、その時は灰をもらってもいいかな？　綺麗な瓶に入れて、宝物殿に飾りたい」

「縁起でもねぇことを言うなっ！　俺はこの世の終わりまで生きるぞ！」

「だからね、万が一の時だって」

「……聖涼さん。あんまり酷いことを言わないでください」

明は額に載っている氷嚢を片手で持ち上げ、恨めしそうに聖涼を見上げる。

「分かったよ。今の話はなかったことにする。何てったって吸血鬼はもう一匹いるんだもんね。そっちをどうにかして」

「その……吸血鬼……ジョセフのことなんですけど……俺のTシャツを使った成果は？」

布団に入る前に飲んだ市販の薬が効いてきたのか、明は眠そうな顔で訊ねた。

「まだまだだ。でも近いうちに決着をつける」

聖涼は、久々の大物退治にワクワクしているらしく、

ニヤリと笑って呟いた。

「お前はそんなこと考えなくてもいいんだから、ゆっくり寝てろ。何なら、俺様が添い寝をしてやる」

「だったら、コウモリになれ。ふわふわしてて気持ちがいい」

「俺のこの腕で抱き締められるのが嫌なのか？　あぁ？　コウモリ姿じゃ、お前を抱き締められねぇだろ？」

「でも、ふわふわなら、ここにある」

エディは自分の黒髪を一房掴み、明に見せつける。

「それは『さらさら』で、『ふわふわ』じゃない」

「エディ君。病人の小さなわがままぐらい聞いてあげなさい。君は明君の恋人なんだろ？」

このまま放っておいたら、どこまでも平行線だと思った聖涼は、ため息混じりにエディを諭した。

「……ちっ。仕方ねぇ」

殴られても叩かれても、可愛いハニーの小さなわがままは聞いてあげたい。

エディは再びコウモリになると、明の布団に着地した。

「コウモリって、着地がヘタクソだね。べちゃって腹から着地するんだ」

「うるせぇ。俺はこれから明と寝る。お前はさっさと寺に戻れ」

コウモリは小さな手足を駆使して枕元まで這いずり、聖涼に悪態をつく。

「はいはい。それじゃ明君、お大事に。後で早紀子におじやでも持たせるよ」

「……ご迷惑かけてすいません」

「何言ってるの。病人は気を遣わないの」

聖涼は明の頭を優しく撫でて、腰を上げた。


桜荘の住人が気を遣ってくれたお陰で、明は気持ちよく眠ることができた。

「……熱、下がったな」

氷嚢ではないけれど、ひやりと冷たい手のひらの感触。

ああ、これはエディの手のひらだな。冷たくて気持ちがいい。

明は目を瞑ったまま、体温を測るエディの手のひらを感じる。

「お前が死んだら、俺は生きてる意味がねぇ」

彼は明が起きていることも知らず、熱烈にして縁起の悪い台詞を呟いた。

「人間は面倒だな。吸血鬼になれば、病気とは無縁だぞ？」

エディは明の髪を優しく梳いている。

「……でもお前は、選べねぇよな？」

独り言だから、少々弱気なことも言えるのだろう。

エディは小さなため息をついた。

「異種族恋愛がこんなに難しいもんとは、俺様ちっとも分からなかった」

おいエディ！　いつものお前らしくないぞ？　いつものように、偉そうにしてろ！

目を開けるタイミングを外してしまった明は、心の中で叫ぶしかない。

「けど、難しくってもどうにかするのが俺のいいところ」

エディは明の頭を優しく撫でると、立ち上がった。

明の耳に、冷蔵庫の野菜室をガサゴソと漁っている音が聞こえる。

もう目を開けても平気かな？

そう思った時、聖涼がノックもせずにドアを開けた。

「エディ君。今夜こそジョセフを生け捕りだ！」

「声がでけぇ。明はまだ寝てんだぞ？」

「あ、ああ。すまない。……明君の具合は？」

「熱は下がったみてぇ」

「そうか。夜になっても熱が上がらないのは快方に向かっている証拠だな。このまま寝かせておこう……って、君。柿を皮ごと食べてるの？」

聖涼は呆れ顔で呟く。

「いつもは明が皮を剥いてくれっけど、今はそんなことさせられねぇだろ？」

「貸しなさい。私が剥いてあげよう」

「信心深い奴が剥いた柿を食ったら、腹を壊すからいい」

「私は仏教徒なんだが」

「そんでもダメなの」

エディは顰めっ面で言うと、歯形の付いた柿を冷蔵庫に戻した。

「……剥いてやるから、柿と包丁を持ってこい」

ふいに明は体を起こすと、子供のようなわがままを言ったエディに右手を伸ばす。

「お前、具合は？」

エディはすぐさま明の元に向かうと、彼の頬を両手で優しく包み込んだ。

「体の節々は痛いが、大したことはない」

「そうか。よかった」

エディは明の額にチュウとキスをして、嬉しそうに微笑む。

「いや……だから、柿を」

「ジョセフ退治から戻ってきたら食う。それまで、もうひと寝入りしとけ」

「分かった。気をつけろよ？」

「バーカ。俺を誰だと思ってんだ？　あんな坊やに負ける訳ねぇだろ」

エディは偉そうに笑うと、明の頬に自分の頬を押しつけた。

「イチャイチャしたいのは分かるけど、そろそろ出かけたいんだが」

聖涼は自分の腕時計を指さしながら肩を竦める。時計の針は、午後十一時を回っていた。

「野暮言うなっつーの」

エディは仕方なく明から離れると、聖涼に向かって唇を尖らせてみせる。

「頑張ってこい。……聖涼さんも」

明は、部屋を出て行こうとする二人に小さく手を振った。


町内会の見回りが「火の用心」と言いながら拍子木を鳴らして歩いている。

「随分静かだな」

聖涼は、ジョセフをおびき寄せる餌となる明のTシャツを町はずれの三叉路(さんさろ)の電柱にひっかけ、コートのポケットから顔を出しているコウモリに呟いた。

「さてと。新しい結界を張ろうかな」

「お前、結構頭がいいな」

コウモリは聖涼を見上げて感心する。

「はは。こういうのはネズミ取りと一緒だからね。いつまでも古い罠のままじゃ、引っかかるものも引っかからない」

「吸血鬼とネズミを一緒にすんなー」

「一緒にしているつもりはないんだけど」

聖涼は「あはは」と笑い、電柱にお札を一枚貼り付け、何やら呪文を唱え出した。

コウモリはポケットの中に頭を引っ込めると、耳を伏せて何も聞かないように集中する。

五分ほどそうしていただろうか、聖涼が軽くポケットを叩き「終わったよ」と合図を送った。

「お前、昨日より強い呪詛にしたろ？　こっちはあやうく金縛りに遭うところだったぞ？　俺様がクレイヴン家の直系でなかったら、泡吹いて気を失ってた」

「そりゃあ、こっちとしても退魔師としてのプライドがあるからね。……それにしても、クレイヴン家ってそんなに凄い家系なのかい？」

聖涼は、退魔師にしか見えない罠が張り巡らされたことを確認しながら、のんびりと呟く。

「おう。何てったって……」

コウモリはクレイヴン家の凄さを語ろうとして、途中で止めた。

「いきなり引っかかりやがった。バカだな、あいつ」

「でも、何となく可愛くないか？」

聖涼はコウモリと共に空を仰いだ。

夜空で闇雲にもがいている、一匹のコウモリ。

「エディ君。人型に戻ってくれないか？」

聖涼はコートのポケットに手を突っ込んでコウモリを掴み、ポイと放り投げた。

「貴重な生き物を乱暴に扱うんじゃねぇ！」

コウモリは道路に落ちる前に人型に戻り、聖涼に悪態をつく。

「ごめんごめん。さーて、どうやって下ろそうかなぁ？」

捕獲されたコウモリが、聖涼とエディに気づいた。

「明の匂いに誘われてきたら……って、お前達の仕業だったのか？　こんな単純な罠に引っかかるとは、私のバカバカ！」

「本当にバカだよなぁ。ジョセフ坊や」

エディは腕を組んで見上げると、ニヤリと笑う。

「私より百五十年早く生まれただけで、坊やと呼ぶなっ！　エドワードっ！」

「躾がなってねえな。目上を呼び捨てにすんな。それと、俺の大事なハニーに横から手を出すな。あいつが指にはめた指輪を見ただろうが。れっきとしたクレイヴン家の『人間』だ」

「うるさい、うるさいっ！」

コウモリは必死にもがきながら、大声で叫んだ。

「本当にうるさい。近所迷惑だな、エディ君。ジョセフを地面に下ろしていいかな？　騒ぐようなら、手か足をもいで……」

もいで、という言葉に反応したコウモリは、「人間のくせに魔物より惨いことを言う！」と、余計にわめく。

「あーもー。分かったから。君の手足はもがないから、静かにしなさい」

「魔物より人でなしっ！」

「あー……、吸血鬼から人でなしと言われたのは、君で二人めだなぁ」

聖涼は、エディを一瞥して笑った。

「呑気なこと言ってねぇで、さっさと地面に落とせ」

コウモリはしっかりと両手で握りしめていないと、またいつ逃げ出すか分からない。

エディは発達した犬歯を見せて、聖涼に詰め寄る。

「わかったよ。……ところで、あのコウモリの体に墨汁を塗って『コウモリ拓』を作ってもいいかな？」

「拓？」

「巨大な魚を釣った時に記念に残す、実物大の型」

魚拓と言っても分からないだろうからこう言ったのだが、それでもエディは分からなかったらしい。

首を傾げて眉を顰める。

「……お前は変なことばっかすっからなぁ。まあ、殺さないなら、好きにすれば？」

だがコウモリは、二人の会話に猛然と反論した。

「そんな訳の分からない記念なんか、絶対に残すものか！　私は今から、ソッコーで明を食べに行くっ！」

「そうはさせっかよ！」

エディは素晴らしい跳躍を見せると、片手でコウモリを掴み、そのままひらりと舞い降りた。

「ほう。カッコイイじゃないか。テレビでやってる戦隊モノのヒーローみたいだ」

「お前がいつまでたっても地面に落とさないから、俺がこうして掴まえてやったんだ！　呑気に拍手なんかすんな！」

エディは、右手にしっかりと握りしめたコウモリを聖涼に突き出し、「気持ち悪いから、さっさと引き取れ」と頬を引きつらせる。

「こんなに可愛いのにねぇ。うちのペットになるかい？」

「誰が人間のペットになんてなるか！　私は吸血鬼だぞ？　貴族だぞっ！　ギルデア家の跡取りだぞっ！」

コウモリは必死の形相で怒鳴るが、聖涼は右から左へ聞き流す。

「バーカ。お前は、単なる跡取り一番候補ってだけだろ？　ギルデア家は子だくさんだ。偉そうなことを言うなら、伯爵家を継いでから言え」

エディは、コウモリを握りしめている手に力を込めた。

「同族殺しをするのか？　エドワード。……そんなことをしたら…」

「しねぇよ。こっちの有名な退魔師に渡す。そんで、きつーいお仕置きをしてもらおうな？　ジョセフ坊や」

わざと犬歯を見せて笑うエディは、凶悪的に恐ろしい。コウモリは、大きな瞳に涙をいっぱい浮かべ、

「異国の地で同族を惨い目に遭わせるなんて、人でなし」と呟く。

「俺は吸血鬼だから、人間じゃねぇ。ほれ、聖涼」

「はいよ」

聖涼はコウモリを両手で包み込む。

「うーん。このフワフワの感触が気持ちいい〜」

「けど、お前の父親を怪我させた魔物だぞ？」

「あ、そうだった」

キュッ。

聖涼は「父の敵」とばかりに、おにぎりを握るようにコウモリを握った。

「ギャーッ！　殺されるっ！」

近所の家の灯りが、一斉につく。

「……警察が来る前に、か、帰ろうかな」

「おう」

このとき聖涼はまた騒がれたら困ると思い、護符で眠らせようと、片手でコウモリの首根っこを掴んだ。

それがいけなかった。

「人間に私を掴まえられるわけがないっ！」

コウモリは渾身の力で羽ばたき、聖涼の手に体毛一房を残して全速力で飛び去った。

「あー……逃げちゃったよー」

「バ、バ、バカ野郎っ！　お前はホントに有名な退魔師なのか！」

「そうだよ。でもやっぱり貴重な生き物を手にして浮かれていたのかもしれない。この毛は、綺麗な瓶に入れて宝物殿に飾ろう。ところでジョセフは、人型になった時にハゲができたりしないのかな？」

「……できるかもって、そういう問題じゃねぇっ！　あいつは明のところに行くに決まってるっ！」

エディは舌打ちをして素早くコウモリになると、桜荘目指して飛んでいった。


時間は既に深夜を回っている。

河山が「今日はここまでにしておこうかな」と、原稿を保存してパソコンのＯＳを終了させた。

ぐーっと両手を伸ばして大きなあくびをした彼だったが、次の瞬間、すぐさま口を閉じて物凄い勢いで部屋から飛び出した。


大野は橋本の部屋で、乾き物を肴に彼と一緒に酒を飲んでいた。

「曽我部君と伊勢崎君、無事にお嫁さんを見つけられるかな？」

「どうだろうねぇ。……それより俺達も、そろそろ嫁を探さないと橋本さん」

「ええ。お互い、実家がうるさいですから……」

橋本のため息に大野がつられる。

だが二人は、持っていたグラスをテーブルに叩き付けるように置くと、何かに弾かれたように部屋から仲良く飛び出した。


「よし。今日はこれくらいにしておこう。チャーリー、明日は俺と一緒に会社へ来い。旅行代理店の営業と顔合わせの昼食会をセッティングした」

「何で責任者が、営業とビジネスランチを取らなきゃならないんだ？　と言うか私は、まだ責任者になると頷いたわけでは…」

チャーリーは、カッシングホテルグループの日本での営業方針を散々聞かされ、ノートを取らされた後、唇を尖らせて呟いた。

「俺がただの昼食会をセッティングすると思うか？　雑誌の取材も兼ねている。つまり、カッシンググループのホテルを知らしめるためのコマーシャルだ。キャンセルしてみろ。とんでもない不幸がお前に降りかかるぞ？」

雄一は「ふふふ」と不気味に微笑み、手にしていたオーガナイザーをパチンと閉じる。

「ふ、不幸って？」

「カッシング家からの送金一時停止」

「ノーッ！　雄一！　それは余りにも酷い仕打ちじゃないかっ！」

実家からの送金が途絶えてしまったら、チャーリーは生きていけない。

それが分かっていて、雄一はカッシング家と連絡を取ったのだ。

「悪いが、俺はお前ではなくカッシンググループに雇われているんでな。俺にこういうことを言われたくなければ、経営の一端をちゃんと担い、俺の上司になれ」

「ホントに……ビターなハニー……」

「スイートとかビターとかハニーとか、社員の前で言ったら即、送金停止にするぞ」

「うっ」

惚れた弱みで、チャーリーはどんなことを言われても言い返せない。

「明日の朝、八時に迎えに行くからな？　ちゃんとスーツを着て待っていろよ？」

そう言って雄一が腰を上げたその時。

彼はいきなりチャーリーに腕を掴まれた。

「な、な、何だ？」

「雄一。私の、この部屋から一歩も出ちゃいけないよ？」

「おい」

「ここなら安全だ」

チャーリーはいつになく真剣な表情で呟くと、雄一を部屋に残したまま外に出る。

彼の手には、以前エディに悲鳴を上げさせたロザリオが握られていた。


河山に大野に橋本、そしてチャーリーは、桜荘の入り口で鉢合わせした。

「何をしているんですか？　みなさん。ここは危険です。部屋に戻って」

薄暗い天井灯の下、チャーリーは河山達に言った。

「いや……結界が破られた時点で、どこにいても危険なのは変わりありませんから」

河山の呟きに、大野と橋本が深く頷く。

「え？　もしかして河山さんも魔物ハンター？」

「ほんの少し霊感が働くだけです。桜荘の結界は道恵寺の住職と聖涼さんが張ったんですよ」

桜荘に結界を張ったのは、猫又の俺なんですよ。

なんて本当のことを言うと話が長くなるので、河山はもっともらしい嘘をチャーリーに言った。

「俺達は単に、変な胸騒ぎがしたからここに来ただけで」

「そうそう。嫌な予感がね…」

橋本の言葉を大野が続ける。

「皆さん。どうやら嫌な予感では済まないようだ」

チャーリーはロザリオを右手にしっかりと握りしめ、桜荘の門を指さした。

そこにはコウモリが一匹、弱々しく羽ばたいている。

「随分とちゃちい……」

「と言うか、チョロそう」

「あれなら、チャーリーさんでも倒せるんじゃ？」

河山、大野、橋本の呟きに、チャーリーがムッとした。

「油断は禁物です。あれは魔物ですよ？　魔物！　皆さんは後ろに下がって！」

チャーリーの大声が合図になったように、管理人室と一〇一号室の窓が勢いよく開いた。

「チャーリーっ！　真夜中に大声を出すなっ！　町内会から苦情が来るぞっ！」

「またハンターの真似事をしているのか！　送金ストップにするぞっ！」

明と雄一の連続コンボ攻撃に、チャーリーの体から気合いが抜ける。

「もう～。……せっかくカッコイイところを見せようとしたのに～」

チャーリーが情けない声を出して項垂れた。

「ああ疲れた。体の節々は痛いし、首筋はスースーするし！　こうなったら、何が何でも明を手中に収めてやるっ！」

よれよれコウモリは、宣言しながら人型へと変化する。

マントにリボンタイ姿の金髪の青年が、月光を背に現れた。

「あーっ！　ジョセフっ！」

「今のは……一体……何だ……？」

明は忌々しげに大声を出し、雄一は信じられないと言った表情で呟いた。

「さーてと。明を攫う前に、少し英気を養っておこうかな」

ジョセフの瞳が、緑色から深紅に変わる。

彼は雄一に向かって、地面を滑るように移動した。

だが桜荘の住人も黙っていない。

彼らは雄一とジョセフの間に入り、いつでも攻撃ができるように構えた。

「私に敵うはずはない………うっ！」

薄笑いを浮かべていたジョセフは、チャーリーがかざしたロザリオを視界に入れた途端、声にならない悲鳴を上げて後ずさる。

「ベタだ」

「お約束だ」

「チャーリーさんはゲイなのに、信仰心が失われてないってことか。これはこれでまた、凄すぎる」

思わず感心する河山、大野、橋本に、チャーリーが真剣な顔で突っ込んだ。

「もっと真剣になってくださいっ！　全くもー！　おい、吸血鬼。雄一は私の大事なハニーだ。お前なんかに指一本触れさせるものか！」

決まった。これ以上ないくらい、恰好良く決まった。これで雄一も、私にフォーリンラヴだ！　カッシング家の一員だ！　私の一生を君に捧げるよ。スイートハニー！

チャーリーは勝利者の微笑みを浮かべ、ちらりと後ろを振り返ったが……。

いきなり怪異を見せられた雄一は、あまりの恐ろしさに部屋の中で気絶していた。

「ノーッ！　雄一っ！　ノーノーッ！」

彼はジョセフには目もくれず、窓から部屋の中に入る。

「あーもー、チャーリーさんてばー」

一番効き目のあるアイテムを持ったチャーリーが、

愛ゆえに戦線離脱してしまい、河山は困惑した声を上げた。

「でも、取り敢えず宮沢さんの安全は守られましたよ。チャーリーさん、ロザリオは手放してません」

大野の言葉に、橋本が頷く。

「それじゃ俺達は、比之坂さんを守りましょうか」

「桜荘の大事な管理人さんですから！」

「当然だ！」

三人はジョセフと距離を取りながら、管理人室の窓から身を乗り出している明の元へゆっくりと向かう。

「仕方ないな。……明を攫って、それから素晴らしい晩餐会を開くとするか」

ジョセフは乱れた前髪を何度も丁寧に掻き上げると、発達した犬歯を剥き出して笑った。

「吸血鬼を相手に、君達は何をするつもりだい？　私はエドワードが到着する前に、明を攫いたいんだ。そこをどいてくれないか？」

三人とジョセフの間がじわりじわりと狭まっていく。

「俺を無視して話を進めるな」

パジャマに素足のまま窓から外に飛び降りた明は、両手の指をポキポキと鳴らしながら宣言する。

俺には、ジョセフが飯を食う時の「眼力」は効かない。だったら、ジョセフが弱っているだけ、俺に分がある筈だ。

「ダメだよ、比之坂さん！　チャーリーさんと一緒にいてください」

「そんなことをしたら、ジョセフは河山さん達を傷つけるでしょう？　みんな、俺の大事な店子だ。大家は親も同然。俺は店子を守ります」

「あいつはエディさんと違いますよ！」

「分かってます。大野さん」

「比之坂さんは病み上がりでしょ！」

「でも橋本さん。俺はあいつにちょっと借りがあるんですよ…」

ジョセフにベタベタと触られまくって気色悪い思いをした明は、その時のことを思い出して鳥肌を立てた。

「おバカさんだね、明。人間のくせに素手で吸血鬼の私と戦うの？　そんなことできやしないよ？　大人しくしなさい。私が餌として所有してあげるから」

ジョセフは深紅の瞳で、明の体を舐めるように見つめる。

じっと見つめる。じっと見つめ……。

「何で私の眼力が効かないんだ？　君は実は吸血鬼？」

ジョセフはきょとんとした顔でそう言うと、可愛らしく小首を傾げた。

「興味のないヤツの眼力が通じるかってんだ。それに俺は人間だっ！」

「力が通用しない人間なんて、生まれて初めて出会った。素晴らしい。君はなんて素晴らしい人間なんだ。絶対に私のものにしてみせるっ！」

ジョセフはマントを翻（ひるがえ）して突風を発生させる。

乾燥した冬場なので瞬く間に土埃が舞い視界を覆う。

彼は河山達の攻撃を避け、明との間合いを詰めることに成功した。

「瑞々（みずみず）しい首筋だ。私の牙が皮膚を裂き、肉に食い込んだ時、どんな感触を味わえるんだろう。想像するだけでゾクゾクする」

「ふざけんな……っ！」

明は腰を落とし、体重を乗せた重い拳をジョセフの腹にめり込ませる。

だが彼は、明が腕を振りきっても、平然とその場に立っていた。

「え？」

「いくら怪我を負い、腹を空かせていても、真夜中の吸血鬼に人間が敵うわけないだろう？　エドワードと一緒にいたくせに、そんなことも分からなかったの？　君の可愛い頭は、ただの飾りかい？」

にっこり微笑むジョセフに、明はカッと頭に血を上らせる。

「怒ってもダメ」

ジョセフは、後ずさろうとする明を素早くマントで包み込むと、河山達に片手を振って闇に溶けるように消えた。

「わーっ！　比之坂さんっ！」

「食べられちゃうよ！　大変だっ！」

河山と橋本は悲鳴を上げたが、大野は「くん」と鼻を鳴らし、「あっちだ」と呟く。

そこに、またしてもコウモリが現れた。

コウモリはポンと人間に戻ると、思い切り顔を顰める。

「明は無事か？」

タイミング悪くすれ違いになったエディの声に、桜荘の住人は「ごめんなさい」と頭を下げた。

一〇一号室からは、「雄一！　大丈夫か？」とチャーリーの声が聞こえてくる。

「……つまり、ジョセフに攫われたってことか？　おい、猫又！」

「えーと、そうです。……吸血鬼撃退アイテムを持っているチャーリーさんのところにいてくださいと言ったんですが。ほら、比之坂さんはあの通りの性格だから」

「自分が動いて片づくことなら、自分が動こうってことで」

「桜荘の店子を守るのが大家としての自分の役目だって。感動しました」

河山、橋本、大野はそう言って、がくりと肩を落とす。

「上ランクの妖怪が、明が攫われるのを黙って見てんじゃねぇっ！」

「エ、エディ君。それはちょっと……言いすぎ。彼らが弱いのではなく、河山さん達とジョセフでは質が違う。それに、河山さん達とジョセフでは質が違う。ジョセフが強すぎたんだよ。曽我部君や伊勢崎君がいれば、どうにかなったかもしれないけど。彼らは狼男だからね……」

エディを追って全速力で走ったのだろう聖涼は、息を切らしながらそれだけ言った。

桜荘の住人は、直接的な攻撃よりも、祟りなどの間接攻撃が得意らしい。

「あの吸血鬼は、比之坂さんを連れたまま消えましたよ？　吸血鬼って、人間が一緒でも消えることができるんですか？」

河山の問いに、エディはピクリと片眉を上げる。

「俺ぐらいのレベルになるとできっけど、あの坊やにそんなことは……」

「そういえば、怪我をさせられた父さんは、昔より強くなったと言っていたな」

やっと息の整った聖涼は、腕を組んで呟いた。

「聖涼さん。吸血鬼は匂いや気配を消しているかもしれないけど、比之坂さんは人間だ。匂いを追えますよ」

犬系妖怪の大野は、「あっちに行きました」と、大通りを指さす。

「よし。弁天菊丸を連れて行こう。あの子はジョセフに、まだらハゲにされた恨みがある」

「俺が行かなくて大丈夫ですか？」

「ありがとう大野さん。でも大丈夫です。吸血鬼の捕獲退治は、父と私が引き受けた仕事なので、あとはこっちでやります。……エディ君、弁天菊丸を連れてくるから、少し待っててくれるか？」

聖涼は額に浮かんだ汗を乱暴に拭い、難しい顔で考え事をしているエディに言った。

「俺も準備があるから、待っててやる」

「じゃあ五分後に、道恵寺の駐車場で。桜荘の皆さん、お騒がせしてすいませんでした。明君は必ず連れ戻しますので、一晩待っていてください」

そう言って頭を下げる聖涼に、河山が桜荘を代表する。

「分かりました。聖涼さん、エディさん。よろしくお願いします」

橋本と大野も頭を下げて「お願いします」と続けた。

絆創膏から塗り薬だけになった弁天菊丸は、「聖涼さん、俺が吸血鬼をすぐに見つけてやるぜ」とでも言うように、まだらハゲの体に気合いを込めていた。

「勿体ないけど、こうなってしまったら生け捕りは無理かもしれないな。明君まで攫われてしまった」

聖涼は弁天菊丸の頭を優しく撫でながら、「とんでもない失態だ」と呟く。

「有名な退魔師が、情けない声を出してんじゃねぇ」

そこに、足音も立てずにエディが現れた。

弁天菊丸は外人嫌いなのだが、この場で吠えるのはダメだと分かったらしい。唸り声を上げるに留めた。

「君……その恰好は」

「決闘だからな」

「は？」

「俺は、クレイヴン家の指輪をはめた大事な大事なハニーを誘拐されるという屈辱を受けたんだぞ？　決闘以外の何がある」

エディは聖涼を睨んだ。

彼の恰好は、初めて明と出会った時と同じもの。正装している。片手にはご丁寧に、白手袋まで握りしめている。

「この手袋をだな、ジョセフの横っ面に叩き付けてやる」

「……随分と優雅な決闘の合図だね」

もしかして、俺も準備があると言っていたのは、着替えのことだったんだろうか？

聖涼は心の中で首を傾げたが、「まあこういうのもアリだね」という結論に至った。

「俺様は育ちがいいから、しきたりを守るんだ」

「わかったよ。……それじゃ、車に乗って」

聖涼は横に停まっている白のセダンを指さし、自分も弁天菊丸を連れて運転席に回った。

「車に乗るのはいいが、クソ犬は役に立つのか？　テレビで見た警察犬は、地道に地面の匂いを嗅いでたぞ？」

「この子は普通の犬と違う、大丈夫。明君の匂いを必ず嗅ぎつける。なぁ、弁天菊丸」

弁天菊丸は聖涼を見上げ、自信満々に一声吠える。

「……だったらいいけど」

「よし。出発だ。明君までジョセフに囓られたら、私は彼の死んだ両親と祖父に申し訳が立たない」

「俺にも申し訳が立たねぇだろ」

「あ、そうだったね」

聖涼は苦笑すると、弁天菊丸を後部座席に乗せ、自分は運転席に収まった。


窓は割れ放題。蜘蛛の巣は張り放題。カビ臭くて埃臭くて、おまけに薄暗い。

明は両手を後ろ手に縛られ、粗大ゴミとなったベッドの上にあぐらをかいていた。

「よりにもよって、何でこんなところに連れてくんだよ。バカ吸血鬼」

壊され、倒されたまま埃を被っている椅子やテーブル。床に散らばった古雑誌や空き缶、吸い殻を一瞥し、明が低い声で悪態をつく。

「ごめんね、明。私は人間を連れたままの瞬間移動って初めてだったから、この距離が限度だったんだ」

ジョセフは、クッションのはみ出たソファをシーツで覆い、その上に優雅に腰掛けて微笑んだ。

「はぁ？　初めての瞬間移動？」

「うん。一歩間違うと、死ぬまで異次元に閉じこめられちゃうんだよね」

「そんな危ないことを、いきなりするなっ！」

「結果がよければ全てよしということにしてくれないか？　ね？」

「このバカっ！　間抜けっ！　ここがどこか知ってんのかよっ！」

明は今にも泣き出しそうな顔で怒鳴る。

「古ぼけた倉庫でしょう？」

「ただの倉庫じゃない！　吉沢倉庫っ！　得体の知れないものが山ほど出るんだぞっ！」

道恵寺の宝物殿にあるエディの棺桶が、人知れず十年間も置かれていたのが、この吉沢倉庫。幽霊が出るので有名な廃墟だ。

「あ、そうか。だからさっきから、半透明の人間がフワフワと……」

「説明しなくていいっ！」

見えたら見えたで恐いが、見えないともっと恐い。

明は冷や汗をたらして「取り憑かれたら道恵寺に行かないと」と呟いた。

「大丈夫だよ。私が君の側にいる限り、彼らは君に取り憑きはしない。私が君をしっかりと守るよ」

「何でこう俺は……変な人間や化け物にばかり好かれるんだろう」

自分で言った言葉にダメージを受けてしまった明は、魂が抜け出てしまうような長いため息をつく。

「それは君が魅力的だからさ。エドワードより早く君と出会っていればと、何度も考えた」

「お前…男だろう？　普通だったら、そういう気持ちのベクトルは女性に向くはずじゃないか？　ほらええと……マリーローズとかいう女の人…」

「マリーローズは、子孫を残すために必要な女性。でも、子孫繁栄と恋愛は別問題。彼女もそれは分かっていた。ああ、素晴らしきマリーローズ。彼女と私の子供が生まれたなら、どんなに美しく力の強い吸血鬼が生まれていたことか…」

　ジョセフはうっとりと目を閉じて、自分の世界に入った。

「……結婚しても、子孫繁栄と恋愛は別問題なのか？　クレイヴン家は違ってたが」

　結婚したら最後、一生その相手を愛し抜くと、エディはそう言った。

　明は、吸血鬼にもいろんなタイプがいるんだなと、こんな酷い状況にも拘わらず感心してしまった。

「クレイヴン家が特殊なの。結婚した相手を死ぬまで愛すなんて、ロマンスがない」

「……エディは、マリーローズとの結婚は利害の一致のようなことを言っていた。そういう相手でも、一生愛すつもりだったんだろうか……？」

「そうなんじゃないの？　一緒に暮らして子供ができれば、情も湧くだろうし」

「お前、綺麗な顔して嫌なことを平気で言うよな」

「だって今の私には、マリーローズとエドワードは関係ないもの。関係あるのは君だけさ、明…」

　ジョセフはソファから腰を上げ、笑みを浮かべながら明に近づく。

「な、何で近づくんだ？　おい」

「明は美味しそうな匂いがするから、ね。だから」

「俺はエディのものだぞ！　人様のものに手をつけるなっ！」

　明は尻で後ずさりながら怒鳴った。

「あいつも私も人間じゃないし」

「隣の芝生は青く見えると言うだろうがっ！」

「そんなこと、血を吸って確かめればいいだろう？　大丈夫。痛い思いなんてさせないよ？　うんと気持ちよくなって、なにも分からなくなったところで囓ってあげる」

　明の頬が引きつった。

　つまりこいつは、俺とセックスをするつもりなのか？　何で俺なんだ？　おい！　日本中を探せば、俺の血よりも旨くて、凄く可愛い女の子がいるだろう？　何でどいつもこいつも、人の道から外れたセックスをしたがるんだっ！

なんてことを心の中で叫びつつ、明は逃げ道を探そうと視線を彷徨わせる。

「エドワードに見せつけるっていうのもいいね。君を人質に取っていれば、彼は私に指一本触れられやしない」

「近づくなっ！　セックスなら、同族同士にしろっ！」

「今の日本に、吸血鬼は私とエドワードしかいないもの。私はあいつとセックスするくらいなら、太陽の光を浴びて灰になることを選ぶよ。気色悪い」

「俺だって、お前となんかセックスするかよ！　気色悪いっ！」

「そういうことを言うんだ。……あいつの餌でもないくせに」

ジョセフはベッドの端に腰掛け、深紅の瞳で明を睨んだ。

「俺はエディの、その、ええと、ハニーだぞっ！」

「人間のままでいたら、いずれは死んでしまうのに、よくそんなことが言えるよね？　首筋に餌の印がない人間は、誰が餌にしてもいいんだよ？」

「俺は……」

「吸血鬼と婚姻関係を結んだ人間は、私も少しは知っているけど、全員、吸血鬼として生まれ変わった。愛する相手と、ずっと一緒にいるためにね。でも君は、吸血鬼にもなっていない。君、本当にクレイヴン家の一員なの？」

「エディはそれでもいいと言ったっ！　俺はクレイヴン家の一員だ！」

「エドワード・クレイヴンは大バカだ。こんな、中途半端な気持ちしか持たない人間に指輪を渡すなんて」

「エディをバカにするなっ！」

自分がバカにされるよりも悔しい。明はジョセフを睨み付けたまま大声を出す。

「あいつはね、もの凄く強引で尊大な吸血鬼なんだよ？　そんな男が、君を人間のままにしておくなんて、餌以外の何ものでもないじゃないか」

違う。エディは、俺の気持ちを尊重してくれた。首筋を噛らないのも、俺を気遣ってのことだ。たしかに強引で尊大なところはある。でもエディは、俺にはとても優しい。とても大事にしてくれる。

ただでさえ薄暗い廃墟の中、明の視界が段々と狭まり、ぼんやりとした。

「明……」

ジョセフは片手を伸ばし、明の頬を伝う涙を指で拭う。

「触るなっ」

「あいつのことなんか忘れてしまえばいい。私なら君をうんと優しく扱ってあげるよ？　大事な餌だからね。大事に大事にしてあげる」

「俺は、エディ以外の吸血鬼なんていらないっ！」

「だったら、実力行使するしかないね。私無しではいられない体にしてあげる」

「だから、そう言うことは女の子に言えっ！」

いきなり押し倒された明は、貞操の危機に焦って涙も止まってしまう。

「初めてがこんなところでごめんね」

「残念だったなジョセフ。吸血鬼相手の初体験ならもう済んでるんだっ！　俺に気を遣うなら、まずどけっ！」

「それはできない相談なんだけど」

ジョセフはにっこり笑い、明の首筋に顔を埋めた。

噛まれるっ！

そう思った明は体を強ばらせるが、ジョセフは彼の首筋を噛まずに、丁寧に舐め始める。

「うっ」

ジョセフは何度も丁寧に舐め回し、時折耳の後ろや耳の中に舌を移動させた。

「や、やめろ……っ」

「ここ、感じるんだろ？　エドワードは知ってるの？」

ジョセフは明の耳を優しく噛んで、低く笑う。

「お前には……関係、ないっ」

ヤバイ、ヤバイッ！　そこはやめろーっ！

早くも弱点の一つを知られ、明の息が上がった。

「ふうん。……じゃあ、ここは？」

ジョセフの綺麗な指が、明のパジャマのボタンをゆっくりと外し、中へ滑り込む。そして、まだ柔らかな胸の突起をくすぐるように愛撫する。

「んっ、触るなと言った、だろうがっ！」

明は、後ろ手に縛られた不自由な体を左右に揺らして抵抗した。

「ほら。こうやって触ってあげるとすぐに硬くなる。可愛いね」

「可愛いって言うなっ！　この変態吸血鬼っ！」

「いつまでそうやって怒鳴っていられるかな？」

ジョセフは顔を上げると、まだ触れていない突起を口に含む。

舐め、吸い上げ、舌で弾かれた突起は、瞬く間に赤く色を変え、硬く勃起する。

指と舌先で両方の突起を責められた明は、声を漏らさないように唇を噛み締めて耐えた。

「気持ちいいのに我慢するの？　それとも明は、我慢するのが好きなの？」

「勝手に言ってろっ！」

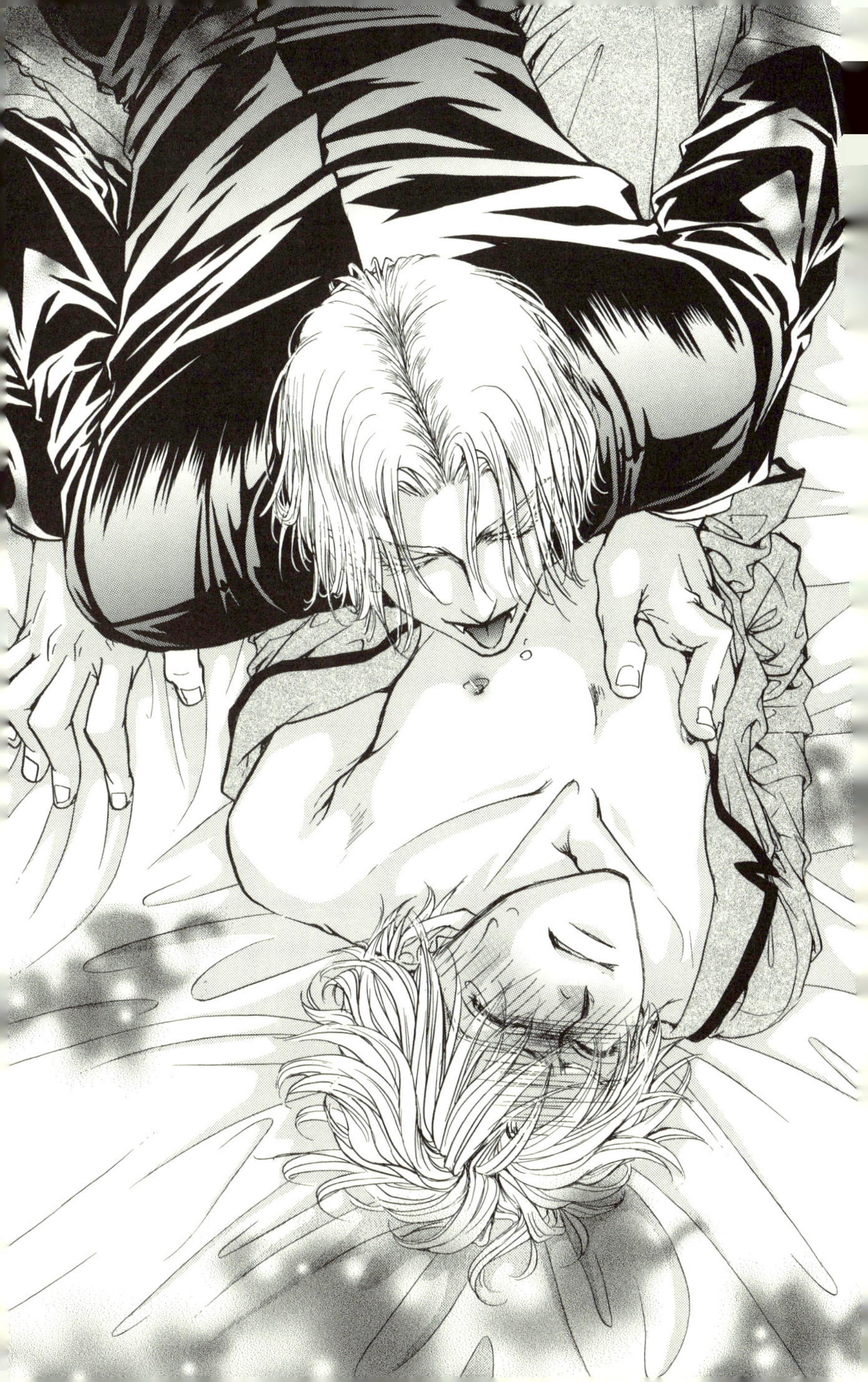

エディっ！　俺が攫われたの知ってるなら、早く助けに来いっ！　お前以外の奴とは何もしないと約束したが、このままだといつまで我慢できるか分からない……っ！

　吸血鬼はみなテクニシャンというわけではないのだろうが、敏感な体を持った明にとって、この状況はとても危ない。

「ほんの少し弄ってあげただけで、ここはもう濡れてるよ？」

　ジョセフの指が、布越しに明の雄に触れる。そこは硬く勃起し、先走りを滲ませていた。

「敏感なんだね。……うんと楽しめそうだ」

　布越しに円を描くように先端を撫で回され、噛み締めた明の唇から吐息が漏れる。

「ほら。ここをこうして弄ると、我慢できないだろう？」

　布越しの先端だけを執拗に擦り、ジョセフが嬉しそうに笑った。

「ひゃ、あ、あっ」

「体は喜んでる。でもこれだけじゃ楽しくないいな」

　これだけでも充分辛い明は、一体彼が何をするのか、しっとりと潤んだ瞳に動揺の色を見せる。

　彼は襟元を飾っていたリボンタイを解いてキスをすると、何本かに細く裂いて、明のはだけた胸に落とした。

「な……」

「自分が身につけたものにしか使えない術なんだけど、使う価値はあるんだ。例えば、君みたいに素直にならない相手にね」

　ジョセフはふわりと微笑んで、指を鳴らす。すると数本のヒモは生き物のように動き出し、明の体を這い回った。

「やめろっ！　気色悪いっ！」

　この大バカ野郎っ！　エディだって、こんなことはしなかったぞっ！　変態プレイに俺をつき合わせるなっ！　さっさとイギリスへ帰れーっ！

　明は、ベッドに体を擦りつけてヒモを体から剥がそうとしたが、どういうことか剥がれない。それどころか、ジョセフにパジャマのパンツを下着ごと脱がされてしまった。

「段々気持ちよくなってくるから、少しだけ待っててね」

　ジョセフは明の足首を掴むと、足を大きく左右に広げて、にっこり笑う。

「誰が待つか！　………あっ、やめろ！　そんなところを触るなっ！」

黒いヒモは明の体を這い回り、胸の突起や下腹、広げられた内股を這った。

「悲鳴を上げるほど気持ちよくしてあげる。でも、絶対にイカせないからね。イカせて欲しかったら、『許してください。あなたの言うことなら何でも聞きます』と言うんだ」

「そんなまどろっこしいことをせずに、さっさと噛めよっ！」

「それじゃ面白くないじゃないか。責めて、追いつめて、これ以上我慢できないというところで噛み付くのが、私の流儀なんだ」

もしかして俺は最悪なことに、本物の変態に当たってしまったのかも知れない。

明は快感よりもショックが勝り、冷や汗を滴らせる。

「あれ？　少し萎えちゃったみたいだね。すぐ元気にしてあげる」

そんな元気はいらん、いらん！

そう怒鳴ってやりたいが、今口を開けたらとんでもない声を出しそうだったので、明は首を左右に振って耐えた。

「私達がここにいるなんて、誰も知らないんだよ？　あいつらが探し当てたとしても、きっと何もかも終わった後だ。観念して快感に身を委ねなさい。ね？　明」

蛇のように蠢くヒモに、胸の突起や雄、後孔を集中して擦られている明を見つめ、ジョセフは犬歯を剥き出して笑う。

「ちくしょ……っ、やめろっ」

弄ばれた敏感な場所は、明に全面降伏を急かせた。

だが意地でも「許してください」なんて言わない。

「敏感なのに強情だね。普通なら、そろそろ泣き出すはずなのに」

「俺は……お前の遊びに……つき合うなんて……まっぴらだっ！」

「私が直に触れてあげないと、嫌なの？　わがままだね」

「何で、そうなる…っ！」

ちくしょうっ！　吸血鬼なんてみんなバカばっかりだっ！　自分のいいようにしか考えないっ！

明は別の意味で目頭を熱くする。

「分かったよ。君が従順な餌になれるように、私がしっかりと躾けてあげる」

ジョセフは明の体からヒモを払いのけると、彼の胸を指先で優しくなぞった。

冬だというのに、車の窓は全開。

コートにマフラー、手袋と、防寒対策万全な聖涼も、思わず鼻をすすった。

弁天菊丸は、後部座席で進行方向を見つめたまま。

聖涼が少しでも違う道を行こうとすると、吠えて間違いを指摘した。

「おい。……この道を真っ直ぐ行くと、あそこなんじゃねぇ？」

「そうだね。でも弁天菊丸はあそこに行けと行ってる」

あそことは、エディの棺桶が置いてあった、曰く付きの吉沢倉庫。

「でもよかった。吉沢倉庫なら、騒ぎを起こしても『霊の仕業』ってことで片づけられる」

聖涼が呟いたその時、エディがいきなり「あ！」と声を上げた。

「え？　な、なに？」

「俺にも明の匂いが分かった」

そしてエディは、愛するハニーを守るため、助手席から溶けるように消える。

「うわー。……今のを見たかい？　弁天菊丸。私達も急ごう」

弁天菊丸が一声吠え、聖涼はアクセルを踏む足に力を込めた。


「どうやって躾けてあげようかなぁ」

ジョセフは明の体を撫で回して考えに耽る。

「躾なら……とうの昔に、済んでるっ！」

「決めた。その生意気な口から躾けてあげようっと」

何をどう躾けるんだ？　口にクリップでも挟むのか？　それは痛そうだ。というか、みっともない顔になるに違いない。ハッ！　端から見れば羞恥プレイ？　勘弁してくれ…。

明はアヒル口になった自分を想像して、頬を引きつらせた。

ジョセフは鼻歌を歌いながら明から離れると、ベッドの上に膝立ちをして、おもむろに自分のパンツのフロントボタンを外し始める。

「お、おい……。まさかお前……」

彼は明の目の前でそそり立つ雄を出すと、片手で彼の髪を掴んで引き寄せた。

「噛んだらすぐに殺すよ？　さあ、私の……」

「ちょっと待てっ！　待てったら待てっ！」

自慢じゃないが、俺はエディのだってまだ銜えてないんだぞっ！　それなのに、なんで好きでも何でもないヤツのモノを銜えなくちゃならないんだ？　おいっ！

明は必死に抵抗するが、ジョセフの力は強かった。

「慣れれば大丈夫だって。これは躾なんだから、君に拒絶する権利はない」

ジョセフの前に跪くような恰好にさせられ、明は足に力を入れて踏ん張る。

「本当に明は、躾のしがいがあるなぁ」

ジョセフはなおも力を込め、自分の股間に明の顔を押しつけた。

「がーっ！　やめろっ！」

闇雲に首を振ったお陰で、ジョセフの雄が口に入ることは免れたが、程良く硬くて生暖かい物体を頬に擦りつけてしまい、鳥肌が立つ。

その甲斐あって、さっきまで疼いていた明の体は、すっかり「素」に戻った。

「おや、間違えた。ではもう一度」

こんなことになるんだったら、さっさとエディのものを銜えておけばよかった！　恋人相手ならまだ我慢できるのに！　こんなバカの変態に、俺の初めてを持って行かれるなんて、あまりにも情けないっ！

明が心の中で切実にシャウトしたその時。

「俺様のハニーに何をするかっ！」

エディが闇の中から登場した。

彼はジョセフの肩に蹴りを入れると同時に明を抱きかかえ、ふわりと跳躍して埃だらけの床に着地する。

「エ、エディ……やっぱり来てくれたんだ」

「当然だろうが！　お前は俺のハニーッ！　そして俺はお前のダーリンッ！」

エディは偉そうに大声を出すと、ジョセフに見せつけるように明にキスをした。明は「恥ずかしい」と拒むどころか、助けに来てくれた嬉しさに積極的にキスを受ける。

「明。あのクソガキに何をされた？」

「さ、触られただけだ。それ以外は何も」

「……よかった」

エディは明をきつく抱き締め、額や頬にキスを繰り返したが…。

「ん？　これは……」

明の左頬にキスをしようとした寸前、そこに妙なテカリを発見して、エディはピタリと動きを止めた。

「………あいつのアレを押しつけられたんだ。お前が来るのがあと一分遅かったら、どうなっていたことやら」

「ぶっ殺すっ！」

「その前に、俺はこの恰好をどうにかしたい」

「あ？　ああ。そうだった」

エディは慎重にベッドに近づくと、パジャマのパンツと下着を素早く掴む。そして明を床に下ろして縛られた腕を自由にしてやった。

「くそ……エドワード……っ！」

ベッドの向こうに転がっていたジョセフが、パンツのフロントボタンを留めながら立ち上がる。

エディは青い瞳を冷徹に光らせ、つかつかとジョセフに近づいたかと思うと、彼の頬に持っていた手袋を叩き付けた。

一連の優雅な動作に、明はパンツを上げながら思わず見惚れる。

「決闘だ。ジョセフ・ギルデア」

「受けて立とうじゃないか！　エドワード伯クレイヴン！」

周りは粗大ゴミばかりで、足元は埃だらけの廃墟の中なのに、エディとジョセフのいる場所だけ、背景に咲き誇るバラの花が見える。

「あー、エディ君が手袋を叩き付けるところを見逃した。勿体ない」

ようやく現れた聖涼は、ジョセフに向かってギャンギャン吠える弁天菊丸のリードを引っ張りつつ、明の横に寄り添った。

「聖涼さんも来てくれたんですか」

「当然だろ？　君は私の弟みたいなものなんだから。で、どう？　大丈夫かい？」

「エディがギリギリ間に合ってくれました。本当によかった……」

「決闘が終わるまで見学していよう。エディ君の気が晴れたら、私の出番だ。決して逃がしたりしない。と言うか、稀少な生き物だからと言って容赦しない」

聖涼は不気味に微笑むと、捕縛用の呪符を握りしめる。

「それにしても、吸血鬼の決闘って、何をするんだろう」

「術合戦かな？　もしくは嚙り合うとか？」

明の呟きに聖涼が応えた時、決闘の火ぶたが切って落とされた。

「大体お前は、昔から自分勝手でわがままで年長者の言うことをこれっぽっちも聞かねぇ、本当にバカなガキだった！」

「そっちこそ、クレイヴン家を継いだのをいい気になって、好き放題していたじゃないかっ！」

「ガキが生意気言ってんじゃねぇっ！」

「私の婚約者だったマリーローズまで横取りしてっ！　私のお父様まで味方に引っ張り込んで、卑劣なことば

かりしただろう！」

「マリーローズを横取り？　はっ！　冗談も休み休みに言えっ！　あいつは『エドワードと結婚した方が、美形で強い子供を作れるもんね』って言って、お前を振ったんだぞ？　おめでたいヤツめっ！」

のか？　おめでたいヤツめっ！　自分が振られたことも分かってねぇのか？　おめでたいヤツめっ！」

「私が振られるわけがないだろう？　ギルデア家だって立派な伯爵だ！」

「マリーローズは、お前の素行も気に入らなかったんだよっ！　同族でも人間でも、男の尻ばっかだらしなく追っかけてたろうがっ！　それだけじゃねぇ！　つき合ってるヤツと綺麗に別れないまま、次から次へとつき合いやがってっ！　修羅場の連続だ。みっともねぇことばっかしてっから、マリーローズに愛想をつかされるんだっ！」

「一度に大勢の愛人を持って、何がいけないっ！　お父様のようなことを言うな！」

「俺達は婚約者を持ったら、つき合ってた連中とキッパリ別れるしきたりになってんだろうがっ！　それをお前は平気で破った！　だからギルデア伯も、マリーローズとの婚約破棄に頷いたんだっ！　バーカッ！」

「私をバカと言うなっ！」

「挙げ句の果てに、俺の大事なハニーに手を出した。お前……自分がどんな大罪を犯したのか分かってんだろうなぁ？」

「私を無理矢理、渡航メンバーに入れなかったら、こんなことにはならなかったんだぞ！」

「あれはお前が、俺のお母様に泣いて縋って頼んだから、仕方なく入れてやったんじゃねぇか！　お母様の頼みでなかったら、誰がお前を連れて行くかっ！」

「私達を路頭に迷わせたくせに、そんなことを言うなっ！」

「何もかも運命だろうが。ったく、これだからガキは困るんだ……」

呆れたようにため息をつくエディに、ジョセフは悔しそうに地団駄を踏む。

「……聖涼さん」

「なんだい？」

「俺には、あの二人が口喧嘩しているようにしか見えないんですけど」

「私もだよ。お互い決して手を出さないところが、礼儀正しいっちゃ礼儀正しいけど」

明と聖涼は、正装でひたすら言い争いをしている二人を見つめ、呆気にとられた。

弁天菊丸も、聖涼と明に危害が及ばないのが分かったらしく、行儀よく座って事の成り行きを見守る。

「偉そうに言うなっ！　明は渡さない！　私の餌として生きた方が幸せなんだ！」

「ざけんな！」

「明を餌にも吸血鬼にもできないでいるくせに、私に意見するなっ！」

「人間と吸血鬼の婚姻関係は複雑だってこと、知ってんだろうが！」

「はっ！　……明が本当にあんたを愛してるなら、喜んで吸血鬼になるはずだろ？　でも明は人間のままだ！　つまりエドワード・クレイヴン、あんたは明に本当に愛されていないっ！　そしてあんたも、口ではいろんなことを言っておきながら、明を吸血鬼にするだけの愛がないってことだっ！」

「違うっ！」

エディが口を開く前に、明が大声で叫んでいた。

「俺とエディの問題を、関係ないヤツが勝手に解釈するなっ！」

「明……」

エディは後ろを振り返り、今まで明が見たことのない切ない表情で微笑んでみせる。

「俺達の問題に口を挟むなっ！　お前はさっさとイギリスへ帰れっ！　日本にいる吸血鬼は、エディだけでいいっ！」

言いたいことを言えてスッキリしたのか、気が緩んだ明はその場にしゃがみ込んだ。

「俺様のハニーの言う通りだ。俺達の間には、お前の入る隙はこれっぽっちもねぇ。観念しろ」

その瞬間、ジョセフはポンとコウモリに変身する。

エディもすばやくコウモリになった。

「何が始まるんだ…？」

聖涼は明を抱き起こしながら、空中でぶつかり合ったりベッドに落ちて引っ掻き合ったりしている二匹のコウモリを見つめて呟く。

「早口でよく分からないけど……もしかして英語ですか？」

「そのようだね。意味はさっぱりだけど」

バトルを繰り広げる二匹のコウモリは、確かにエディとジョセフなのだが、どっちがエディでどっちがジョセフなのか、彼らにはもう分からない。

「もしかして、あれが吸血鬼本来の決闘だったりして……？」

「あー……バカバカしいけどそうかもしれません」

再び飛び上がって空中で頭突きをした二匹のコウモリは、ぼたりとベッドに落ちたかと思うと、重なり合ったままゴロゴロと転がった。

「あいつらは真剣に戦っているのかもしれないけど、

何かこう……物凄く可愛くないですか？　黒い毛玉がポンポン跳ねてるみたいで」

「うん。可愛い。こんなことなら、ビデオカメラを持ってくればよかった」

　二つの「黒い毛玉」は散々転がった後、ぱっと離れる。そして、片方が片方の上に乗り、何度も頭突きをしているうちに、下になっていた方がぐったりと動かなくなった。

「勝負は決まったようだね。でも、どっちが勝ったの？」

「エディに決まってます！」

　二人と一匹は埃まみれのベッドに急ぐと、動かなくなったコウモリをつぶさに観察した。

「負けたのはジョセフだ。ほらここに、毛が毟(むし)られて小さなハゲができてる。これは彼が強引に私から逃げ出した時にできたハゲだ」

「でも人型のジョセフにハゲなんてありませんでしたよ？」

「襟足の毛なら、目立たないさ。……さてと、封じてしまおうね」

　聖涼は手に持っていた呪符をコウモリの背に貼り付け、短い呪文を唱える。

「これで彼は、空は飛べない。術は使えない。人型に戻れない」

「エディ。……お前さ、物凄く可愛い戦いだったぞ？」

　明は埃にまみれて煤けているコウモリを拾い上げると、体についていた綿埃を丁寧に取ってやった。

「俺は自分の名誉とハニーを守り抜いたぞ」

「そうだな。エディは凄い」

「おう。けど、少し疲れたかも」

「ありがとうな。本当に……」

　明の言った「ありがとう」には、いろんな意味が含まれている。それを分かっているコウモリは、小さく頷いた。

　一件落着だと誰もが思ったその時、今まで大人しくしていた弁天菊丸が、呪符を貼られたコウモリをぱくりと口の中に入れた。

「げっ！」

「ぐはっ！」

　明は驚いた拍子に手の中のコウモリを握りしめてしまい、コウモリは哀れな声を上げる。

「あ、悪い。……聖涼さん！　弁天菊丸がジョセフを食べたっ！」

「ん？　飲み込んでないから大丈夫。ほら、この子はジョセフにまだらハゲにされたから、些細な仕返しをしたんだろう。気にしない気にしない」

「噛みついているように見えるんですけど……？」

「咀嚼してないから大丈夫。それより早く帰ろう。きっとみんな、君達の帰りを待っているよ」

聖涼はにっこり微笑んで、コウモリを銜えた弁天菊丸を連れて歩き出した。


部屋に戻るに戻れない桜荘の住人は、草木も眠る丑三つ時だというのに桜荘の庭でたき火を焚いて囲んでいた。

かと言って、どんな話をしていいのかも分からないので、無言のまま。

俯いてたき火を囲んでいた彼らはすぐさま顔を上げ、車まで全力疾走する。

「皆さん。……その……ご心配をおかけしてすいませんでした」

明は人型に戻ったエディに後部座席のドアを開けてもらって外に出ると、桜荘の住人に深々と頭を下げた。

住人達は声にならない声を上げ、一斉に明にしがみつく。

「妬かずに余裕を見せるのが、明君のダーリンというもの」

「そんなこと、分かってるっつーの」

聖涼は車の窓から顔を出し、住人に抱き締められる明を複雑な表情で見ているエディにこっそりと囁く。

「あとは棺桶の隠し場所を聞いて、その中にコウモリを詰めて、イギリスに送らないと」

「送る？　住所が分かるのか？　俺達がイギリスを出たのは数百年も前の話だぞ？　仲間だっているかどうか……」

「ギルデア家は今も存在している。……もちろん、クレイヴン家もね」

「渡り鳥のネットワークじゃ、そんなことひと言も」

第一、俺の居城はホテルに……」

エディは目を丸くして、聖涼を見た。

「何か事情があったんじゃないか？　君の居城だったホテルは、一ヶ月前にオーナーが変わってる。それに伴い、ホテル名も変更になったそうだ。今は、ギネウィア・クリスホテルと言うらしい」

「お母様の名前と同じだ……。けど、何であんたがそれを知ってる？」

「君が明君のダーリンになった後に、吸血鬼とクレイヴン家のことをいろいろと調べたんだ。単なる趣味だったんだけどね」

「どうなってんだ？　一体」

「いっぺん里帰りをしてみてはどうだい？　そうすれば、もっと詳しいことが分かるかもしれない」

聖涼はそう呟いて、静かに車を発進させた。


生暖かいけれど気持ちがいい。

こんな不思議な温かさに包まれて、明は目を覚ました。

エディのヤツ、寝ぼけて人型に戻ってる。

同じ布団に入った時は、エディは確かにコウモリになっていたのだが。

明は、自分を抱き締めたまま眠っているエディの額を指先でちょんと触れ、苦笑する。

昨夜は本当に、いろいろなことが一度に起きて、一度に解決した。

「いや……違う」

明はそう口にした後、エディの背中に自分の腕を回して抱き締める。

一つだけ解決していないことがある。

「苦しぃー……」

抱き締める力が強すぎたのか、エディが呻き声を上げながら目を覚ました。

「悪い」

「どした？　恐い夢でも見たか？」

エディは小さな子供をあやすように、明の頭や背中を優しく撫でる。

「違う」

人間のままでいるか、エディと同じ吸血鬼になるか。決められないんだよ。バカ野郎。

明はエディの肩に顔を埋め、それきり黙った。

窓の外ではスズメが忙しそうに鳴いている。

「あのな」

エディは明の頭に顎を乗せて、小さな声で呟いた。

「前にも言ったけど、俺は待てるんだから、お前は気長に考えろ」

「エディ」

明はエディの肩に額を擦りつけて甘える。

「ったく。お前は病み上がりだし、昨日は疲れてるだろうからって何もしねぇで寝たんだぞ？　このまんまだと、紳士な俺様は野獣な俺様になっちまう」

冗談とも本気とも取れるため息混じりの言葉に、明は小さく笑った。

「笑うなっつーの」

だが明は、笑いが止まらない。

「ホントに襲うぞ？」

「襲えばいい」

明は顔を上げて、エディの頬にキスをする。

エディは一瞬きょとんとした顔を見せ、次には満面の笑みを浮かべた。

「だったら、いちごチューがいい」

「……スイカなら、まだ残ってるんだが」

「じゃ、スイカチューってことで」

「いちごより汁気があるから、ビチョビチョになるぞ？」

「そのビチョビチョってのがいいんだろうが」

「お前、いやらしいぞ」

「けど、そういうのも好きだろ？」

エディの言葉に、明は顔を真っ赤にして「返事ができないことを言うな」と唇を尖らせる。

明の背中を撫でていたエディの指が、ゆっくりと動き出した。

「ん、ふっ……」

「俺は無茶苦茶嫉妬した」

「え？　……あ、バカ。いきなり握るな…」

明は腰を引いてエディの手から逃げようとするが、足を絡め取られて身動きが取れない。

「お前は俺のもん。誰にも渡さねぇ。誰にも触らせねぇ」

「伯爵様がそんなに嫉妬深くていいのかよ」

「愛情が深い証拠だ。ありがたく思え」

「そういうもんか？」

「そういうもんだ」

エディは明にチュッとキスをして、布団の中に潜り込む。

「おい！　スイカは？」

「スイカチューは後で」

「そんなこと言って……あっ」

明は仰向けになると切ない声を漏らした。

「んっ……は」

熱く湿った息が、濡れた唇から零れ落ちた。

エディの姿が見えないせいか、満員電車の中で痴漢に遭っているような感覚に陥る。

後ろめたさにも似た快感は、敏感な明の体を煽った。

「や…っ…エディ……そこは…っ」

明は首を左右に振り、布団の中で行われているいやらしい行為に腰を浮かす。

「あ、あ、あっ……そこばかり弄るなっ！　ひゃ、あ、あぁっ」

ビクンと、明の背が仰け反った。

「んぅっ、……あ、あぁっ……んんっ」

明は布団の上から、エディの頭が動いているだろう場所に両手を添えて腰を振る。

「エディ、そんな風に舐められたら、俺っ、……あっ……指…っ」

意地悪く責め立てるエディに抗議をしても、彼は布団の中から出てこない。

「ああっ、だめだ……もう……イきたいっ、エディイかせて……っ」

焦らさないで解放させてほしい。

「もう？」

エディは布団を押し上げて体を起こすと、舌で唇を舐めながらニヤリと笑う。

明の剥き出しになった下肢は、エディの愛撫でとろりと濡れていた。

「も、我慢できない……エディ、早くっ」

明は自分も体を起こし、エディの頭を抱き締める。

「イタズラされてるみたいで、いつもより感じただろ？」

「バカっ」

「今度は、電車にでも乗って試してみるか？」

自分が感じていたことを見透かされたようで、明は首まで真っ赤にしてそっぽを向いた。

「誰かに見られるかもしれねぇっての、興奮すんだろ？」

「そんな、恥ずかしいことは……」

「恥ずかしいことは気持ちがいいことなの。ほら、俺に乗っかれ」

明は言われるがままに、あぐらをかいたエディの上に腰を下ろす。

「こ、こ、こんな恰好は……初めてなんだが……」

「大丈夫。明は淫乱ちゃんだから、すぐに慣れる」

「だからその淫乱ちゃんは止めろ…っ！」

「気持ちよくてとろとろになってんのに、文句を言うな」

エディは片手で明の腰を支え、もう一方の手で彼の雄を優しく撫でて笑った。

「バカ野郎っ……あ、あっ！」

明はエディにしがみつき、圧迫感と快感に短い声を上げる。

「もう少し力を抜け。俺が痛い」

「え？」

「そんなに強く締められたら、千切れる」

「な、な、なっ！」

恥ずかしさで言葉を発することもできずに口をパクパク動かしている明に、エディは「お前は金魚か」とふわりと微笑んだ。

「動くぞ？」

「ま、まだ動くな」

エディは押しつけられた指を舌で優しくなぞり、鋭い犬歯を突き立てる。

「んっ……あっ」

エディは明の血を思う存分味わった後、赤い唇で彼に深くキスをした。


「トラブルが起きた後のセックスは、いつもより燃えるんだなー」

コウモリはタオルの上でコロコロと転がりながら、楽しそうに言った。

「その愛らしい姿と動作で、口から出る言葉がそれか？」

明は念入りにドライヤーで髪を乾かした後、ジャージに着替える。

そしてコーヒーの入ったマグカップをちゃぶ台に置き、顰めっ面でコウモリの首根っこを摘み上げた。

「何をする」

「腹がまだ濡れてる。ちゃんと拭かないと風邪をひくぞ」

「吸血鬼は風邪なんてひかねぇ」

「死なないし病気もないって？　桜荘は『お化けの森』だったのか」


「……動くぞ？」

「まだまだ」

「……いい加減、動くぞ？」

エディは、明が「まだ」と言う前にいきなり動き出す。

「ひ……っ……あっ……あ、あっ、深い……っ！」

深い繋がりから生まれる刺激は、敏感な明には少々強かったらしい。

「だめ、あっ、も、出る……っ！」

大して突き上げられてもいないのに、明はエディの腹をしたたか濡らして果ててしまった。

「もう少し、我慢できっか？」

「んっ」

明は最も感じる場所を突き上げられ、ぎこちなく頷く。

「エディっ」

「しがみついてろ」

「指……噛めよ」

明はエディの唇に左手の人差し指を押しつけた。

「まだいい」

「噛んでくれよ……俺はエディのものだって、俺に見せろ」

「バカ」

「何だそれ」

「妖怪がいっぱいいる森。マンガに出てくるんだ」

「へえ」

コウモリは明に腹毛を拭いてもらいながら、適当に頷く。

「明」

「ん？」

「宮沢のところに、紅茶を飲みに行こう。あいつが淹れる紅茶は旨い」

「まだ十時前だぞ？　訪問するなら午後にしないと失礼に……」

明がコウモリの頭をちょんと突いてそう言った時、ドアが激しくノックされた。

「失礼なヤツが来たぞ」

「そんなことを言っている暇があったら、さっさと人間に戻れ」

明はコウモリを放り投げ、激しく叩かれているドアへ急ぐ。

「桜荘は古いんだから、乱暴に扱うな！」

「ごめんよ明！　でも私は嬉しくて嬉しくて、この気持ちを誰かに伝えたくてたまらなかったんだ！」

ドアの前に立っていたのはチャーリー。しかも、いつもの長袖シャツにチノパン姿でなく、きっちりとスーツを着込み、髪も綺麗にセットしていた。

「うわー。まるで別人じゃないか」

「うん。これから雄一と会社に行くんだ」

「というと、不思議議ハンターは廃業か？」

「一時休業ということで、話がついた。って、嬉しいことはこれじゃないんだ！　実は雄一がだね、私の思いを受け止めてくれたんだよっ！　おおハレルヤ～グローリア～」

だがチャーリーは、いきなり後ろから雄一に殴られて「ハレルヤ」と呟きながら蹲る。

「朝っぱらからすいません。……こいつはちょっと、誇大表現が多くて…」

雄一は真っ赤な顔でそう言うと、明にぺこりと頭を下げた。

「んで、どこまでがホントなんだ？」

人型に戻ったエディが下着一枚という寒々しい恰好で、明の背中に抱きつきながら訊ねる。

「日本支部の責任者になるなら、一日一回、キスをしてもいいと言ったんです。も、もちろん頬にですよ？頬に！　これはギブアンドテイク」

「宮沢さん。人間、素直が一番ですよ？」

明は苦笑して、雄一の肩をポンと叩く。

「な、何を言ってるんですか？　比之坂さん」

「自分達がラヴでスイートなカップルだってこと、いい加減認めろってことだ」

「そんな。吸血鬼に言われても……」

雄一の言葉を聞いたエディと明は、やっと立ち上がったチャーリーを訝しげな視線で見た。

「昨日言ってしまったよ。あんな大騒ぎがあったんだもの。何もなかったことにはできないし、私は嘘が苦手なんだ」

そりゃそうだ。

エディと明は、揃って心の中で呟いた。

「んで？　もう恐いのはなくなったんか？」

「不思議な行動を取らなければ……多分、どうにか。……って、エディさん。それ以上俺に近づくな！」

雄一はだらだらと冷や汗をたらし、チャーリーの後ろに隠れる。

「俺は育ちがいいんだ。やたらめったら人間に噛み付いたりしねぇ。安心しろ」

エディはわざと犬歯を見せて笑った。

「さ、触っても…噛んだりしないか？」

野良犬じゃないんだから。

雄一以外の全員が、心の中で仲良く突っ込んだ。

「おう」

「では……失礼します」

雄一はチャーリーの後ろから右手を伸ばし、エディの肩や腕をペタペタ触る。

「何だ。体は冷たいが、普通の人間と変わらないじゃないか。チャーリーがあんなに恐ろしいことを言うから、本気にしてしまった。いや、申し訳ない」

「いいってことよ。……またそのうち、明と一緒にお茶を飲みに行くからな。お前の淹れるお茶は最高に旨い」

密かに自慢に思っていたことを堂々と誉められた雄一は、嬉しそうに目を細めて「いつでもどうぞ」と言った。

「では雄一。私達は仕事に行こうかね」

「今まで散々ぐずっていたくせに、偉そうなことを言うな」

雄一は仕事モードの顔になると、チャーリーの腕を引っ張って外に出る。

「じゃあね～明。ついでにクソ吸血鬼～。私はこれから愛と仕事の日々に勤しむよ～」

チャーリーは鼻の下を伸ばしてそう言うと、雄一に引きずられていった。

「チャーリーが宮沢さんに言ったことって、何だろうな」

明はドアを閉めながら、首を傾げる。

「知らねぇ。……けど、とんでもねぇことには変わりねぇと思う」

肩を竦めるエディに、明も「なるほど」と呟いた。

「さてと。俺はまた、愛らしい姿にでもなるか」

エディはポンとコウモリに変身して、明の肩にべたりと留まる。

その時、今度は電話のベルが鳴った。

「はいはいはい。今出ます！」

明は急いで部屋に戻ると、受話器をむんずと掴んで「はい桜荘。比之坂です」と大声で応える。

「……あ、聖涼さん。おはようございます。へ？ エディですか？ はい、ちょっと待ってくださいね」

明は肩に留まっているコウモリを鷲掴みにすると、座布団の上に置いた。

「エディ。人型に戻って聖涼さんと話をしろ」

「またかよ。めんどくせぇ」

そう言いつつもエディは人型に戻り、受話器を握りしめる。

「何の用だ？」

『ジョセフが掴まって、依頼された仕事は無事完了だ。世話になったね』

「たったそれだけを言うために電話をしたのか？」

『違う違う。……実はねぇ。早紀子がコウモリジョセフを気に入ってしまって、ペットにしたいと言いだしたんだ。吸血鬼って、餌は血でないとダメなのかな？代用できるものがあったら教えてほしいと思ってね』

「果物は大抵のモノは食うけど、血を吸わずにいると弱る」

『じゃあ、やっぱり飼えないな。…早いところ棺桶を探して本国に送り返そう』

「そうしろ。あいつが明の側にいるってだけで、俺はムカつくんだ」

『余裕ないねぇ。伯爵様』

「そういう類の余裕なんて、俺はいらねぇ。……それよか夕べの話、あとでもっと詳しく教えろ」

『構わないけど、明君にも言った方がいいと思うよ？』

「分かってる。そんじゃ、後でそっちに行くから」

エディは言いたいことだけを言って、さっさと電話を切った。

「おい」

明は神妙な顔でエディをじっと見つめる。

「ん？」

「夕べの話って……何だ？」

「俺の故郷の話。一度お前を連れていけばって、言われた」

「イギリス、だよな？」

「おう。行ったことあるのか?」

「ない」

「だったら、暖かくなってから行くか?」

エディは明の頬をそっと撫でて提案した。

「ジョセフみたいな変な奴は……いないよな?」

「あんなのがたくさんいるわけねぇっての。安心しろ。俺がずっと一緒にいてやる」

「そうか。……でも行くのは、桜荘の外壁塗装が終わってからだ。祖父ちゃんが残してくれた大事なアパートだから、できるところから綺麗にしてやりたいんだ」

明はエディの頭をポンと撫で、にっこり笑う。

「可愛い。そんな可愛いんじゃ、ジョセフが攫いたくなる気持ちもすんげー分かる」

「バカ。誘拐されるのは金輪際お断りだ」

「俺が誘拐すんならいいだろ? 道端でいきなり、お前を攫う」

「そんなことして楽しいのか?」

呆れ顔の明に、エディは真面目な顔で呟いた。

「そういうバカらしくて危ねぇことを真面目にすんのが、楽しいんだよ」

「伯爵様のお遊びは、庶民の頭では理解できないな」

「でもお前は、そんな俺様が大好き」

エディは自信満々にそう言うと、チュウと明にキスをする。

一番大事な問題は少しも片づいていないし、これから新たな問題がボロボロと出てくるだろう。

だが取り敢えずは、彼らはラヴでスイートな日々を過ごせそうだ。


「イギリスに行くなら、パスポートを取っておかないとだめだな」

前に作った物は期限が切れてるはずだから。

大学在学中に作ったパスポートは五年有効の物だから……と、明は初めてパスポートを取った日のことを思い出した。

そして眉間に皺を寄せる。

「どうした? 明」

「俺、あんまり写真写りが良くないからさ、写真を撮る前に笑う練習でもしておこうかと思った」

「いつも俺様を怒ってるから、気をつけねえと眉間に怒り皺ができるな」

エディはそう言って笑いながら、明の眉間を指先でそっとマッサージする。

「エディが俺を怒らせなければいいんだろ?」

「俺はいつもハニーのためにしか動いてねえ。なんで怒られるんだよ」

ブーブーと文句を垂れる姿はまるで子供だ。

「静かにしろよ。……さて、いつパスポートを取りに行こうかな」

「俺様も一緒に行く」

「ん？　そうだよな。エディのパスポート、どうしたらいいんだろう」

明はごろりと畳の上に寝転がり、座布団を枕代わりにする。

エディはそんな明の腹に頭を乗せて、膝枕ならぬ「腹枕」を堪能した。

「俺様は、パスポートは別にいらねえ。どうにでも隠れればいい」

「そうだけど……、おいちょっと重い」

「俺は明の腹筋が心地いい」

「そういうことをいちいち口にすんな、バカ」

最後の「バカ」が甘いのは、怒っていない証拠だ。

「パスポートを取っておけば、行こうと思った時すぐに使えるもんな。俺、エディのふるさとに行くのが楽しみだ」

映画や海外ドラマでしか知らない国が、エディの故郷。

渡英のために、まずは先立つものを貯めなければならないが、目標があると金は貯まっていくものだと、明は思っている。

「美しい城に美しい湖。妖精達が飛び交う森の中の別荘。……早く明に見せてやりてえ」

エディは「よっこらしょ」と体を横にして右手を伸ばし、明の頬を指先で優しく撫でた。

「妖精か。やっぱ凄い国だなイギリスって」

「日本も幽霊がウジャウジャいて凄いじゃねぇか」

「妖精の方が、キラキラしてて可愛いと思う」

「おいハニー」

エディは体を起こし、明を見下ろしながら真顔で言った。

「妖精は、確かに可愛いもんもいるが……そうじゃないもんも多い。誘われないよう気をつけろよ？　っつーか、俺がそんなことさせねえけどな？　向こうについたら、ずっと俺様がエスコートする」

「そうしてくれ。俺にとっちゃアウェイだ。……エディだけが頼りになる」

照れくさそうに微笑む明を見下ろして、エディは「死ぬほど頼って」と囁き、明の唇に自分の唇をそっと押しつける。

チュッチュと可愛い音を何度か立てて唇を離した頃

には、明の顔は真っ赤に染まっていた。

「ほんと、俺様のハニーは可愛い」

エディはふわりと微笑む。

明は甘い声で「バカ」と言った。

住人たちの密かな楽しみ

妖怪たちは、人間に紛れて暮らしている。

桜荘の住人たちもご多分に漏れず、人間の厚意で悠々自適の人間界ライフを過ごしていた。


「やっぱり、この姿は楽でいいな」

「服を着なくていいからな」

曽我部と伊勢崎が、モフモフの狼姿でぐっと伸びをした。

「……狼男って狼の恰好もできるんだ」

猫又である河山は、二股に分かれた尾を揺らしながら、狼達を見上げて感心する。

「二足歩行の狼男より、狼の方が楽なんですよ」

伊勢崎の言葉に「へえ」と声を上げたのは、蛇の姿でとぐろを巻いている橋本だ。

大野など腹を出して寝転び、犬妖怪の本体を堪能している。

桜荘にすむ妖怪たちは、週に一度、河山の部屋に集まって、こうして本来の姿を現してリラックスしていた。

人間世界で働いている彼らの、ちょっとしたストレス発散でもある。

「今までなら、ここに安倍さんもいたんだけどなあ。あのもっふもふの尻尾は、今は聖涼さんのものなんだよなあ」

安倍早紀子は聖涼の嫁となり、今は道恵寺の母屋で幸せに暮らしている。

自分も毛皮を纏っているくせに、河山が懐かしそうに言って、仕方なく伊勢崎の尻尾に寄りかかった。

「ゴワゴワしてるし」

「河山さーん、寄りかかっておいて文句言わないでください！」

伊勢崎はわざと尻尾を振って、猫又を転がす。

「女性がいたときは確かに楽しかったですが、雄同士もまた、気を遣わなくて楽です」

「橋本さん、雄って言わないで」

大野が寝転がったまま笑い、「よっこらしょ」と体を起こして「伏せ」のポーズを取った。

「ところで、エディさんを呼ばなくていいんですか？あの人も人外でしょ？」

曽我部は気を遣って言うが、河山は「あの人はところ構わず変身するから」とマズルを膨らませる。

言われてみると、確かにそうだ。エディはいつでもどこでも、彼らの管理人である比之坂明のご機嫌を取ろうと、コウモリ姿へと変身する。

そしてコロコロと転がって見せては、可愛らしさをあざとくアピールした。

「……ですね。それに、ここに来ても一人で喋ってうるさいだろうし」

曽我部の言葉に、全員が低く笑い声を漏らした。

「エディさんはハデだから、こういう暢気な集まりには向かないしね」

橋本が、とぐろを解いて体を伸ばす。意外と長くて、みな「おお」と声を上げた。

「でも、比之坂さんに頭を撫でられるのは好きなんだよね。あの人の手って大きくてごついけど、優しいんだよ」

エディが見ている前で、明の膝に乗ることができるのは猫又の河山だけで、桜荘の住人が河山を尊敬する理由の一つでもある。

「俺も撫でられてみたいなー」

大野が尻尾をブンブンと振った。

「みんなモフモフ系だから、お願いすれば比之坂さんは撫でてくれますよ。でも俺は……ハ虫類だから」

橋本が悔しそうに項垂れる。

「え？　でも比之坂さんは、この間は平気でカナヘビを掴んでましたよ」

「伊勢崎君、カナヘビはトカゲだから」

「でも、橋本さんだって分かっていれば、比之坂さんは撫でてくれると思います」

伊勢崎の言うこともっともだ。

橋本は鎌首をもたげて、瞳を輝かせる。

「そしたら俺が、比之坂さんに言っといてあげようか？　来週の会合に部屋に来て、俺たちの頭を撫でてくださいって。きっと喜ぶよ」

河山が体を起こし、一同を見渡した。

明に頭を撫でてもらうのはとても嬉しいが、それよりもなによりも、吸血鬼に悔しい顔をさせられることが嬉しい。

エディが嫌いなわけではない、むしろ明を愛してくれてありがとうございますという感謝好意の気持ちでいっぱいだが、それでも、格別の位置に存在する人外を悔しがらせるのは「妖怪の本能」として嬉しいのだ。

したがって、みな一斉に頷く。

「楽しみだ」

「ほほう、一体何が楽しみなんだ？」

大口を開けて喜びを表現した伊勢崎の背後で、エディの声がした。

その場が、水を打ったように静まりかえる。

「俺様の大事なハニーに何をさせるって？　おい、ライカンスロープ」

エディは古代の発音で伊勢崎と曽我部を呼んだ。

「なんでここにエディさんがくるんです？　俺が結界を張っているんだから、入ってこないのが礼儀じゃないですか？」

河山が暢気な声で文句を言うが、エディは「うるせえ」と言って、猫又の頭をヨシヨシと撫でる。

「お？　これはこれで、なかなかいいものですね。吸血鬼に頭を撫でられるのはレアというか」

まんざらでもない河山の台詞に、他の住人達が姿勢を正した。

「だろう？　明より俺に撫でられる方が嬉しいだろう？　ほれ、この俺様が手ずから撫でてやるから、てめえら並べ」

おそらくエディは、自分以外の人外を明に触らせたくないから、住人達の内緒話に首を突っ込んだのだろうが、住人達はちょっと嬉しかった。

「参ったな。エディさんに頭を撫でてもらうのか。照れる」

そう言っていた橋本など、エディに掴まれて首に巻かれている。

「吸血鬼と蛇の組み合わせって、なかなか耽美」

河山は創作意欲が湧いたのか、人の姿に変化して、ノートパソコンに何やらパチパチと打ち出した。

「おー……、結構いい毛皮じゃねえか」

狼と犬を交互に撫で回しながら、エディは意外と楽しそうだ。

「俺、帰省した時に、『吸血鬼に頭を撫でてもらって毛皮の艶を褒められた』って自慢しよう」

大野が笑顔で言う。

「だろう？　俺様は超絶美形にしてキュートな吸血鬼だからな！　いくらでも自慢してこい！」

彼らの楽しそうな会話を聞きながら、河山は「明日にでも比之坂さんの膝枕で昼寝しよう」とこっそりそんなことを考えていた。

はじめまして&こんにちは、高月まつりです。

久しぶりの伯爵は如何でしたでしょうか。

改訂や書き足し、書き下ろしをするに当たって、十年近く前の原稿を読み返して、いろんな意味で辛かったですが、それでも、再びエディと明を送り出すことができて嬉しく思っています。

とにかく、最初は「三点リーダー」が目障りなほど多くて、そこを全部直してホッとしたのもつかの間、「携帯の扱いをどうしよう」と悩み、結局は現在も使っている「携帯端末」という言葉にしました。

なんか、本文とはあまり関係ないところを直してましたね。

そのあとに、文章の手直しをしました。

そんな風に手直ししていくうちに、エディと明が動き出して行きました。「ああそうそう、こいつらこうだった」と安心しつつの書き直しです。

当時はそんなことを考えていませんでしたが、この「伯爵シリーズ」は私の代表作の一つとなりました。

そして、今もこうして好きな物を書いて、それでご飯を食べていけるのは本当にありがたいことだと思っています。

伯爵シリーズを読んでくださった読者のみなさま、伯爵シリーズに美麗なイラストを付けてくださった蔵王大志先生、伯爵シリーズをこの世に出してくれた出版関係者のみなさま、本当に、本当にありがとうございました。


では、伯爵シリーズ2でお会いしましょう。

この本をお買い上げいただきましてありがとうございます。
ご意見・ご感想・ファンレターをお待ちしております。

<あて先>
〒173-8561　東京都板橋区弥生町78-3
(株)フロンティアワークス　ダリア編集部
感想係、または「高月まつり先生」「蔵王大志先生」係

初出一覧

伯爵様は不埒なキスがお好き♥：
プランタン出版発刊「伯爵様は不埒なキスがお好き♥」を大幅加筆修正
伯爵様は危険な遊戯がお好き♥：
プランタン出版発刊「伯爵様は危険な遊戯がお好き♥」を大幅加筆修正
住人たちの密かな楽しみ：書き下ろし

Daria Series
伯爵シリーズ1
伯爵様は不埒なキスがお好き♥

2015年2月20日　第一刷発行

著　者 ―― 高月まつり

発行者 ―― 及川 武

発行所 ―― 株式会社フロンティアワークス
〒173-8561　東京都板橋区弥生町78-3
[営業] TEL 03-3972-0346
[編集] TEL 03-3972-1445
http://www.fwinc.jp/daria/

印刷所 ―― 中央精版印刷株式会社

装　丁 ―― nob